U0127717

上海老作家文丛

李济生 著

怀巴金及其他

上海文艺出版社

编辑说明

《上海老作家文丛》是上海市作家协会与上海文艺出版社联合编辑的丛书。出版上海老作家创作的文学作品，是为了展示上海老作家在文学园地孜孜不倦、辛勤耕耘的创作成果。

本辑为《上海老作家文丛》第一辑，共 12 种，包括：王炼的《执著追求录》、任大星的《婚誓》、孙光萱的《于细微处见功夫》、朱鹭的《舷窗集》、李济生的《怀巴金及其它》、邵伯周的《平凡的旅程》、徐中玉的《文论自选集》、徐开垒的《新时期文选》、钱春绮的《十四行诗》、曹阳的《情系万家灯火》、廖晓帆的《欢唱》、燕平的《人生何处不相逢》（以姓氏笔画为序）。这 12 部作品都具备较高的思想性和艺术性，包括小说、诗歌、散文、理论以及文学回忆录等多种体裁。

上海市作家协会计划每年推出一辑《上海老作家文丛》。

上海市作家协会

2009 年 9 月

目　录

忆四哥巴金

荏苒时光,倏尔即逝,四哥去世不觉半年多过去了。清明前一天去洋山深水港参观,立于大洋山之巅,面临东海,远眺浩渺波涛,心潮随之起伏,一片幽思陡然升起。去年11月25日他生日那天,他和珊嫂的骨灰落葬于崇明东海之滨。今天孩子们同样携带鲜花瓣再去海边撒花祭奠,寄托哀思。这时我想他俩早已顺着水波走远了。唯愿平安地抵达彼岸,把他俩的至真至诚之爱散留在远方那些不知名的所在,开放出灿烂的花朵。爱,才是世界上最美好的东西!有了相互的爱,人们才会有和谐、幸福的生活。归家后心潮仍难平。他那仰卧病床时的双眼,不是半睁半闭昏昏然似睡的样子,就是大睁着紧盯屋顶、一副沉思苦索的容颜;还有那老张开的嘴、下颚不住地启合,似有话要说,却又发不出声的无奈的表情,总不时浮现我眼帘。好像他还是躺在华东医院的病床上,……忍不住低声唤道:"四哥,你好吗?"泪水夺眶、心房颤抖……他已走了,永远地走了,再也见不到他了。唉!但求能在梦中相逢。

一

还是 2004 年 2 月 17 日那天，我刚放下晚饭筷子，国燦忽来电话，说四伯伯病情有变，速来医院。赶到病房，只见里里外外一片紧张，人人面容沉重。我被套上一外衣，戴上口罩，蹒跚地走到病床前，只见端端泪水汪汪守在床边。我唤声四哥，不禁悲从中来，泪流满面了。不过三、五分钟，即被搀扶出，凄然落座外室沙发内。九时过被劝回家休息。昏沉沉地算是过了一夜。清晨电话传来病情无变，终于慢慢地逐步转好。他又过了一关。原来是心率减慢引起肾功能衰竭，面临血透危境，全家人只望他能少受点苦痛折磨，听其自然地走向生命的尽头为好。出人意料，他不但安过险隘，还慢慢地平稳下来。太好了！我又照旧每周六下午按时去医院探望。虽不能走进病房，必然站在门口朝内高声唤他两次，然后坐于外室向小吴或小张询问病情状况。如果逢上那天他精神较好，又无别的情况，就不守规约闯到榻前，跟他讲上几句，稍立片刻，再行退出。有次他竟两眼大睁、闪闪放光地望着我，露出笑意。我高兴极了！天上不是也有颗同名星星时时发射出光芒照耀着大地么？看来他定会照旧平稳地度过即将来临的百又二岁的寿辰。这正是我们全家人的祝愿。

去年 10 月 14 日晚，我刚从外地旅游归来，国燦又来电话了：病情有变，嘱次日前往。15 日下午二时去到病房，情况大异，人影幢幢，一片紧张沉重的气氛。国燦搀着我走到阳台上病室外的落地窗前，朝里望去，全是白衣人员走动着，病床上的他面扣氧气罩，周边机械杂陈，抢救情景立陈眼前。已看不清他的面容了，显然他正经受着极其苦痛的折磨。心房紧缩，泪水即流，颓然落座在身后的小椅上。这时国燦正向立在窗内边上的俞院长询问情

2001年11月23日，中国现代文学馆举办"走近巴金"大型图片展。为开幕式剪彩。

况。他们说些什么，我已听不清楚，不住引颈内望，总想看个清楚，立立坐坐，这样过了半个多小时，毫无所得。疲累不堪，难以忍受，怀着一颗作痛的心，急急让小外孙女搀着冲过人群走出病房，去到医院大门口叫车回家静候一切。

不知怎的，近年来人总易于激动，难以抑制。是否人老了，感情脆弱，无法承受重压，更怕死别之伤？不少老友过世，总是避去灵堂送别。而今面临之哀更重了。

16日这天全在悬念与默祷中度过。17日晨电台播出神舟六号胜利返航，完成任务安全回落基地，佳音令人振奋。有此大喜，定能冲走他头上的厄运，又会慢慢转好的。他曾几经危境，全都平稳度过。他的生命力就是强啊。心存此想，精神稍佳，有了一线希望。晚七时半绍弥代国燦转告噩耗时，眼前的一丝微光又给抹去，一片漆黑，骤落冰窖，身心全冷，欲哭已无泪了。

23日下午三时赶至殡仪馆一小室内守灵，见他面颜微红，毫无病色，一副安然沉睡的样子，去掉了来时的惴惴忧心。小林姐弟等再去大厅查看灵堂的布置了。邱俭取出相机留影，为我留下他这副安然的睡态。

24 日的送别仪式，木然地立候在他身侧，答谢前来送别的人众。三时半被小周带出，这时才见到外面广场上全是人，一片肃穆沉痛气氛。好不容易擦肩接踵走出人群来到大门外，匆匆搭乘小郑的车子赶去嘉兴，参加第二天即将召开的第八届巴金国际学术研讨会。这样又免去我护灵、送灵之痛。之后的日子里，又一如既往地沐浴在专家、学者们的热情发言中，及旧友新朋的关怀里，更感受到祖籍乡亲的高情厚谊。他若有知，定嘱我代答：名实难负，愧不敢当。盛情不忘，谢谢，谢谢。

返家后方从不少报刊上看到送别会前前后后的种种情景，送别人众竟达五千人之多，实出我意外。在送灵出外时，有来吊丧的人竟伏身地上哀痛不已。睹此图片，能不无动于衷乎？这是读者对他的真诚的回报。

一次追思会上被邀最后发言，曾借弘一大师名句"悲欣交集"以解说我那阵子的矛盾心情：先是觉得他虽远去，总算摆脱了那有口不能言、有思无法表的六年多卧床苦痛生活，替他欣然；继又为亲人永逝的切肤之痛沉落于无法自拔的悲思中，有好长一段时间则徘徊在幻影杂陈的昏然梦境里。而今痛定思痛，往事浮沉，更感凄然。权借笔抒怀，吐出郁块，稀释心哀。

二

回忆 1923 年的春末，他远走上海求学时，我年方七岁，蒙蒙然不识离别滋味。那时大家庭犹存，几十口人共处，尚无多大变化。尽管有的长辈怪他性子孤僻倔强，恨他总不听长辈的话，斥之为叛逆者、不肖子孙。我却少动于衷。直待知识稍长,读了他的一点作品之后,方才明白他原来受了新思潮的影响,痛恶封建礼教的专制独裁,深感同辈青年遭受不合理的迫害,生命等同草虫;更叹自己无力以助,遂而寻求理想,立志献身趋向革命道路,要做一个改革社会的革命者。慢慢的又发现他写出的小说竟然有那没多人爱读,成为一个颇有名气的作家。我读书的中学里就有不少同学是他的崇拜者。自然而然地引起我的尊敬,另眼看待他了。年事日长,逐渐认识一点世界,明白一点做人的道理,因而对他有了进一步的理解,却从无直接的联系。

1941年春,他回到了阔别十八年的故里时,老家早已瓦解,连本房的亲人也处困境而又分居两处了。我恰在一偏僻小城工作,无力赶返省城与他相见。直到次年的夏天,我们才得机会重续弟兄情谊。这时我已从外县调来省城的银行分行供职,且借住银行单身宿舍内与人共屋。我们相见多在傍晚前聚于商业场的某茶馆里,往往是同辈数人。他的再次回蓉,主要谋求出版社的发展,筹建成都办事处。先是把我拉进出版社工作,继则要我想法另租房屋把分居的家人重聚一起,至于家用则由他主要负责,便于解脱我后顾之忧,彻底脱离银行职务,全身心为他主持的出版事业献劳。就此改变了我的人生道路。我们之间不仅加深了同胞亲情,更建立了共谋文化事业发展的新谊。

抗战时期的苦难生活,进一步清醒了我的头脑,他的为人处世也更给我留下了终身榜样。在一篇短文里我曾回忆说:"特别是在与他主持的出版社共事的十几年里,正当国难临头、极为艰苦的年代,出版社累遭厄难,受尽迫害,损失多多,……从未见他垂头丧气过,总是执着地默默无言,任劳任怨,竭尽全力工作。那种敬业、爱书、惜书的挚诚热忱,实在令我感动佩服。"那时他不只是白尽义务,有时还把自己的稿费也贴了进去。为了事业,为了广大的读者,为了作家和译者,他真是付出了一切,满怀希望地朝前直奔。他要用自己的行动来证明:"作为对敌人暴力的一个答复:我们的文化是任何暴力所不能摧毁的。"在给朋友的信中他还说:"对战局我始终抱乐观态度,我相信我们这民族的力量。我也相信正义的胜利。在目前每个人应该站在自己的岗位努力,最好少抱怨,多做事,少取巧,多吃苦。"又说:"从事文化建设工作,要有水滴石穿数十年如一日的决心。"

1944年初秋,湘桂大撤退。我从桂林逃难出来,辗转到达重庆,他亲来南岸海棠溪汽车站接我。面对无多言,庆得平安再见,深情在内心。珊嫂对我说:"巴先生知道你有去平乐游击的打算,是多么的担心你,现在见到你放心了。真高兴。"他还与我约定,八月中旬同返桂林处理后事,恢复业务。岂料战事突变,八月桂林大火,计划破灭,就此同留山城。

抗战胜利了。大家高兴了一阵子。复员的人莫不为找交通工具而苦恼。四哥更急。得三哥电告:大病初愈,陆蠡下落不明,速来沪。好不容易十一月里他才赶到了上海。岂料三哥又病倒在床。当我们收到他发回的三哥病逝的噩耗时,原以为阔别了二十五年的弟兄,有了再聚的希望落了空,真是痛彻我心。又为他而担心,这时身怀有孕的珊嫂产期临近,盼他能尽快返回山城,少受一点两头牵挂、身心交瘁之苦。我们也可以多知道一点是什么病夺走了三哥的生命。

1946年初春,朗西哥正积极与他的合作界朋友筹建文化合作公司之时,命我先去成都结束出版社成都办事处,顺便探母,返渝后即去上海为公司工作。可是回到重庆没两天,四哥即对我说:"情况有变,你不用去上海了。我同朗西谈妥了。文化生活出版社事仍由我全权主持,他还是负责筹建他的文化合作公司,今后互不干扰。文生社必须保存,一如既往。这是大家的共同事业,既要对广大的读者和作、译者负责,更要对得起为它牺牲的死者。我们有我们的目标、走向,决不能轻易地改弦另张。重庆是抗战八年留存下来的唯一内地基地,是后援,必须存在。你留守下来,好好工作,我们大家共同努力。"

说实话,那时的土纸书几乎没有人要,大家都盼着早点见到昔日的白报纸精印的书籍。渝处得以维持下来,继续在内地为进步的文化事业作出一点贡献,还多亏沪社的大力支持。可惜的是1950年奉命结束办事处期间,未能顾及三年多积存下来的他写给我的近二百多封信,整整一抽屉,其中多是谈出版社复员期间的种种经过,竟于忙乱中被当作废纸处理掉了。至今让我深感遗憾和歉疚。它们的散失,不单是我个人的损失,而是丢掉了出版社复兴过程中的珍贵史料。其中有几多酸、辛、苦、甜,局外人是无法体会的。往事真不堪回首。

三

留守重庆三年多,为出版社事曾两次来上海,又都是借宿他家。朝夕相见,交谈多多,令我难忘,更感伤怀。恨自己那时少不更事,悔未用笔记下当日种种。而今时过境迁,旧事难寻,加以年老脑衰,往往记忆模糊。晚矣,痛哉!

1947年初秋,正当山城黑云压头、白色恐怖严峻之日,匆匆应召赴沪,商谈出版社业务。这是我第一次踏进"冒险家乐园"、十里洋场的上海,真有乡巴佬进城之感,五光十色令人目眩心惊,不知东西南北,陌生极了。记得一天从巨鹿路出版社回到霞飞坊正逢汪曾祺等人在,汪听说我刚从四川来上海的,很佩服我行动是那么的自在。其实他不知道我也是两眼一抹黑,仅仅认识巨鹿路到霞飞坊这条短短的路程而已。到后除了向他汇报了重庆的业务和处境外,并把营救致俭出狱经过作了较为详细地补述。说明当时没有照他来函去找何洒仁兄帮忙营救,而是把希望全放在吴先忧大哥身上。实因吴任南林中学校长,该校是川军一唐姓师长创立的,吴受聘请而来乃唐家贵宾,进城办事都住唐公馆内,因而认识同住唐家的一位警备司令部的某军法官,关系较好,更利办事。李致只不过借住沙坪坝某大学宿舍内的一青年学子,因随手带有文化生活出版社的信封而被误捕。通过军法官的关系,没多久就给放出来了,并没花多少钱。要知道我们也出不起钱,原本是清贫的文化人。

眼看沪社复员才一年多,在他的主持下就此蒸蒸日上,又崛起于同业中了。令我高兴、佩服。过去大家的辛苦没有白干,前面又充满了希望。文生社在读者和作、译者眼里是素有信誉、独具风格的。

在沪社逗留了一个多月,期间还衔命去台北考察,谋求设办事处,终以财力不够、租屋价昂,无功而返。在台北也是借住在他的老友吴克刚家。吴当时任台湾省图书馆馆长兼台湾大学教授。不久即匆匆返渝。现在回想起来,事幸未成,万一当初办事处建成,继而留阻彼岸与大陆隔绝,后果当不堪设想。"文革"中四哥的罪名当更大了,必死于"四人帮"张春桥等人的毒手之下无疑。万幸! 万幸!

1950 年春,因解放战争与沪社失掉信息半年有余,二月初忽得朗西哥电,命速赴沪议事。自然这次依旧借住他家了。到后方知他已完全不问出版社事久矣。他知道了我来沪任务是结束重庆处业务后再来上海社工作。料定渝处的结束事宜必大有一番周折。首先告我,母亲和瑞珏姐随来上海的住处,定在他家,以安我心。返渝后经过半年多的忙碌,终于顺利完成任务,让渝处有善始而得善终,在同业和读者中留下好的印象,未负三年前他的重托,我心安矣。

10月初全家老小五口平安抵达上海,四哥亲来码头把母亲和瑞珏姐接往他家。我自带妻女先暂住巨鹿路采臣哥家的一间宿舍内,不几日即迁往桃源路出版社一座石库门宿舍内的底层厢房。一住就是几十年。

四

五十六年里我们同住在一个城市里,虽不是天天见面,除了"文化大革命"前期隔绝了六年外,从未断过往来。话真不知从哪儿说起。记得他初去朝鲜战场后不久,即写给我一信,说对我的从事业余翻译事,一直没有过帮助,很感歉意。(因为几年前曾将自己的一部译稿寄他审阅,一直搁置在他那里未作答。)嘱我今后多向清源兄讨教,相互切磋,好好努力。其实后来我在平明出版社出版的几本俄苏小说无不得到他的关心与鼓励。我的《巴库油田》一书,还劳珊嫂仔细校订过。

1954年夏,文化生活出版社因劳资纠纷提前并入了公私合营的新文艺出版社,我也随企业的社会主义改造被分配在新文艺出版社第二编辑室(即外文编辑室)任编辑。四哥很高兴地对我母亲说:"妈,你不用担心了,纪申已经成为公家出版社的正式编辑了,只要他好好工作,前途有望了。"十二年前是他让我辞去公家银行职务,转业到他主持的私营出版社工作的。这时他像卸下了肩上的一副重担似的,大大松了口气。的确,直到今天退休多年的我,仍未与书断缘,这都与他有着不可分割的关系。

由于工作,由于与他的关系,我认识了不少他的老友、作家与译者,受益匪浅,大长学识。其中有的人后来还成为我的知交、至友了。四哥素来看重朋友,珍惜友情。在文章里曾时时吐露胸怀说："我常常说我是靠朋友生活的……友情这个东西在我过去的生活里，就像一盏明灯，照亮了我的灵魂的黑暗，使我的生存有了一点点光彩……我的眼眶里至今还积蓄着朋友的泪，我的血管里至今还沸腾着朋友的血，在我的胸膛里跳动的也不是我一个人的孤寂的心，而是许多朋友的温暖的心。"我也有同样的感受，得到过不少朋友（包括他的朋友）的关心和厚爱。我要说，我不单单是从他的作品里，更多从他的实际生活中，耳濡目染地感受到：他跟他的好友们一样有着一颗"金字般的心"，一颗极富同情的厚道的心。"施恩不望报，受施慎勿忘"，"宁可人负我，不愿我负人"。这是他做人的起码准则。往往因之也招来意外的麻烦不说，甚至还受到污蔑与诬陷。"文革"后不久，有次我同瑞珏姐还笑过他说："老兄呀，你未免太温情主义了。"他笑笑，不答一词。

上世纪六十年代始正逢天灾、人祸的困苦时期，我先是下放郊区某公社生产队劳动，继又去奉贤县头桥镇参加"四清"工作。每次休假回家，他或珊嫂总要带我去文化俱乐部吃上一餐，改善我的生活。我在头桥镇搞"四清"时，他也在南桥镇总队近处蹲点，与金仲华、赵超构共住一室。我们见面时又多了一个话题。不过，这大段时间里他很忙，任务多。我又常在乡下，相聚之日实在太少。

五

"文化大革命"开始前的紧锣密鼓气氛，已叫人不知所措。"破四旧"开始不久，连我这个普通编辑家里也深感危机重重，黑云压顶了。我爱人胆战心惊地私下把照相本里的萧乾戎装像（二次大战中欧洲战场的记者）和白杨抗战前期来蓉演戏时送我的便衣与戏装照通通取出，以及相关物件一并烧毁。我事后方知，也难怪她。

1968 年 6 月 20 日在杂技场批斗巴金的电视大会,我是在造反派监视下在单位里收看的。之后即开始接受审查以至隔离进入"羊棚",还遭受过一次公开的批斗会,从此失掉自由。不说与他相见,连信息也无从得知了,还时不时受到外调人员的干扰、呵责。一次上海作协造反派一男一女来单位对我进行申斥逼问,要我在他们写好的材料上打上手印,被我严词拒绝。1969 年春终获解放。这年冬在响应"四个面向"的号召时被分配去东北农村与先去的插队知青一道接受再教育。直到 1973 年春才返沪待命,我们弟兄方得重聚。记得扛着行李回家的次日,即急忙赶到武康路去看望。这时珊嫂已去世半年多,他也回家接受审查了。叫我难忘的是我九姐琼如把我拉到一边,拿出一叠照片,把珊嫂逝世时的情景,一一告我。听着听着实在控制不住自己感情,泪水直流,泣不成声了。四哥呢,枯坐一旁,默不作声。我理解他此时的心情,压抑着满腔愤懑与苦痛,心在出血,泪往肚里流。他遭受的苦楚折磨,不论精神和肉体,都远远超过我多倍。什么安慰语全属空话,叫人无法出口。自此每个周日我必去他家看望,也是两个姐姐一再嘱咐。老兄,实在太苦闷寂寞了。

在一起时,我绝口不问有关珊嫂的事,只字不提"文革"中的种种。尽讲在东北农村我的经历和返回原单位的所见所闻。那时我自己也还是个"内控分子"与所谓革命群众有别。直到六年后读到《怀念萧珊》一文才较详细地了解到珊嫂所遭受的屈辱和苦楚。这篇文章是一篇充满了血和泪的哀文,屡屡叫我不忍卒读。友人陈醇(我去东北农村结识的好友)把他朗诵这篇文章的录音磁带送给了四哥。一次在医院病房里播放时,听到一半,不知怎的我感情激动难抑,实在耐不住了,连忙发话停放,建议大家还是谈点别的话题吧。希望能讲点愉快的事,以冲淡或改变这种令人压抑的沉闷氛围,也才有利于他病情的疗养。

六

他终于获得解放了。1977年5月25日《文汇报》刊出十年浩劫后他的第一篇短文《一封信》时,竟然震动了大地,人人争告:"巴金还活着!"湖北、四川两地有的朋友和读者曾以为他受迫害致死私下还写过悼诗呢。可以说,这是一篇代表全国知识分子遭受"四人帮"残酷迫害的第一声血和泪的控诉文。文章第一段里他就吐出满腔愤懑的真话:"张春桥还说过,上海作家协会里没有一个好人。姚文元也在1967年的一次报告中点我的名,说我搞无政府主义,打倒一切,排斥一切,仿佛一切无政府思潮,一切无政府状态,连他们搞的在内,都要我负责。"史实证明是些什么人在搞打倒一切、排斥一切的勾当,是些什么人把整个国家搞成无政府状态,使得生产停顿,民不聊生,国民经济沦于崩溃边缘。史实难忘,也不能忘啊!

1977年冬他应电视台祁鸣之请,邀了劫后幸存的五位老友孔罗荪、王西彦、张乐平、柯灵、师陀会于启封不久的二楼书房,相见甚欢,笑声不绝。斯时我也应召陪坐。重睹旧照,而今唯我独存,能不黯然?

更叫我忘记不了的是二十年前编就了他的"六十年文选"时,心自庆喜。待读到他写的《代跋》中的:"为了这个,我准备再到油锅里受一次煎熬,接受读者的严肃的批判。我相信有一天终于弄清楚什么是真,什么是假。我到底说了多少假话。这是个痛苦的事。"我的欣喜之情顿然消失,反而落入一种沉重负疚的感觉中。他重握旧笔再写文章,无一不是在反思历史、反思自己、剖析灵魂以偿还自己的欠债。这样一来我倒真的欠上他一笔债了。使得他那衰老的病体因我而将再"受油锅里的煎熬"。看来我们虽是弟兄,共处了几十年,毕竟处境不同,素养悬殊。我对他的理解还远远不够,不够明白他内心的思虑与苦痛。《法斯特的悲剧》这篇文章就是他自己提醒我收入集内的。他还说:"法斯特的悲剧,其实就是我自己的悲剧。"这话猛击我心。昔日情景又浮现眼帘。我清楚记得就在他家的草坪上,我俩边走边说。我讲读了他批判法斯特的文章的一些感想。他说:"批判法斯特这样的作家,不能简单行事,靠漫骂是不行的。必须用事实说话,以理服人。"他真是一片真诚,因为他自己也是一个作家。岂料那年头早已不容许你讲真话了,不让你有自己的想法。果然,没过几天,他就慌忙地不得不作检讨了。《代跋》的末尾他说得更透彻:"我的悲剧是别人把我当工具,我自己也甘心做工具,而法斯特呢,他是作家,如此而已。"其实法斯特讲的也是他自己的心里话。

1987 年 4 月,他在给冰心大姐的信中还说:"近来记忆力又大大衰退,以前读过的书也逐渐忘掉。有时忽发奇想,以为自己可以摘掉知识分子帽子,空欢喜一阵子。可是想来想去,还不是一场大梦?不管有没有知识,我脸上打上了知识分子的金印,一辈子也洗刷不掉了。可悲的是一提到知识分子,我就仿佛看见我家里的小包弟,它不断地作揖摇尾,结果还是进了解剖室。"读到这样的话,心里真不是滋味。

1983 年 6 月,他当选全国政协副主席。早在两个月前,先后有两位高端人物来医院探望,都对他说,两会即将召开,他不再任人大常委,将改任政协副主席。之后我曾笑着对他说:"老兄,你当了全国政协副主席,如果你家门口设置警卫,要填写会客单,那我就只好少来看你了。"他笑了。我知道他素不喜欢官场的一套,只想做一个真诚的作家,为人民服务的普通人。真的,武康路他家门前从没设置过警卫。直到九十年代后期某副委员长在寓所遇刺事件发生后,在他的病房门前廊上才有了便衣警卫员。这时他也因病长住医院无法回家了。再说来访的熟人也并未受到过阻拦,新世纪的第二年迁入医院南楼病房才改由武警部队值勤,也都是便衣人员守候了病房外廊上,执行才较严格。那也是他大病后体力日趋衰弱,遵医嘱谢客,尽量免去干扰。不过之前几年里,离沪赴杭疗养,那就身不由己了,一切得听当地警卫部门的安排。特别是出游景点时,车队浩荡,警笛长鸣,确叫人十分的不自在,大有感于远离人民大众了。

想起了1987年10月下旬他从成都回来后,一次问起他在川中活动的情况,他颇感歉然地说:"住在金牛宾馆一小院里,有天王作宾偕另一老友来访,我不知道,被下边的人挡回去了,老朋友啊,真对不起。要是你在,就不会发生了。"之后我从部分亲友的来信中,有人就讲出难以见到他的愤慨之词。也曾代他作过一番解释,他是身不由己啊!还把个别人的话转达于他。他也只能苦笑一下而已。

七

在这儿我还要讲几句有关他的朋友的话。的确,他的朋友多多,各式各样,各界的人都有。其中我认识的也不少。由于他的关系,我和我的家人也曾受过其中有的人的厚爱与关怀。特别叫我永铭在心的一位叫张履谦的,笔名谦弟,是他早年的朋友。张曾在黄埔军校当过政治教官,也是个安那其主义的信仰者。抗战开始后携眷返川,在成都主持一家名叫"今日通讯社"的新闻社,在重庆还有个分社。那时他夫妇同毛一波夫妇、卢剑波夫妇合住一幢楼房,通讯社就设在底楼。我常去看望他们,他们也把我视作自己的幼弟看待。我九姐琼如寡居后,经张介绍在旧电信机关谋得一职位,解决了她个人的经济生活,直到解放后,她还能进"革大"学习。听说解放后张去了四川大学任教。在一次运动中受迫害而自杀。多好的人,一个乐于助人的人。应该说,四哥的这些早年的同道朋友,他们从来没向我宣传过他们信仰的主义,是他们各自的主张不同,还是别有原因,我不知道。只自知缺乏主动。回忆那些年里,我如在成都,每逢二月里克鲁泡特金的生日,张家必有不少朋友聚会,吃一顿寿面,张总叫我去参加。根源于我这人素无大志,更缺少革命理想。受孔孟之道影响较深,只想做个无害他人、安分守己的清白正直的普通人。读书人嘛,就应该像颜回那样安于贫。对某些口讲革命理想,遇事往往谋私的人,看不惯,即使是他的朋友,也不引以为敬。也曾对四哥直述胸怀。他呢,总是不置一词。对朋友他都心存宽厚,有时到了忍无可忍的地步,也仅仅发上几句牢骚、激动一时而已。"文革"前期,有位老友为了自己脱身,竟胡说八道写出诬陷的材料,这完全出乎他的意料之外。虽曾愤激一时,到头来还是原谅了这人,认为他也是受害者。他越到老年越是胸怀坦然,无动于衷了。想到的仅仅是如何回报读者,回报人民,这是令我最服帖、敬佩之处。自知望尘莫及,难以达到他这种忘我、无私的自律至严、自剖至深之精神境界。

没想到唠唠叨叨我竟写下了这么多的话,其实言远未尽,又哪能一纸就道完呢?以后还会有唠叨的时候,现先打住。不由记起他在一篇文章里写的几句话:"勇敢些,你要抑制悲痛,不要叫你的精神破碎。我常常以为我们亲爱的人的死会使我们变成更好的人,你的义务去做一切她所喜欢的事,而不是去做任何她所反对的事……"这是他借用马志尼劝赫尔岑的话来劝当年丧偶的马宗融大哥的。现在也正是我应该牢记的话。

别了,四哥,我永远忘记不了的胞兄。我不再用言词哀悼你,你也不喜欢我们这样。你不仅活到过百岁的高寿,还给我们留下一笔珍贵的精神财富。只有"去做一切你所喜欢做的事,不去做那一切你所反对的事",那你就必然会活在我们的心中。你的箴言多多,我当永远牢记。就此终笔。

2006 年 6 月 24 日脱稿于萦思楼

巴金与抗美援朝

今年是抗美援朝五十周年,电影频道转播了大型纪念活动。让我想起了《英雄儿女》、《上甘岭》等等影片所描绘的中国人民志愿军战士们的各类英雄形象,不由得也随口哼出"烽烟滚滚唱英雄,……"的赞歌来。这些影片久映不衰,震撼过多少人的心!至今眼帘下还留存有激荡情感的动人场面。英雄们的伟大的爱国主义和革命的英雄主义精神将永远地鼓舞、教育着人们前进。说起《英雄儿女》,电影原本是根据巴金短篇小说《团圆》改编而成的。忆及"文化大革命"前期上海的"造反派"们开始批斗巴金时,恰好影院里正放映《英雄儿女》,这下惹恼了他们,立即要影院把影片片头巴金原著等字样抹去不说,更勒令巴金检查、交代,说他写的小说与影片内容完全无关。真是荒唐可笑!而历史无情,1979年党的十一届三中全会决议彻底否定了"文化大革命"。国家有救了,我们这才开始走上了复苏、繁荣的建国之路,方有今日上海的"一年一个样,三年大变样"的辉煌成绩,展示出美好灿烂的前途。1994年11月下旬巴金九十大寿之际,影片中原扮饰王成、王芳兄妹的男女演员还分别从外埠特地赶来上海,去华东医院病房探望病中巴金并向老人祝寿。而今又是几年过去,巴金九十六周岁的诞辰来临。看来这位世纪老人必然会平安地跨入新的二十一世纪了,我们衷心地为老人祝福,祝他长命百岁!

二十世纪的五十年代初叶,巴金曾两度赴朝,深入志愿军前沿部队体验生活,先后共住了一年有余,因之得与志愿军的指战员们结下了深厚的情谊,他称他们做"朝鲜战地的朋友",使他终身难忘。他的第一次赴朝是1952年3月,那时他已年近半百了,同去的文艺界人士十八人中数他年龄最大。他去过几个部队,住了七个月。入朝不久即写了两篇文章,首篇就是那时传诵一时的名篇《我们会见了彭德怀司令员》。之后就停笔下到连队里生活。他在一封家书(见《巴金全集》第23卷324页)里还对爱人萧珊说:"三个月过去了,我自省工作成绩差,见闻虽多,并未深入生活,以后的三个月中得好好生活一下。不然会完成不了任务……我已经领到抗美援朝纪念章,可我觉得工作无成绩,受之有愧。"可是在这年的十月里,回国之前他还是编出了一本名叫《生活在英雄们中间》的散文特写集。回国后即应约交给人民文学出版社印行。更在《后记》中写道:"在朝鲜住了七个月,就只写了这短短的十一篇文章。自然应该写的东西是很多的,至少我还可以写一本小书,而我还打算写更多的作品,但是即使写出十倍多、二十倍多的作品,我也写不完这些日子里激动我的心的感情。我找不出适当的话来感谢我在朝鲜遇见的每个志愿军的指挥员、战斗员、机关干部、勤杂人员和文工团宣传队的男女同志。我称他们做朝鲜战地的朋友。我愿意把我的第一本朝鲜通讯集子献给他们。"回国后的几个月里,尽管事务纷繁忙个不停,他仍然时时被内心蕴积着的感情所驱使,又陆续写成了一本《英雄的故事》短篇小说集。其中《坚强战士》和《黄文元同志》发表后曾引起了不小的反响。他说《坚强战士》完全是真人真事,《黄文元同志》却是"把我在朝鲜遇见的几个四川青年战士给我的印象合在一起写成这篇小说的。最后所写的是邱少云烈士的惊天动地的英雄事迹,它太使人感动了。我想借用它来给我的平凡的文章添一点光彩。"即使几年后他在答复一位读者的公开信——《关于〈坚强战士〉》中还说:"动笔以后,小说的写作进行得很慢。英雄受苦,作者也在受苦。空气沉重,我的文思也迟钝。我在写作的时候好像跟着人物一同生活。那个时候我也曾仰卧在地板上用两只肘拐和一条右腿爬行……小说发表了,好几位同志都说'写得不好,沉闷'。还有一位不认识的同志来信责备我不该写得使人读起来感到痛苦。他说了真话。我写的时候自己心里边也痛苦,当然写不出叫人感到舒服的文章……我的文章并不精彩,也不动人,动人的是张渭良同志坚强的性格和他对祖国和人民的深厚的爱,(这都是在志愿军里培养起来的)。他的英雄事迹教育我,我也希望有人从我的'特写'中得到益处。"

　　巴金第二次入朝是在1953年8月初启程的。这次仅只他个人单独前往,是他自己主动申请的。在那儿的部队里他已经交上了好些朋友了,他忘记不了他们。为了等办手续,等得他十分心烦。他在一封家书里特别提到:"迟到一天就少看见一些东西。最使我心烦的就是最近几个月上海的生活把我的精神消耗得太厉害。在朝鲜七个月的印象似乎全给磨光了。我想从事创作是因为我心中有许多感情,我非写出一部像样的东西才不白活,否则死也不会瞑目。至于别人的毁誉我是不在乎的。但要写出一部像样的作品,我得吃很多苦,下很多工夫,这对我创作没有妨碍。"(见《巴金全集》第23卷332页)这回下部队应该说是"驾轻就熟"了,不会像"第一次去接触普通战士,同他们在一起生活,我有些儿胆怯"。而是在几个部队里"都有了朋友,很好的朋友"。另一封家书里写得更有情趣:"昨天半夜失眠,为捉背上一条小虫,弄坏了眼镜架。今晚趴在地上借着洋烛光写信向你问好。卫生员刚来洒过六六六粉,又打滴滴涕。通讯员睡在屋外廊上(这是兵团派给我的)打鼾,这种生活对我显得很亲切。我很好,出国以来天天坐车跑来跑去,一直未停过,但我不累。"他刚到部队时先各处看看,有时借住在朝鲜农民家里。这封信正是借住在农民家写成的。

这回他又住了五个月,归国后他编写了一本名叫《保卫和平的人们》的散文特写集子。在《代序》里他写道:"去年我在中国人民志愿军部队中间生活了七个月,现在我又到了他们这里。我内心始终忘不了这些人和这种生活。我想念这些人就像想念自己家里人一样。去年我离开志愿军的时候,一个兵团的政治委员对我说:'你不要忘记你是这个兵团的人啊!'这句简单的话使我非常高兴。我觉得成为这个'大家庭'的一分子是莫大的幸福。隔了八个月我还记得这句话,而且想到这句话我的心就激动……他们把我看做他们中间的一个人了……'都是自家人',战士们对我说过这样的话,干部更常常对我说这样的话。这样我就在志愿军中间交了朋友了。他们的一切都牵动着我的心。我越跟他们接近,越认识他们,就越爱他们……不管我在哪里,我都看见那种'一人吃苦万人享福'的忘我精神。不管我遇着什么人,我都在他脸上看到对祖国的爱,而且每个人都准备随时为这种爱牺牲自己的一切甚至自己的生命。"

回国以后他又忙了起来,会议多,任务重,身不由己地一会儿东一会儿西,甚至出国访问,连原本与"坚强战士"张渭良相约的会见也以另有任务未能践约了。使他一直有愧于心。此时他仍然写出了两个故事《明珠和玉姬》与《活命草》,这是他怀念在朝生活期间认识的朝鲜小朋友,有感而作。他更没有想到1959年庐山会议后彭德怀司令员竟蒙不白之冤,身遭困厄。他入朝时写的那第一篇特写就此打入了冷宫,再难与读者见面了。不管怎么样，六十年代初他还是陆续写出了包括《团圆》在内的七篇小说，编成题名《李大海》这个短篇小说集子。在《后记》里他深情地说："我写这些小说，似有一种'旧梦重温'的感觉。我写的虽是别人和别人的事情，可是我自己也在小说里边生活。我执笔的时候，好像又回到了九年前那些令人兴奋的日子，见到了许多勇敢而热情的友人。我多么想绘出他们的崇高的精神面貌，写尽我的尊敬和热爱的感情。"其中几篇小说还是他下定决心，排除一切干扰，远去四川成都写成的。连他的继母病逝上海，他也没有放下笔回家奔丧，机会难得啊！此外他还完成了一个十多万字的中篇小说《三同志》。由于自己不满意，便藏于笥内，没有拿出来发表，想找时机再作修改。哪料这一放就是十多年过去了。等到噩梦醒来，能得重新握笔之后，二十多年前的战地生活萦系于怀，难忘昔日那些英雄儿女们的感人形象，再把《三同志》旧稿找了出来想重作修改，可是时过境迁，要想再找机会补充战士生活已经难如人愿了，只能望稿兴叹，颇多感触。于是另行创作了一个短篇《杨林同志》。这该是他在"文革"以后写出的唯一一篇小说，也是描述有关抗美援朝战地英雄的最后一篇小说了。

1978 年年尾，彭老总的冤案得以平反。此时巴金正编好自己作品的一本选本《爝火集》，他在"后记"里一开始即写道："集子编成，序也写好，刚刚交出去，我就知道彭德怀同志恢复了名誉，我在二十六年前写的《我们会见了彭德怀司令员》也有了重见天日的机会。那篇文章曾经被当作'反党反社会主义的大毒草'受到批判。我记得 1967 年七、八月上海某报发表了一篇文章，标题是《评彭德怀和巴金的一次反革命勾结》，他们的证据就是"会见彭总"。现在我把这篇散文收进集子，放在卷首，请大家看看林彪、'四人帮'及其余党和爪牙们讲的是什么道理！"末尾他满怀深情地说："……我想起了在朝鲜战地过的那些生活，彭总的英雄形象非常鲜明地出现在我的眼前，好像我刚刚跟他握手告别回半山的洞子里似的。他还是那么亲切，那么诚恳，那么平易近人，想到他已经离开了我们，我感到悲痛。人的生命是有限的。然而为人民立下的功勋却将与世长存。"直到1991年7月里这位八十七岁带病的高龄老人，尽管他的手指僵硬难以握笔，还是一笔一画勉力地在他的《巴金全集》第二十卷的末尾《代跋》中谈到《三同志》这部不成功的小说时还写道："这一年的生活（指在朝鲜志愿军中）我并不是白白度过的，我不是在替自己辩护，虽然没有写出什么作品，我却多懂得人间一些美好的感情。在我这一生，写作与生活是混在一起的，体验生活不单是为了积累资料，也还是为了改变生活。两次入朝对我的后半生有很大的影响。"这该是巴金心声的吐露。当时他还准备第三次赴朝，结果这个计划未得实现。在二十六卷的《巴金全集》里，还另收入有两本没发表过的《赴朝日记》，这是他当时体验生活的生活记录。

巴金原本是个信仰克鲁泡特金的理想主义者，又是个人道主义者，更是个热爱祖国的爱国主义者。你看他：三十年代中叶抗日战争爆发后，他在上海立即发表《只有抗战一条路》等短文声言自己拥护抗战的鲜明立场，立即以笔作投枪积极投入救亡运动之中；五十年代初抗美援朝、保家卫国的战事发生，他自然响应号召，义不容辞地奔赴朝鲜，深入志愿军部队体验生活，同样用笔宣扬伟大的爱国主义和革命的英雄主义精神；七十年代末叶，他出访法国，一天清晨他坐在四星级宾馆高楼的阳台上，瞭望窗外，浮现在他眼帘下的并不是巴黎的华丽闹市，而是北京、上海、成都的街景，因为他虽身在异国，实心系祖国的乡土啊！到了晚年躺在病床上他还这样说："远离了读者，我感到源泉枯竭。头衔再多，也无法使油干的灯点得通亮。但是只要一息尚有，我那一星微光就不会熄灭。究竟是什么火呢？就是对祖国对人民的爱。这也就是我同读者同在一起的联系。"打从去年春节前夕身染肺炎,陡发高烧。几经抢救总算脱离险境,可是病后已难以出声,只能静卧病床,靠鼻饲输液营养;而脑子清晰,关心的依旧是国家和人民的大事,精神佳时,必收听早广播,看电视新闻,让身边的人为之读报、诵文。往往安静地落入沉思之中。眼下病情还算平稳,对于一个病魔身缠多年的老人说来,已是不容易的了。

特在文末附上一句:用爱关心人们的心。

2000 年 11 月 19 日

这就是巴金

冯牧在一篇文章里曾经说：

> 二十世纪是人类历史上极为重要的值得大书特书的一段历史进程……巴金诞生于二十世纪初，几乎可以说是与世纪一起经历跋涉过来的世纪同龄人。他走过的漫长艰苦道路，深深刻印着时代的印记。巴金一生热爱祖国，热爱人民，关怀人类的命运，他在思想文化方面所做的努力和建树都体现了人民的呼号、愿望和心声，成为本世纪中国知识分子对于时代和生活进行深刻探索和思考的重要结晶。特别是近十年来，他还不遗余力提倡讲真话，"把心掏给读者"的像黄钟大吕般的呼唤，在社会上更是产生了振聋发聩的巨大影响，赢得了广大人民和知识界的热烈呼应。

确实如此，千百万读者喜爱着作家巴金，他的作品历时半个多世纪畅销至今不衰。各种各样版本和选本可以说遍布宇内，并因之获得了美、法、俄、意、日等国家的多种荣誉，近日媒体又误传巴金拒绝角逐诺贝尔文学奖报道。新华社记者赵兰英为此专程

2003年4月，与李辉（右一）及吉林电视台记者合影。

赴医院采访了有关人士，发出专电说明真情，并让人们了解到老人的近况，最后说："病中他多次对医护人员说，'他欠读者许多，以后也不可能再写作了，就不要用好药了'，他心中永远只有读者，这就是巴金。"

记得拙著《记巴金及其他》于1994年宁夏人民出版社印出后，一版再版。该社还相继印出了彭新琪的《巴金的世界》和李致的《巴金教我做人》两部书。如今又将推出三本，以完成原先策划的六本同一主题的系列丛书，六本书都是从各个侧面介绍巴金的生活种种，他的做书与做人。

今春编者受出版社委托编选这套丛书之五的多人撰述集子。这集选收了23位作者撰写的63篇作品，或取自文集，或选自刊登的报刊，这都得感谢原作者的大力支持。作者中有原是巴金的文坛老友,有因常年前来采访而结下情谊的熟人,有半个多世纪前归来的海外游子,有从事现代文学研究的教授、学者,有这些年来常在老人病榻前走动的、为之服务的青年晚辈……更有在"文革"初期偶然于批斗会场得见巴金一面的陌生读者。这些作品也就是这些作者记下所见所闻的生活实感吧。是一片真情实话啊!

巴金老人从上世纪八十年代开始,一直受着多种疾病的折磨,在十分痛苦的困难中,他一心要"把心交给读者",坚持偿还"欠债",写下那像巨砖厚重的讲真话的大书。这使得他的老友张兆和(沈从文夫人)在一次集会上动情地说:

"你活得太苦、太累、太不容易!可是你的文章叫人思索一个这样的问题:一个真正有良心的作家应该怎样做人。"(《纯粹真挚的友情》)

眼下巴金已是躺卧病床、手不能握笔、言不能出声、年近期颐的老人。幸思路依然清晰,想念的仍是祖国和人民,惦记的还是千百万读者。不能用笔还"欠债",就用行动来弥补。他一直在向晚年的托尔斯泰学习,力求做到"言行一致","心口如一"。

浩劫不仁,近十余年巴金长期缠绵病榻,愿天上"巴金星"的清晖照耀,给地上的巴金以更强的生命力,使他早日战胜病魔,享受一段风和日暖、安静愉悦、人生应有的冬晴岁月!

我愿借用柯灵兄的话以结束本文。

此刻电波正播送着"巴金倡议建立的中国现代文学馆新馆今天正式开馆"的信息。这喜讯会给病中的巴金带来喜悦和安慰。可惜他不能前往剪彩了。初夏的阳光和雨露让大地百花艳丽,浓绿滴翠，一片盎然生机。愿这生机加强老人的生命。

2000 年 5 月 23 日夜

上文写于一年多前，乃《天上有颗巴金星》一书的代跋。该书已发排，即将在宁夏人民出版社出版。2001 年 11 月 25 日是巴金老人 97 周岁之庆，借此跋文祝愿老人平稳、宁静地度过百年大寿！

2001 年 11 月 11 日补记

再一年多后，文中提及的书稿，出版社终未予以出版，徒唤奈何。特此补注。

又见巴金

　　走下公共汽车,穿过马路走上了人行道,压不住心头的激动,急匆匆地朝着去华东医院的方向迈步,走着走着,想起了医生的告诫,立即克制地放慢了步伐。自生病开刀后在家疗养以来,已有三个月未去过医院看望巴兄了。尽管他的情况通过国烁口中也都一清二楚,而思念之情仍炽,总想看到人心里才更落实。他已接近期颐高龄,又是个多病之身;自己呢,也是个八十又四的老头儿了。说实话,彼此相见之日又能有多少了啊?手足情深!之前,我是每周至少必去医院一次的,总把外界某些情况和朋友、读者的问候与关心一一奉告。虽然无法交谈,可是通过眼神、面情、心灵的交流自在无言中。相对直视,我说他听,又自有一番欣喜与安慰。记得5月12日那天下午去医院,走进病房时,见病床已被摇起,他正端坐着。一眼见我,立即双睛放光,笑容满面,说不出的高兴。这时我也乐了,连声唤他,不住说今天你真好。来不及把要讲的话一一吐出。

　　就在我生病期间,他也从住了两年多的东楼病房转移到新近装建好的南楼病房了。新居显得更为幽静。房间似乎大了一些,南面是一排落地玻璃窗,窗外还有一道颇为宽敞的走廊,黑色栏杆下即是绿树成荫的花园。应该说这园子对他并不陌生。1996年的春末，他在护理人员的伴同下坐着轮椅曾来园内草坪小憩过一阵子呢。而今已有两年多不曾坐过轮椅了。眼下，他如果侧身向外而卧即可看到一片赏心悦目的浓绿。耳际有时也会传来鸟啼、虫鸣，以及风吹雨打、树叶发出的沙沙之声。当我走近床前呼唤他时，他两眼直盯着我，嘴唇不住颤动，显然是在问我："你来了，病好了吗？"我连忙回答："好了，体力恢复得还算不错。三个月没有来看你，好想你哟！"接着把要讲的话和朋友们的情况一一相告。这一天他的痰似乎特别多，喉咙力总是呼噜噜的。小护士时时来用吸管吸痰，精神也因之欠佳，颇为疲累。久别后再见，总算满足了我的渴望。不愿多给他干扰，逗留不多久，即行离去。再到东楼看望另外两位久病的老友去了。

以上是两周前记下的。昨天下午，再次前往，是要把近日来自台湾朋友的问候与祝福相告，并把附于航信内的一纸剪报中有关他的文字念给他听。剪报乃台北《联合日报》8月25日刊载痖弦写的《不容青史尽成灰》一文。文中有这样的话："书川先生还告诉我，他印象最深的是陈辉的大业书店，在当时可以说是南部出版界重镇。该书店于1951年2月在高市大勇路开张，推出'今日文丛'，所延揽的全是南部作家。王书川的《北燕南飞》、《花笺忆》，艾雯的《青春篇》、《雨巷花笺》……尹雪曼的《咕咾岛》，王黛影的《不归鸟》，张默主编的《六十年代诗选》都被主编人陈辉编入这套丛书之中，由于选稿严格，印刷精致，加上发行量大，使它成为台湾光复后第一套极具规模的文学丛刊。比后来萧孟能的《文星丛刊》还早至少十年。听说陈辉来自上海，曾在上海文化生活出版社工作，为老作家巴金助手，对文学书籍独具慧眼，工作有意境，也有方法……"文中提到的陈辉其人，确在文化生活出版社工作过多年，我们曾共过事。陈去台湾也曾得到出版社的支持与帮助。

这天我去得早了一些。巴兄刚午睡醒来不久，我跟他讲话时，虽听着，人似乎尚未完全清醒。稍后国烁来了，再次把我带去送他的两个小小条幅展开给他看。条幅乃我在"五一"节日前夕用小楷抄写他的《没有神》和《再思录·序》两篇短文，前一天装裱店家刚给我送来。国烁还问他看清楚没有，这时他神情贯注，点头示意。之后我一边拉着他的手立于床前，一边跟坐在对面的国烁讲话。他用手直撞我，我尚未明白过来，国烁却看见了，忙说他要跟你讲话，我急忙俯身看着他，只见他眼珠转着，嘴唇直动，一急，脸就涨红了，似又有痰阻塞喉间，咳不出来，脸就更红了。我忙叫护士过来吸痰。旁边的另一位老护士解释说，这两天痰少多了，只是痰黏了一些，黏在气管里，不用一点清水滴进去，溶解一下，是不易吸出来的。经此一番折腾累坏了他。痰吸去了，人慢慢也就平复过来，面色不那么红了。可是眼皮也不由得落下闭上，精神不济，他想睡了。

归家途中他那为痰所累的苦痛面情一直浮现在我眼前，如此活着也真不易啊！这些年来他一直同多种疾病作着艰苦的斗争，为了配合治疗，他无言地忍受着磨难与苦痛。"如果你在自己身上找不到欢乐，你就到人民中间去吧，你会想念在苦难中仍然存在着欢乐。"他躺在床上，听着柴可夫斯基的交响乐。想起了他的话，就更想把这句话告诉他思念着的读者。他那崇高的人格，坚韧的意志，顽强的精神，感动了不知多少人。由此他跟身边的医护人员结下了情谊，成为朋友，那是用爱心与真诚组成的一幅人间美图。"帮助巴金活过一百岁"成了一个祈盼，一份责任，一种情感，不单来自医院的医护人员，也来自千千万万的读者。

据可靠消息，十一月初，第六届"巴金国际学术研讨会"即将在福建福州市召开，又会是一次盛会。

脱稿于 2001 年"九一八"国耻纪念日前

梦境成现实

说来也巧,我在去年11月下旬有机会赴京得以参观文学馆之幸,虽然为时较短,却感受颇深。返沪后一直难以忘怀。其情其境,余韵袅袅,至今犹存,又何止于文学艺术之享受!

文学馆全名应是中国现代文学馆,指的是建成于新千年5月的新馆。馆址坐落在北京市朝阳区的原安苑东路。不过现在这条路已正式更名为文学馆路了。由此可见其影响。

新馆开馆之日,贵宾云集,一派喜庆气氛。这是轰动整个文艺界的盛事,媒体争相报道。是日,上海作家协会的徐钤同志专程赶往华东医院守坐在巴金老人的病榻侧,为之朗诵刊于报端、介绍文学馆的专题报道。老人安详、专注地倾听着。这一喜讯无异于一帖良方,使大病愈后的老人无比的振奋。老人的宿愿终于了却,精神大获安慰,他笑了。记得那还是在1981年4月初出版的《随想录之六十五·现代文学资料馆》文中的一开始,巴金就写道:"这两年我经常在想一件事,创办一所现代文学资料馆。甚至在梦里我也几次站在文学馆门前看见人们有说有笑进进出出。醒来时我还把梦境当作现实,一个人在床上微笑。"而今巴金梦境真成现实了,文学馆的建筑不仅是那么的辉煌宏伟,古朴典雅,还具有现代化的一切设施。他能不笑么？中国作家协会和文学馆派专人送来开馆喜庆的各样纪念品。我因之也分得一份留作纪念。从那时起就有了前往一睹实景为快之愿。

　　早在1986年之初，我因公出差赴京。一天下午，曾得作家徐怀中同志之助，伴往西去万寿寺文学馆筹备处访问过。之后，两次赴京开会，又曾住宿在万寿寺文学馆的招待所，得首任馆长、已故老作家杨犁同志的热情接待。高墙深院、楼台长廊，虽显陈旧，呈颓败，但皇家宫廷气派依然留存。属保护文物之类列，不能作他用，必须另选新址。其实现代文学馆应该别具自己的特性，更应有现代化的设备，才能保存藏品。内容与形式要两相结合嘛。

　　去年11月上旬自福州参加第六届"巴金国际学术研讨会"归来后不几日，即得文学馆来电话，邀约前往参加他们为祝贺巴金98岁诞辰、将于25日举办"把心交给读者——巴金作品朗诵音乐会"和"走近巴金——大型图片展览"。盛情难却，我遂于21日到京，次日上午即由副馆长刘泽林同志陪同参观，一一详为介绍。馆址占地3000平方米。第一期工程落成的主馆部分是15000平方米，第二期工程也在进行中。主馆乃三座相互依存的庭院式建筑，飞檐斗拱，白柱紫墙，园林小院，朴雅大方。南大门前的场地中央巍然横卧一块长型花岗岩巨石，石上刻有巴金题语："我们有一个丰富的文学宝库，那就是多少作家留下来的杰作，它支持我们，教育我们，鼓励我们，使自己变得更善良，更纯洁，对别人更有用。"往前拾石阶而上，仰望白色三角斗拱的下方，高悬着江泽民题写的"中国现代文学馆"鎏金大字横匾。朝内则是镶着金色框的三大扇玻璃落地门窗，中为旋转门。我也是摸着门上把手的巴金手模进入这座文学殿堂的。大厅内黑白相间的天地给人以庄严的圣洁感。面外的玻璃窗全镶嵌着彩色的现代画图像，都是描绘名著中的某个细节，辉煌耀眼、斑斓夺目。一旁墙壁上则配巨幅油画,以"受难者"和"反抗者"为题,凸现名作中人物的文学形象:孔乙己、汪文宣、祥子、虎妞、觉慧、鸣凤、陈白露、白毛女……有着数千名作家签名的大青瓷花瓶就屹立在厅内左侧……

据介绍,文学馆定位为中国现代文学资料中心,具有文学博物馆、文学图书馆、文学档案馆和文学资料及交流中心的多种功能。现有藏品 30 余万件,其中书籍 17 万册,杂志 9 万册,手稿 10 万余件,照片 8000 多张,书信 8 万余封,以及录音带、录像带、文物等等。对整批捐赠藏书的作家还建立个人专库,已有巴金、冰心、周扬、丁玲和林海音、卜少夫等 15 位个人文库。二楼走廊上另设 18 位作家的模拟小书房,是用作家和其家属捐赠的常用实物布置而成的。例如陈白尘书房的中央就有作家使用过的昔日清宫御书房的书桌,而胡风书房的一角则陈设着他常坐的一把破旧藤椅;另外还有放着萧军收藏的宋砚,萧乾二战期间奔波于欧洲战场使用过的相机……可谓琳琅满目、瑰宝纷呈。真是一物一景引人遐想与默思。啊,记起来了,眼下陈放展厅玻璃柜内二十年代巴金主编的《平等》杂志就是我 1994 年春来京开会时亲手交于舒乙同志的,乃巴金捐赠的几件资料珍品之一,该刊物应是世上唯一现存的合订本了。户外各个小院的草地上错落有致地塑有鲁迅、郭沫若、茅盾、巴金、老舍、曹禺、叶圣陶、冰心、朱自清等十三位文学大师的雕像,或坐,或立,或扬手高歌,或低眉沉思,或喁喁聚谈……无不栩栩如生。

巴金说:"我们的新文学是撒播火种的文学,我从它得到温暖,也把火种传给别人。"又说:"将来的文学馆成立需要做的工作可能更多。"进而预言:"十年以后欧美的汉学家都要到北京来访问现代文学馆,通过那些过去不被重视的文件、资料,认识中国人民优美的心灵。"这些年来文学馆的确做了不少的工作,不仅在北京举办过多次丰富多彩的名作家的生平与作品展,继又分期到上海、四川、福建、武汉等地作巡回展出,为外地读者服务。新馆成立后,馆长舒乙同志更曾远访美国,并与台湾有关方面(台南也正在筹建中国文学馆)晤谈,谈及日后两岸的馆际交流、人员互访及展品交换展览的各类事宜。至于新馆开设的定期文学讲座更是深受广大读者、学子的热烈欢迎。最后还是让我引用倡办文学馆的巴金的话来结束本文吧:"点着火柴烧毁历史资料的人今天还是有的;以为买进了最新机器就买进了一切的人也是有的。但是更多的人相信我们需要加深我们的民族自豪感,提高对我们的民族精神的认识。认识自己,认识我们的文学,认识中国人民的心灵美。"(见《真话集》第19页)

让我们加大努力把这座新建成的汇集了丰富的人文宝藏之库,展献给世界吧,让更多的人了解我们中国文化的博大精深,让人类共同享用这一精神财富。

脱稿于 2002 年春节后二日的萦思楼

"愿为大家活着"

——贺巴金百岁大寿

十二年前,左泥兄将搜集的《巴金传》(徐开垒著)的插图、画页装裱成册展示余前,并索数语冠于首,曾写过这样的话:"全图自巴金 1927 年辞别祖国赴法留学始,至十年浩劫期间与萧珊诀别止……大半生之奋斗经历,坎坷遭遇,无不择要显现于画内;而巴金对人生的思考、探索、追求精神,同样亦跃然纸上。"今左兄复以十来年间以此画册向巴金的老友、熟朋、同行、读者征求题词,所得的数十篇章,汇同画页编辑成《名家诗文画集藏》,付梓精印,以贺巴金百岁初度。诗、文、画相互辉映,愈发凸现了巴金这个人——这个一生把心交给读者的诚挚的人。

纵观巴金人生旅途,今天还能勉力地走到期颐之年,也实在不易啊!记得沈从文夫人兆和三姐曾在贺巴金九十诞辰的电文中动情地说:"你活得太苦,太累,太不容易!"这是知之甚深的老友发出的衷心语声。

君不见,远在七十七年前,巴金还是个满怀革命理想的二十三岁青年学子,立于黄浦江畔一艘外轮甲板上热泪盈眶地低声自语:"再见吧,我的不幸的乡土哟,我恨你,又不得不爱你!"这是他当时苦痛心情的表述。

　　巴黎的清苦单调读书生活激起了他的思乡之情，因此经常去先贤祠，向那"梦想消灭不平等"和"压迫"的"日内瓦公民"卢梭的铜像倾诉自己寂寞、苦痛的心声。法国先贤们"爱真理、爱正义、爱祖国、爱人民、爱生活、爱一切美好事物"的言行给予了他深刻教育，他说："我想到过去的爱和恨，悲哀和欢乐，受苦和同情，斗争和希望，我的心就像被刀子割着一样，那股不能扑灭的火又在我心里燃烧起来。"他坐不住了，原来"抱着闭门读书的决心"给打破了。特别是那个被关进美国监狱、死在电椅上的意大利人凡宰特写给他的信里的"我希望每个家庭都有着住宅，每张口都有面包，每颗心都受到教育，每个人的智慧都有机会发展"的话，更让他万分激动。这正是他心里想说没能说出的话，也使他更加明确了今后的人生道路。自此，他"开始在一个练习本上写下一些东西来发泄"当时的感情，"让我的痛苦，我的寂寞，我的热情化成一行一行的字留在纸上"。这本练习本上写的东西就是后来发表在《小说月报》上的《灭亡》。从此他与文学结下了不解之缘，成为一名作家了。但这实在又有违他的夙愿。他原本抱着探索人生的理想，远走海外，想找寻一条救人、救世，也救自己的路，通过革命实践以求改造黑暗的旧中国。结果由于种种因素，理想难以实现。思想产生了矛盾，内心痛苦不堪，不但无法放下手中的笔，反而愈写愈勤了。只有写作才能倾吐苦闷的感情，平息燃烧在心里的烈火。学人陈思和在他的《巴金传》里分析说："巴金在文坛上的魅力，不是来自他生命的圆满，恰恰是来自人格分裂：他想做的社会改革事业已无法做成，不想做的文学事业却一步步诱得他功成名就。巴金的痛苦，就是巴金的魅力。"而巴金自己并不在意他在文学上的成就，从来不认为自己是个文学家。在小说《春天里的秋天》的序里他就苦恼地写道："我的许多年来的努力，我的

2001 年 11 月 2 日,福州大学,第六届巴金国际学术研讨会隆重召开。右起:唐金海,李济生,坂井夫妇,罗韵希,龚明德。

用血和泪写成的书,我的生活的目标无一不是在:帮助人,使每个人都得到春天,每颗心都得到光明,每个人的生活都得到幸福,每个人的发展都得到自由。我给人唤起了渴望,对于光明的渴望,我在人的面前安放了一个事业——值得献身的事业。然而我的一切努力都给另一种势力摧残了。在唤醒一个年轻的灵魂以后,只让他或她去受更难堪的蹂躏和折磨。"写作同样使他苦痛。倒是他在 1935 年 8 月起主持文化生活出版社、从事编辑出版工作的近二十年内,在积累文化这一社会实践事业里找到了短暂的内心的平衡。

新中国成立了,民族新生,国家有望。巴金跟随人民一道迎接新社会,积极地投入新的生活,力求改变自己,改变自己手中这支一直揭露黑暗、控诉罪恶的笔。没料到理想与现实,主观与客观又产生了新的矛盾。苦恼的是连自己使用惯了的笔也难以表达自己的意愿,勉强地写些自己不熟悉的生活。

一个运动接一个运动,先是身不由己地跟着别人喊着大话、空话、继之又不得不违心地说点假话了。静夜反思,痛苦何堪!最终被打入地狱,沦为"牛鬼"。等到十年梦醒,他回顾既往,汗流浃背,内心出血,沉痛地说:"经过几年的考验,拾回来'丢开'了的'希望',终于走出了'牛棚',我不一定看清了别人,但是我看清了我自己。我虽然十分衰老,可是我还能用自己的思想思考,我还能说自己的话,写自己的文章。"痛定思痛,重新拿起笔大胆而又谨慎地写出自己要说的心里话。他用了八年的时间才完成《随想录》五卷,一本"讲真话的大书"。这一历程,老作家陈丹晨的《天堂、炼狱、人间——巴金的梦》和青年评论者周立民的《另一个巴金》两书中都有较为详细的记述与分析。在《探索集》的后记里巴金写道:"我说过,是大多数人的痛苦和我自己的痛苦使我拿起笔不停地写下去。我爱我的祖国,爱我的人民,离开了它,离开了他们,我无法生存,更无法去写作。我写作是为了战斗,为了揭露,为了控诉,为了对国家对人民有所贡献,但绝不是为了美化自己。"在《我和文学》一文里他还说:"这仍然是在反对那些无中生有、混淆黑白的花言巧语。我恨那些盗名欺世、欺骗读者的谎言。"

尽管巴金说过:"我的思想不但几十年来不断地变化,即使最近十年来,在我写《随想录》开始时,对有些问题的看法,到目前也有所不同了。"(答徐开垒的访问)但是,"不把自己的幸福建筑在别人的痛苦上,爱祖国,爱人民,爱真理,爱正义,为多数人牺牲自己。"这一信念始终如一地贯穿在他的作品与行为中,讲真话、表白灵魂,把心交给读者,依然如故。就是"躺在床上,无法拿笔,讲话无声,似乎前途渺茫"的时候,他想着的仍是他的读者。当他听着柴可夫斯基的第四交响曲，想到柴氏说过的"如果你在自己身上找不到欢乐，你就到人民中间去吧，你会相信在苦难的生活中仍然存在着欢乐。"他说"这正是我要对读者说的话"。不能用笔了，就想法用行动实践自己的诺言，偿还自己的"欠债"。

从1999年2月8日到今天，已经四年多了。他依旧躺在床上，过着跟病魔作斗争的日子。我们该还记得巴金在《激流三部曲总序》里就说过："生活并不是悲剧。它是一场'搏斗'。"在《随想录》第五本《无题集》的后记里他又说："我的愿望绝非'欢度晚年'。我只能把自己的全部感情、全部爱情消耗干净，然后问心无愧地离开人间。"当他又一次战胜病危，经过一段时间的内心"搏斗"与思考，他终于又作了诺言："愿为大家活着"。为大家活着就意味着牺牲自己。好多年前他就说过："我活下去只是为了'给'，不是为了'取'，这样的生活是有光彩的"。他的忠实的读者和老友杨苡说得好：他奉献出他所有的燃烧的热情，因为他爱人类，他爱他的亲人、朋友和读者，他始终相信"爱能征服一切"。他还能坚持着活下去。

祖国需要他，读者热爱他。多年来护理他的华东医院医护人员说："我们期盼着在他百岁生日那天送给他一篮百朵玫瑰花。"玫瑰花是爱的表征。以往在他的生日里总有人给他送上盛开的红玫瑰。冰心大姐在世时几乎年年如此。眼看他的百岁大寿之日即将来临。届时，灿烂似火的百朵红色玫瑰必然飘香在老人的病榻前，病房里又将是一片喜气洋洋的欢乐景象。

让这篇小文伴随着玫瑰花，表达我的一瓣心香吧。祝愿巴金老人身心欢畅，永无灾！

2003年3月26日写毕于萦思楼
2003年7月28日重订于酷暑高温中

书 缘 初 忆
—— 怀巴金

　　一次巴金追思会上,曾借用弘一大师"悲欣交集"名言以解说自己在他去世后的烦乱矛盾心情。欣的是他总算摆脱了六年多来身不由己的种种苦境,终于走完了自己的人生旅程,还活到百岁又一的高寿,多么的不易!每当看见他仰卧病床,口不能言,全赖药物与鼻饲维系着生命,活得是那么的又苦又累。"真是活遭罪!"近年来我常常用这话回答老友熟人对他的问病与关心。而今,人走了,骨灰也洒落大海,漂流四方。我再也不用去华东医院病房门前高声唤他了。我不仅仅又少了一个亲人,更失去一位用自身的言和行指导我做人处世的老师,能不叫我痛心疾首地悲乎?记得,有次秋末赶去西子湖畔的汪庄探望他,闲谈时,他对我说:"有什么话要说,有什么问题要问,你就尽管讲吧。"而我呢,每次来去匆匆,未作行前准备,更担心会劳他心神,影响了他的疗养。伴坐在他身旁,首先是转达老友熟人的关心与问候,然后讲些见闻趣事引他开心,有次他听后竟呵呵而笑。我也就心态安然了。其实要说的话要问的事多多,一时不知从何谈起。可就此坐失良机。此时悔恨已晚,岂不痛哉!

我原供职成都某家银行,是他 1942 年春末第二次返川建立文化生活出版社成都办事处,把我拉进图书出版业工作的。自此终身永定,跟书结下了不解之缘,在出版社干了几十年的编辑,退休后依旧藕断丝连,难脱书缘。

　　提到书,他的成名作《灭亡》寄回老家时,我尚在家塾里,读的是四书五经,学的是孔孟之道。闲时翻阅的多是旧小说中的侠义、公案之类的作品。新式小说、诗歌颇有格格难入之感。《灭亡》既出胞兄笔下,理当拜读,也不过是囫囵吞枣似的读了一遍。倒是两年后他的一本译著《我的自传》一书,传主讲述自己的种种生活经历,却让我深感兴趣,给我颇多启发。书前的“代序”还是写给我小哥哥的。序中说道:“在你这样的年纪,理论书是根本不适宜的。而且我以为你的思想,你的主张应该由你自己发展,我决不向你宣传什么主义。不过在你还没有走入社会的圈子,接触实际生活以前,指示一个道德地发展的人格之典型给你看,教给你一个怎样为人,怎样处世的态度,这倒是必要的……他一生只想做一个平常的人去帮助人,去牺牲自己。”这些话深印我脑里,无形中在我眼前展示出一条做人的道理。特别是在他主持的出版社中与他共事的十几年里,正当国难临头,极为艰苦的年代,出版社累遭厄难,受尽迫害,损失多多。生活总是处于东奔西走不安定的状态中。虽然面临种种困难,却从未见他垂头丧气过。总是执着地默默无言,任劳任怨,竭尽全力以赴。那种敬业、爱书、惜书的挚诚热忱,实在令人感动、佩服。为了能把一本宣传抗日、昂扬斗志的刊物,一本展示高尚品格、表现美好愿望、鼓舞人向上的好书奉献给社会,他是不辞辛劳的。对读者和作家真是忘我地竭诚服务,实实在在地履行着自己的诺言:“把心交给读者”。

　　说实话,除了那本《我的自传》外,他专心致志译述的克鲁泡特金的理论巨著《论理学的起源》,我至今没有认真读过,手边连书也没有,讲不出点道道来,深觉歉然。他本讷于言。我们在一起(包括通信)不是谈有关出版社的事宜,就是东拉西扯地对某些出版物的一点看法,特别是对外国名著的译文等等。往往又是我讲得多。他从来没向我宣说过什么主义,讲述过人生大道理。对人对事如有不同的看法,也从未摆出兄长或大作家的架势强加于我。往往在我事后思索时,方觉察出自己在素养、学识方面跟他的差距是那么的大。

他曾对我说:"思想随着现实的考验,总有变化、发展。我的思想不但几十年来不断变化,即使近十年来在我的《随想录》开始时,对有些问题的看法,到目前也有些不同了。"他劝别人读《随想录》最好作为整体来看。其实又何止于他这本大劫后写出的巨著,应该包括他的全部作品与译文(特别是"译后记"),以及近年来发现的佚文与写给他人的信函在内去解读,对他的人和文的关联才会有一个比较全面的理解,也才能体会到表现在作品中的他的思想随着"现实的考验"的发展和变化。

前文说过我从未读过他译介的克氏的《论理学的起源》一书,手边也没有这本书。可是1996年发表在报刊上的《巴金译文全集》第十卷的"代跋",却引起我的注意与思索。"代跋"中强调说:"道德的基础是由社会本能发展起来的,构成道德的三个要素,也是三个阶段,第一是休戚相关,相互帮助,这是社会的本能;第二是正义和公道,这是人与人相处的准则;第三是自我牺牲,自我奉献。"随后他在送我的《译文全集》(共十卷)时曾亲口指明:"译文你不用去读了,也没有时间读了吧,我写的'译后记'和'代跋'却要好好看看。"

又是十来年了。近十来年里国家的变化是多么大啊!经济稳步增长,人民生活逐渐好转,物质的建设更是有目共睹的事实,令人振奋。眼看社会风气的浮躁,人与人之间的冷漠相待,钱欲横流,人皆争利,弄虚作假,几无诚信可言,贪污腐化,有增少减,又令人忧。文化道德滞后于物质,与国家的发展实不相称。真要达到一个安定、团结、幸福、和谐的小康社会,人们的文化素质、道德基础必须大有提高才行。看来仍须上下努力,人人都应该多作点"自我牺牲,自我奉献"啊!

2006 年 3 月 27 日于萦思楼

鲁迅的学生—— 巴金

巴金一生崇敬鲁迅,视先生为自己学习的榜样、人生道路的师长。尽管认识鲁迅较晚,但先生的作品却很早就影响了他,他是携带着先生著作出川来上海求学的。先生的作品与人品成为他踏进社会的一盏指路明灯,灼灼闪亮在前方。这些都有他自己的文章作证,不用我在这儿饶舌。特别是鲁迅先生晚年对他的关注与厚爱更让巴金终生难忘。他与吴朗西共同主持文化生活出版社时,一开始就得到了先生的大力支持与关怀。先生晚年的著译全由文化生活出版社包办出版。当巴金受到他人攻击时,先生竟挺身而出,带病而文,替三个文学后辈讲上几句公道话。铮铮金声,永垂青史。令人深感遗憾的是这样的一代宗师,竟然只活到五十多岁就因病而去了。作为学生的后辈巴金比他幸运得多,不仅能跨入新社会,还能活过百岁又一。不过要说,巴金这后半世纪活得也不易,真够累的。鲁迅先生在一篇短文里说过这样的话:"自然赋予人们的不调和还很多,人们自己萎缩堕落退步的也还很多,然而生命决不因此回头。无论什么黑暗来防范思潮,什么悲惨来袭击社会,什么罪恶来亵渎人道,人类渴仰完全的潜力,总是踏了这些蒺藜向前进。"(《热风》之六

1994 年 4 月,"巴金与二十世纪"学术研讨会。

十五"生命之路")巴金尽管喝过一时的"迷魂汤",说过一些违心之言的空话、假话,终于踏过"铁蒺藜"向前,十年梦醒。反思历史,反省自己,重新拿起笔陆续写下了讲真话的《随想录》。他在《怀念鲁迅先生》一文中说:"用笔作战不是简单的事情。鲁迅先生给我树立了一个榜样。我仰慕高尔基的英雄'勇士丹柯',他掏出燃烧的心,给人们带路,我把这幅图画作为写作的最高境界,这也是从先生那里得到启发的。我勉励自己讲真话,卢梭是我的第一位老师,但是几十年中间用自己燃烧的心给我照亮道路的还是鲁迅先生。我看得很清楚:在他写作和生活是一致的,作家和人是一致的,人品和文品是分不开的。他写的全是讲真话的书。他一生探索真理,追求进步。他勇于解剖社会,更勇于解剖自己。他不怕承认错误,更不怕改正错误。"(见《怀念集》增订本第 239 页)巴金在回忆十年浩劫时还说:"有人把先生奉为神明,有人把他的片语只字当作符咒";又说:"我没有权利拜神,可我会想到我所接触过的鲁迅先生。"这让我记起了巴金1979年5月16日答复黄源的信里说的话:"说到三五年你为《译文丛刊》请客的事情……我的记忆也可能有错,……但傅东华不会在场,这一点我坚持。鲁迅先生在伍实文章发表以后对傅有看法,而且傅当时同生活书店那些人比较接近,我记得你告诉我傅参加生活欢迎邹的会,会上大家唱《欢迎总经理邹先生》的歌,对傅也有不满意。还有那天请客也是为了使鲁迅先生感到轻松愉快,还约了许先生带海婴来,当然你也不会加个傅使他扫兴的。这类细节虽然好像无关重要,但能弄清楚时最好还是要弄清楚,因为同别的事情关系起来看,有时会产生一些误解的。我看生活请客的做法也不会是听傅的报告后决定的。倘使不通过茅公去约鲁迅先生,先生是不会去新亚的。"(见《我们都是鲁迅的学生》,文汇版第102页)单从这封信就不难看出巴金之认真,记忆力之强,重要的是他能按当时情境来分析事情前后经过种种,更说明他对鲁迅先生为人的了解不是一般的,合乎斯时斯境,真是细致真切。

再说几句有关《鲁迅先生纪念集》的事。这是先生逝世后由黄源和吴朗西经手编辑的,有了清样未及印成。"七七"事变后,爆发了全民抗日战争,黄源已早去家乡探望父病,吴朗西也因战事而返川谋退路了。"八一三"上海战事一起,文化生活出版社业务已停,巴金正全身心投入全民抗日的救亡洪流中,为新创的战时刊物《呐喊》奔波不已。眼看鲁迅先生逝世周年纪念日将到,便从出版社的编辑部存稿中寻找出《纪念集》清样,重新校阅一遍,得冯雪峰的帮助,发印于一印刷厂,于周年纪念当日先行装订十册,亲手送给许广平先生备用。一转眼,这事距今已整整69年了。《巴金纪念集》今也在他逝世周年日编印成册,何其巧也乎!

先师与后学各耀光辉,永垂文史。

2006 年 10 月 29 日写毕于萦思楼

(本文系就《巴金纪念集》发布会上所作的简短发言,

略加删补而成,特注。)

清 明 幽 思

　　"霁日元林好,清明烟火新"。虽是前人写的诗句,确也映出今世之景。近几年里每当这个节日的前前后后,外出扫墓之人络绎不绝。今年竟达数十万人之多,真是车如流水人似潮,即使落雨也未断。可谓盛况空前。墓地里更是风吹旷野纸钱飞,声声爆竹震耳鸣。且有人建议再增设一"黄金周",抓着这个商机搞创收。毕竟时代不同了,凡事总忘不了商业化。

　　忆昔日,身居四川老家,每逢节日和先人的生辰、死忌之期,都是在家里神主位前举行祭祀,邀请至亲一聚,从来没去过郊区墓地上坟。我连祖坟在何方也不知道。只晓得我房坟地是在成都北郊天回镇外的二台子,距城区有二十多华里,地处丘陵带,交通不便,只能坐滑竿或独轮推车前往。我也仅仅去过一次,那是大哥去世后,随家人一道护送棺木前往落葬。此后国难当头,时处乱世,为了生活已够忙累,哪还有时间远去乡村僻地。离开了成都,旅居外地更谈不上去坟地祭扫之事。即逢佳节也未必就有"倍思亲"之感。

　　抗战胜利那年冬天,从北方逃到上海孤岛养病蛰居的三哥病情变重,四哥得电后千方百计赶往,总算见上最后一面。三哥遗体也落葬于虹桥公墓内的一角。四哥请钱君匋替他写上碑文，碑下另制一本摊开的大理石的书，书面刻有"别了，永远别了，我的心在这里找到了真正的家"。这话也是从三哥生前译介的一本俄罗斯小说《悬崖》中摘取的。此后我们定居在上海的家人，每逢清明和他的生辰、死忌之日，必去他的"家"探望。往往还有人占了先，在石书前的石瓶里插上一束鲜花，我们也料到定是他昔日的学生所献。三哥本是个认真、负责、善教的英语教师，颇受学生们的敬爱。1960年冬，我母亲也在上海病逝了，我们另在万国公墓内买了一穴地安葬了老人。两地相距又不太远。我们去万国必去虹桥，去虹桥也必往万国一行。不过从无祭奠之仪，或携去花束，或取其他方式，全作探望。其实，死人何知，只不过生者略表思念之情。

　　记起1961年春四哥乘在川中小住之便，得当地政府之助，曾去二台子启坟、开棺，再行火化，全迁葬于指定的某公墓之内。就此结束了祖坟。四哥回沪不久，一次闲聊中，他忆及当时开棺的情景说："没想到父亲面容未变，只是全脸发赤，双目圆睁，真有点儿骇人。"十年动乱，大破四旧，上海的两处墓地遭劫全毁了。碑石无存，尸骨遍野。我闻讯后，曾匆匆赶往，欲知究竟。行至中途思之再三，面临现场，又能怎样？想想徒增苦痛罢了，说不定还会招来意外的麻烦及祸灾。旋即掉头跫身，颓然而返。一年后，我自身也遭隔离受审，全无自由可言了。后来又远去东北农村三年余。回到原单位也还是个"内控分子"。直到1978年春末才算正式恢复了原工作。一次路过虹桥公墓，见已面目全非夷为平地，改建一个工厂了。至于万国公墓虽然恢复，留存的墓地又有几许？我家人都不想再去查询，正所谓一了也就百了了吧。还是让心底留存着旧貌的好。后来相继去世的我的爱人和小姐姐留下的骨灰，也于上世纪九十年代后期响应号召，由我的两个女儿护送她俩随同他人一道乘船至吴淞口外撒落于大海中。而今四哥嫂与我九姐的骨灰也于去年11月25日四哥生辰那天又一道随江水漂入东海，流向远方。

倏尔时光，四哥走了又近半载，今年的清明节前一日，孩子们再次携带花瓣去崇明岛边东海之滨，撒花入流，送去思念深情。这一天我恰好随组织赴洋山深水港参观，车过三十二公里的东海大桥，单是竖立海中的桥柱水泥墩就多达三千余座，令人叹为观止，一座多么伟大的市政建设！登上大洋山之巅，面对东海，远望起伏的浩渺水波，乘机为先走的亲人默祷：你们走好！咱们后会有期。阿门。

2006 年 4 月 16 日于萦思楼

巴金的编辑生涯

　　笔者曾在一篇文章里说过这样的话："要是翻开现代文学史看看也真有意思，我们不少前辈作家差不多都做过编编排排的编辑，都跟我们的进步的出版事业有过密切的关系。鲁迅、茅盾、叶圣陶、郑振铎、巴金、靳以……都是这样。他们当中有的人先写作品，后编刊物；有的人先编刊物，后写作品；有的人就是双肩挑，编辑作家兼而任之。看来这不是偶然的巧合，该是职业本身之使然，更具有崇高的意义吧。至于巴金，在这些人当中，似乎显得较为突出一些。他不单是编过刊物、办杂志，还具体领导过一个出版社的工作，主持过两家出版社的编辑业务。"再从他编的刊物选登的作品，推荐新人；他主持的出版社所出版的多种丛书，都在读者群中与文学界产生过令人难忘的影响，不少的人和作品还留存史册，成经典名著。因之，他不仅是闻名世界的大作家，更被视为对中国新文学事业作出过较大贡献的编辑家、出版家。

一

　　巴金于 1928 年 12 月自法返国，次年初即应朋友之邀出任自由书店编辑,并主编一本名叫《自由月刊》的小册子。他回忆说,店主允给月薪80元,自己觉得个人生活简单,支付半数即可。继在刊物的"说几句开场话"里第一条声明就说:"这刊物是模仿的,不是独创的。老实说一句,我们是看了开明书店的《开明月刊》后,才起了出版个刊物的心意。"第二条声明则说:"这刊物是广告,不是宣传……并不是一定要替自由书店的书籍吹牛骗人去买;我们只是想把这刊物弄得有趣一点,使大家愿意读,然后由此引起大家去买自由书店的书。这只是半文艺半广告的小刊物而已,并无其他野心。"在刊物第二期"编者的话"更说:"《自由月刊》刚刚出版,我便亲自送了一册给《开明月刊》的'主宰'先生。'主宰'先生接到这本书,先用锋利的眼光从宽边的眼镜把这本薄薄的小书检查了一遍,然后微笑地用他的纯粹国语说道:'完全偷开明的,但偷得不像。'我连忙恭而且敬地答道:'如果偷得太像了,岂不要发生版权问题而吃官司么?'"(见《巴金全集》第十七卷72页和75页)可谓老实人办老实事,说的是真话!不久,自由书店关门,他也就此失业,全靠写作为生了。

1933年的秋末,巴金自沪北上去了天津、北平看望三哥和朋友,这时他已是一个颇富名气的作家了。恰逢友人靳以与前辈郑振铎筹编大型综合杂志《文学季刊》。他名列刊物编辑人,并应靳以之邀住进了北海三座门刊物编辑部,自告奋勇地做了个义务编辑。他不仅热情力荐清华学子万家宝(即曹禺)的剧本《雷雨》,成为文坛佳话。丽尼的散文诗组和荒煤的短篇小说也都经他之手发表在这本刊物上。在此之间巴金不仅得识冰心,更结交了不少文坛新秀,诸如:李健吾、万家宝、萧乾、卞之琳、何其芳、毕奂午……萧乾后来为文回忆:"三十年代初期,北方知识界(尤其文艺青年)曾十分苦闷。那时侵略者的铁蹄已经踏到了冀东,而掌权者仍不许谈抗战。一些后来当了汉奸的士大夫却在书斋里握笔大谈明清小说,提倡清静无为。1932年鲁迅先生到了北平,那就像暗室里射进一线曙光。1933年从上海又来了巴金和郑振铎两位,死气沉沉的北平文艺界顿时活跃起来。他们通过办刊物(《文学季刊》和《水星》)同青年们交朋友,很幸运,我就是那时开始写作的。"之后,巴金又是继《文学季刊》后来刊行的卞之琳主编的《水星》月刊的编委。多年后卞在《星水微茫忆"水星"》文中回忆当时情境讲得更为具体:"当时北平与上海,学院与文坛,两者之间,有一道无形的鸿沟……地域的交通,仅仅是表面的,却也说明了内在或潜在的趋向。我们,至少是我,当时还不知道'统一战线'这一名词,当然,更想不到今日的'双百方针'。我们没有拟发刊词,却有一种倾向——团结多数,对外开放,造桥架桥,《文学季刊》先这样办了,也就给他的附属月刊定了调子。"巴金那时年不过三十,血气方刚,一门心思藉文学致志于他的理想,以散发自己的青春热力。《季刊》被迫停刊时,他再返北平替主编靳以代写"告别的话",以吐自己闷郁于心的不快。

1935年夏,旅居日本的巴金竟在东京日本警察署的拘留所里被审讯拘押了十四个小时,其愤懑心情难以言表。这时忽得老友吴朗西自上海来函,告诉他正与伍禅、丽尼二友商议筹建一出版社,已先发排两书,是仿"岩波文库"型的综合性丛书,定名"文化生活丛刊",已署"巴金主编"之名,希望他尽快回国主持编务,共襄这个初创的事业。这个被文坛称作"多产作家"的巴金,此时正处于内心矛盾的极度苦闷之中:自己作品累遭查禁不说,且处处受到外界的多样干扰。面对黑暗恐怖的现实,理想难以实现,眼看民不聊生、文化堕落,单凭自己那支秃笔,徒自呐喊,又有多大用处?如能做点实际工作,在启发民智、宣扬民主、积累文化、提高国民素养等方面,为求知的人民大众服务,该有多好!连忙摒挡一切于八月乘船归国,欣然出任了这个"朋友试办"的出版社总编辑职务,开始了他的新的生活,自此一发而不可止。

二

　　要知道出版社初建之时,正当半封建半殖民地的旧中国严重
受到资本主义世界经济危机的影响,处于经济衰退、商业萧条的
年代;又是文化革命统一战线第三个阶段的后期,反动统治阶级
不甘心于失败,加重双个"围剿"的岁月;这就使得整个中国人民
经受着风雨如磐、民生凋敝、内忧外患两相逼的苦难日子。此时
所谓"冒险家的乐园"和"十里洋场"的上海,从外表看去,依然是
车水马龙、纸醉金迷、一派繁荣热闹景象,其实骨子里无处不隐含
着凄凉悲惨的疮痍,道德濒于沦丧,文化日趋堕落,本已不景气的
文化事业,就更加的不景气了。出版商多以赚钱为目的,争相印
行市场销路好的媚俗之作,不愿出版那些印数少的严肃的学术、
文艺著述,更不用说揭露时弊、弘扬正气的书刊了。这些书刊随
时都有遭到查禁和书店被砸的灾险。这自然就给进步的文学创
作和文学翻译事业造成了种种阻碍,对生活水平日益降低的广大
读者来说也就愈来愈难买到价廉质高的好书,给人以"文化沙漠"
行将来临之忧。由巴金撰写的"文化生活丛刊"的广告词正表达
了他们办社的宗旨:"在闹着知识荒的中国社会里,我们现在来
刊行这部'文化生活丛刊',这工作并不是没有意义的。'没有书
读'、'买不起书'……这样的呼声我们随时可以听到。在欧美有
学问的部门已经渐渐普及到了大众中间。在那里我们遇见过少
数的劳动者,他们的学识比得上一位中国的大学教授。但是在我
们这里学问依旧是特权阶级的专制品,无论是科学、艺术、哲学,
只有少数人可以窥见它的门径。一般书贾所看重的自然只是他
们个人的赢利,而公立图书馆也只以收集古董自豪,却不肯替贫

寒青年作丝毫的打算。多数人的需要就这样地被人忽略了。然而求知的欲望却是无法消灭的。青年们在困苦的环境中苦苦挣扎为知识而奋斗的那种精神,可以使每个有良心的人流下感激之泪。我们是怀着这种心情来从事我们的工作的。我们的能力异常薄弱,我们的野心却不小。我们刊行这部丛刊,是想以长期的努力,建立一个规模宏大的民众文库,把学问从特权阶级那里拿过来送到万人的面前,使每个人只出最低廉的代价,便可以享受到它的利益。至于以我们薄弱的能力能否完成这一宏大的志愿,那就完全靠着读者大众的支持了。本丛刊是真正的万人的文库:以内容精选,定价低廉为第一义,无论著译、编校,均求精审,不限门类,所有各个学艺部门,无不包罗。"这是巴金从事编辑出版工作身体力行的终生志愿,也是履行他说的"把心交给读者"的重诺。

不止此也,这位到任的总编立即相继推出"文学丛刊"、"译文丛书"、"新时代小说丛书"、"现代日本文学丛刊"等各式丛书。特别是前两种,算得诸丛书中最重要的、最具代表性的,也是对中国新文学发展贡献最大、影响深远的丛书。自此,巴金在这个总编辑职位上白尽义务、呕心沥血地整整干了十四个春秋。特别是在最初的两年里,几个志同道合的创办人全是义务劳动,埋头苦干。彼此同心同德,配合得体,相处融洽,大家一门心思共同为这份事业奋斗,辛勤而又欢快,很快就给事业打下了较好的基础。新书涌出,价廉质高,受到广大读者的欢迎,在作、译者眼中赢得了好评。声誉鹊起,事业趋于兴旺。不妨看看这时巴金自己记述他的某一天的生活吧:

我在大太阳下面跑了半天的路,登上了五十级楼梯,到了一个地方,刚刚揩了额上的汗珠坐下,你的信就映入我的眼帘。你那陌生而又古怪的笔迹刺着我的眼睛……我又去拆第二封信……我把别的几封信匆忙地读了,同你的信一起放在衣袋里。我和这个地方的人说了几句话,便又匆匆地走下这五十级楼梯,跑到街心去了。刚好前面停着一辆无轨电车,我一口气跑了过去。车子正好开动,我连忙跳了上去。车厢里的人很少,我占着宽敞的座位,便取出你的信来,仔细地但很费力的读了一遍。……电车到了一个站,我下了车。我半跑半走地到了另一个地方(北四川路),又登上了几十级楼梯,在一个窄小的《文季月刊》编辑室里坐了下来,我开始校对我的一篇稿子……有人来通知说,一个从乡下来的朋友在下面等着见我。我便走了下去,四年分别使我几乎不认识那个年轻朋友了。我们到附近一个咖啡店里去谈了一个钟头……我回到编辑室,看见写字桌上有一封从北方来的信,也是一个不认识的朋友写的……过了一阵,一个电话打来,要我再到先前离开的那个地方去,有人在那里等我。我匆忙地走到无轨电车的站头,无轨电车又把我带到先前来过的地方。我又登了五十级楼梯走到三层楼上。在这里我和不曾约定而无意间碰在一起的几个朋友,谈了将近一个钟头的话。我又回到了一个多钟头前那个地方去……"(引自《我的故事》,见《巴金全集》第十三卷101页)

这时的巴金不单是出版社的总编辑,又与来南的靳以合编由良友图书公司发行的《文季月刊》,因而两处奔跑。为写稿、审稿、编排、校对、发行等工作忙个不停。加以读者来信又多,事必躬亲作复,还要接待各方朋友,这位已经名满全国的大作家,却没有固定的工资,生活就是如此奔忙,恐怕这也是今天的读者难以想象的。毕竟时代不同,显然那是旧中国的时代影子。

2005 年 10 月 25 日，"第八届巴金国际学术研讨会"在嘉兴市召开。与两位韩国女作家合影。

可惜好景不长。"七七"事变引发了全民抗战，"八一三"的战火让这个方兴正旺的文艺出版社的业务陷于停顿。朋友们为了应变也只好各奔东西了，就剩下巴金和陆蠡二人。陆坚守社内伺机而动，巴金则全身心投入民族抗日救亡的大洪流中。他代表出版社接受了"文学"、"译文"、"中流"、"文季"四社主持人的委托与茅盾联手编辑、发行战时上海唯一的文艺刊物《呐喊》与《烽火》。在《烽火》的创刊词里他写道："中华民族开始怒吼了！……这里有炮火，有血，有痛苦，有人类毁灭人类的悲剧；但在这炮火、这血、这痛苦、这悲剧中，就有光明和快乐产生，中华民族自由了！"不止此也，他还必须协助靳以主编的《文丛》月刊的编务与发行。由于原良友发行的《文季月刊》被当局禁了，才另编新刊改由"文生社"出版。在血腥的战火硝烟里，他四处奔波，终于被迫离开上海去广州再逃亡到桂林。在《文丛》的《写给读者

(一)》的编后语中叙述了当时的情境:"本期《文丛》付排的时候,编者(靳以)已经动身入川了……但是刊物还不曾付型,大亚湾的炮声就隆隆响了。我每天去印刷局几次催送校样……也只能在10月19日的傍晚取到全部。那时敌骑已经越过增城,第二天的黄昏我们就仓皇地离开广州,第二十一期《烽火》半月刊虽已排竣,可是它没有被制成纸型的幸运,便在21日广州的大火中化为灰烬了……这本小刊物的印成,虽然对抗战的伟业并无什么贡献,但是它也可以作为对敌人暴力的答复:'我们的文化是任何暴力所不能摧毁的。'"(见《巴金全集》第十七卷86页)

重返沦为"孤岛"的上海,巴金一边埋头写作,一边仍继续总编之职,与留守的陆蠡紧密配合,不仅续发"文化生活丛刊"、"文学丛刊"、"译文丛书"等丛书的多种书籍,再新编"烽火小丛书"、"文季丛书"、"文学小丛刊"等等。终因时局日趋恶劣,为了事业的发展,他又重赴内地。舟车辗转,于1941年冬到了战时的陪都重庆,与老友吴朗西重晤,共商社务。先后在桂、渝、蓉三地设置了总处及办事处,大力展开业务。叶圣陶老人还以诗表贺云:"艺林声誉良非虚,英华谁不识璠玙。共指文化生活社,巴金著作曹禺书。"巴金除重印并加发原各丛书的书稿外,又推出"烽火文丛"、《契诃夫戏剧集》、"剧作家选集丛书"中的《丁西林戏剧集》、《曹禺戏剧集》、《袁俊戏剧集》、《林柯戏剧集》、《李健吾戏剧集》等等。并将原"新时代长篇小说丛书"改名"现代长篇小说丛书",收纳了老舍、沙汀、靳以、骆宾基、田涛、师陀等人的长篇。战时内地的艰苦生活且不去说,因战事累累失利,出版社连遭厄难,蒙受的损失可不小,身为总编加管全部业务的巴金总是默默无言、充满信心地竭力以赴。在写给朋友的信中还说:"对战局我始终抱乐观态度,我相信我们民族的力量,我相信正义的胜利。在目前每个人应该站在自己的岗位上努力,最好少抱怨,多做事,少取巧,多吃苦。"又说:"从事文化建设工作要有水滴石穿、十年如一日的决心。"抗战终于胜利了,出版社也复员上海了。为了这份事业,为了因事业而死在敌人魔爪下的好友陆蠡,更为了曾经大力支持的先辈和众多的作、译者,以及广大的读者群众,他不但坚守在总编辑的岗位上,还负担起总经理的职责,独力撑起这座"破厦",再次用自己的出版物,享誉于读者群与一同复员的新同业中。他依然如故、孜孜不倦、任劳任怨地工作着。直到新中国成立后的这年年底,才把这份几经苦难、战后再度复兴的事业,无愧又无私地移交给老友之手。

三

综观巴金在任总编辑的十四年中,计编发的各类丛刊、丛书、专集、选集共二十四种,两百多个品名,外加三份期刊,无不经他之手问世。组稿、审稿、编稿、改稿、发排、校对,甚至补书(内地印行的土纸书),以及深入印刷厂车间找工友商助。他不以为累,还自得其乐地说:"因为人活着需要多做工作,需要散发、消耗自己的能力。我一生保持着这样一个信念:生命的意义在于付出,在于给予,而不是在于接受,也不在于争取。所以补书的工作我也感兴趣。能够拿几本新出的书送给朋友,献给读者,我认为是莫大的快乐。"

就以"文学丛刊"为例吧,这是他上任之初的第一把火。在北平协助靳以编《文学季刊》时,这位有心人就编选过十本书稿交给立达书局,而书局迟迟不发印,压在手中。这时巴金进入自己人创建的出版社,全权主持编务,立即向书局索还书稿,改组重编,扩充内容,加约新稿。更得到鲁迅的大力支持。后来回忆往事时,他说:"我当时不过一个青年作家。我第一次编辑一套'文学丛刊',见到先生向他约稿,他一口答应,过两天就叫人带口信,让我把他正在写的短篇集《故事新编》收进去。'丛刊'第一集编成,出版社登个广告介绍内容,最后附上一句:全书春节前出齐。先生很快就把稿子送来了,他对人说,他们要赶时间,我不能耽误他们(大意)。"在替这个"丛刊"写说明时,再一次言简意赅地向读者宣说自己编书的意图:"我们既不敢扛起第一流作家的招牌欺骗读者,也没有胆量出一套国语范本。我们这部小小丛刊虽然包括文学的各部门,但是作者既非金字招牌的名家,编者也不是文坛上的闻人。不过我们可以给读者担保的,就是这丛刊里面没有一本是使读者读了一遍就不要再读的书。而且我们也力求低廉,使贫寒的读者都可以购买。我们不侈谈文化,也不想赚钱。然而,我们的'文学丛刊'却也有四大特色:编选谨严,内容充实,印刷精良,定价低廉。"丛刊自 1935 年始至 1948 年止,十三年间先后印行了十集。每集 16 册,十集共 160 册。160 本各种文学形式,收纳了八十六位作家的作品。这一大群作家分散在每一集里,既有文坛老将,又多后进新人。如第一集内,带头的是前辈鲁迅、茅盾、郑振铎的作品,继以当时名家沈从文、巴金、鲁彦、张天翼的新篇,加纳初露头角的艾芜、曹禺、丽尼、萧军、何谷天(即周文)、卞之琳等新秀的处女作殿后。展示了老、中、青三代的光辉。集集如此。前波后浪,相互推进,细流汇成江河,汹涌奔腾,日积月累,蔚然壮观。不少新星后成大家,人与作品永戴史册。显现出主编人的宏观与苦思。且八十六位作者并非局限一隅,或全系某一学会与社团的成员。而是集南北作家,京海两派于一堂。既有共产党员,又多左翼阵线之士,进步学者;加上浴血前方的战士,后方的莘莘学子,包括教授、专家、职工,内中没有一个反动统治者的御用文人,形成一支包罗各方的文艺劲军。既符合鲁迅先生的意愿,更及时地体现了抗日统一战线的精神。

再看"译文丛书",是在鲁迅亲自关怀下推出的另一大型丛书。筹划这样的丛书,原是鲁迅的梦想和宿愿。早在1934年12月6日先生写给孟十还的信中就说:"这十年来中,设译社、编丛书的事情,做过四五回,先前比现在还要'笔富力强',真是拼命地做,然而结果不但不好,还弄得焦头烂额。"(见《鲁迅全集》1981年人文版第十二卷582页)这套丛书先是出版社聘请黄源负责编辑,以鲁迅译的俄罗斯文豪果戈理的代表作《死魂灵》打头炮,继以茅盾译的弱小民族的文学作品集《桃园》问世。年后黄源返乡,改由巴金主持。头两种不同类型的译品,都出名家笔下,不单奠定了丛书的坚实基础,更表明了丛书今后的编译方向。继孟十还译的果戈理《密尔格拉得》之后,又印行了胡风转译于日文的台湾和朝鲜作家的短篇集《山灵》,更引起了读书界的注意。在当时的历史条件下印行这样作品是寓有较大的社会意义的。此后"丛书"中陆续出版的世界文坛各个国家的古典和现代名家的名著,受到了广大读者的欢迎,引起了出版人士的瞩目。纵观这套"丛书",十九世纪俄罗斯文学作品占了醒目的地位,自普希金以迄高尔基的各个时期的文学大师的佳著差不多均有译介。其中少则一部,多达九部。如屠格涅夫不但有六大长篇小说、中篇《春潮》,还包含散文巨著《猎人日记》和回忆录。加上有"俄罗斯良心"之称的列夫·托尔斯泰的三大长篇名著,普希金的三本小说,冈察洛夫的《悬崖》和《一个平凡的故事》,陀思妥耶夫斯基的《穷人》,库普林的《亚玛》,高尔基的《阿布洛夫一家》等等。而欧美文学:法国有福楼拜、司汤达、莫泊桑、罗逊、梅里美、左拉、纪德;英国有莎士比亚、狄更斯、勃朗特、王尔德、萧伯纳;德国有雷马克、洛克尔等;美国有杰克·伦敦;远至希腊名剧和神话。真可谓琳琅满目,百花齐放。不少作家还以选集方式作重点介绍,意在将世界文学宝藏有重点、有选择、有计划、系统地展示在中国读者眼前,并为新文学作家扩大视域以作借鉴。规模与内容可与"文学丛刊"媲美,相得益彰,进而培育不少文学翻译人才。既壮大了文学队伍,又开拓了文学阵地,为出版事业增添光彩。

复员上海的巴金独担重任,再加编《水星丛书》,收何其芳、萧乾、严辰等新作,又以《西窗小书》命名、专选欧美现代文学精品,除纳入卞之琳原译介的纪德名著外,新收英人依修午德的《紫罗兰姑娘》和法之阿拉贡作品《阿尔道夫》。旧作再印,新品不断,出版社再现光芒,重享盛誉于图书界。

上海解放了,巴金重归作家队列。他开始忙了起来,社会活动多了。1949 年 9 月 20 日寄自北京的家书里还说过这样的话:"……事实上对文生社我以后也无法尽力……十本书的版税小康不主张补发,我已去信表示不坚持,只要他们能负起这责任就好。对文生社前途我颇悲观,我也预备放弃了。本来在这时候我们应有新的计划,出点新书……以后不知怎样才好,实在可惜。"不久他终于辞去总编之职。

卸脱文生社职务的巴金,并不轻松,他又不得不应新创建的平明出版社之邀去任总编。依旧白尽义务。反正自己尚有稿费收入,生活不成问题。这家新出版社在他的主持下,又以"新译文丛书"和"文学译林"等几种丛书而闻名于世。诸如:《契诃夫小说选集》二十七卷的汝龙译本,傅雷夫妇译介的《小癞子》和《约翰·克利斯朵夫》(重译本),以及巴尔扎克的几本"人间喜剧"都是脍炙人口的好书,且不去说几十种现代欧美亚诸国的名家名著:法斯特、亚玛多……无法一一列举。《梅兰芳和舞台生活四十年》更是一部艺人新传、引人注目的新书。可谓新出版社又以新出版物耀眼于新社会,获得广大读者的喜爱。

四

　　就前文所述，不妨来看看巴金又是怎样贯彻自己主张、如何进行自己工作去实现自己重诺的。他说："我过去搞出版社、编丛书，就依靠两种人：作家和读者。得罪了作家拿不到稿子；读者不买我编的书，我就无法编下去。我不怕失业，因为这是义务劳动。不过，不能把一项工作做好，有关一个人的信用。我生活在'个人奋斗'的时代，不能不无休止地奋斗。而搞好作家和读者的关系也是我的奋斗目标之一，因此我常常开玩笑说：'作家和读者是我的衣食父母。'我口里这么说，心里也是这么想，工作的时候我一直记着这两种人。"他一开始主编丛刊就得到鲁迅、茅盾的支持。鲁迅晚年的著译全都交给了他主持的出版社，还向旁人推荐说："巴金工作比别人认真。"巴金一向崇敬鲁迅，素以先生的言行为榜样。他认为："文学艺术是集体的事业，这个事业的发展和繁荣，与每一个文学工作者都有关系，大家都有责任。编辑要是不能发现新的作家，不能团结好的作家，他的工作就不会有成绩。"还说："好作品喜欢和好文章排列在一起，这也是所谓'物以类聚'吧。刊物选择作家，作家也挑选刊物。""尽管我服务的那个出版社并不能提供优厚的条件，可是我仍然得到各方面的支持。"因之他主持的出版社从来不感到缺稿不说，还曾伸出慷慨信义之手支援他人。萧乾怀念在上海与巴金交往最密切的 1936 到 1937 年时说："那是很热闹的两年，我们常常在大东茶室聚会……我们议论各个刊物的问题，还交换稿件。鲁迅先生直接（指《译文》）或间接给这些刊物支持……我们的刊物都敞开大门，但决不让南京王平陵之流伸进腿来。那时上海小报上，真是文坛花絮满天飞，但我们必不在自己刊物上搞不利于团结的小动作，包括对某些谗言加以反击。"可以看出巴金他们那时如何克服党派与宗派势力之外、超越流派与社团的局限，自然而然地追随于鲁迅左右形成了另一股新的力量。萧乾更深情地回忆说："巴金不仅自己写，自己译，也要促使别人写和译，为了给别人创造写、译的机会与条件，他可以少写，甚至不写。"并举自己为例说巴金如何鼓励他写和译，不辞劳苦花时间替他代编作品集。其实又何止萧一人。巴金替早逝的女作家罗淑编选过三本集子，从广州逃亡到桂林后还替艾芜编《逃荒》，并在"后记"里写道："在这时候我们需要自己人写的东西，不仅因为那是我们自己的语言写的，而且闪耀着我们的灵魂，贯串着我们的爱憎……读着这样的文章会使我们做一个中国人——一个真正的中国人。"替毕奂午、艾青编过集子。更替从来未见过的、素不相识的青年作家田涛和郑定文，同样认真地替他们编选集子，收入他主编的"文学丛刊"中。他不但全力支援过赵家璧主持的良友和后来的晨光图书公司，在重庆时还替冰心编集子给予开明书店出版。黄裳的《锦帆集》就是经他之手介绍给中华书局的。

就这样，作为编者的巴金毫无私心的把优秀的新人新著推荐给读者，以累累佳著为祖国民族文化积累添上一份不薄的重礼。几十年后荒煤同志在《我认识的巴金老人》文中还说："从三十年代到四十年代巴金主编的'文学丛刊'大约出了百多种文体作品，团结作家面很广，也有不少共产党员和左翼作家。这套'丛刊'实际展示三十年代开始了一个创作繁荣的新时代，这是文学史上异常光辉的一页，任何人也无法抹杀的！"（1994年江苏文艺版《冬去春来》）同样在"译文丛书"以及后来替平明出版社主编的"新译文丛书"、"文学译林"等丛书里也是这样。丽尼在1950年写给笔者的信中就指出过："文生走古典名著的路，是应该的，主观上有这种能力，客观上也符合广大读者和政府方面的希望。但是要好好组织稿件非老巴不可。以为拉几本译稿不成问题,那是大错……有真正好的译稿,不十分好的也带着好了。文生的译稿并不是本本都理想,但因好的较多,所以给读者的印象不同。别的书店何尝没有出古典名著?只因多数平庸,所以不能建立信誉。"(见《巴金与文化生活出版社》)因之至今尚有人为文怀念《巴金那派翻译家》们的一丝不苟的优良译风。要知道巴金那时约稿都是十分慎重而有所选择的,至于审稿,为了保证质量,对读者负责,往往不惜辛劳核对着原著修改译文。限于篇幅就不再举例以证了。(不妨参阅拙著《巴金译事的袅袅余音》一文)为了我国的文化事业,文化大革命后,他的《随想录》之三还在呼吁《多印几本西方名著》呢!

五

　　新中国成立后,上海市文联、市作协主办的《文艺新地》、《文艺月报》、《上海文学》等新刊,巴金也曾任过一阵子的主编,多系挂名,另有专职主编主持。1957 年与老友靳以再度合作主编大型刊物《收获》,仍是靳以为主。"文革"后 1979 年复刊的《收获》,仍任主编,却已无暇主持具体编务了,不过每在关键时刻,他敢于不顾风险,仗义执言,让不少优秀佳作脱离困境面市,使一些新秀有机扬眉,显露才华,已有他人为文详述,恕不再赘。

　　最后还是让我引用巴金自己的话来结束本文吧:"过去的事已经过去了。回过头去,倘使能够从头再走一遍几十年的生活道路,我也愿意,而且一定要认真地、踏实地举步向前。几十年的经验使我懂得多想到别人,少想到自己,便可以少犯错误。我本来可以做一个较好的编辑,但是已经迟了。然而我对文艺编辑出版工作还是有感情的。我羡慕今天还在这个岗位上勤奋工作的同志,他们编辑出版的书受到广泛的欢迎,一版就是几万、几十万册。寒风吹得木屋颤摇、在一盏煤油灯下看校样的日子永远不会再来了!丢掉全部书物仓皇逃命的日子永远不会再来了!他们不可能懂得我过去的甘苦,也不需要懂得我过去的甘苦。我们那个时代已经结束了。现在是高速度的时代。三十年不过一瞬间。一家出版社度过三十年并不难,只是在一切都在飞奔的时代中再要顺利地度过三十年就不太容易了。现在不是多听好话的时候。'建设社会主义精神文明'和'振兴中华'的两面大旗在我们头上迎风飘扬,但是真正鼓舞人们奋勇前进的并不是标语口号,而是充实的、具体的内容。没有过去的文化积累、没有新的文化积累,没有出色的学术著作,没有优秀的文学作品,所有'精神文明'只是一句空话。要提供与'社会主义精神文明'相适应的充实的内容,出版工作者也有一部分的责任。我相信他们今后会满足人民群众更大的希望和更高的要求。庆祝三十岁生日,总结三十年的工作经验,不用说是为了增加信心,做好工作。我写不出贺词,只好借用去年七月中说过的话表示自己的心情:对编辑同志,对那些默默无闻辛勤劳动工作的人,除了表示极大的敬意外,我没有别的话可说了。"(引自《巴金全集》第十六卷《上海文艺出版社三十年》)

2007 年 5 月 20 日脱稿　6 月 18 日重定于萦思楼
11 月再作修订

追 忆 萧 珊

　　十年过去了,二十年过去了,也真快。今年 8 月 13 日是萧珊逝世三十周年忌日。蓦回头,这三十年真像一瞬间似的过去了吗? 三十年,在人生旅途上是个不短的历程。一个人能有几个三十年好活啊! 可萧珊连第二个三十年也没能活过就含冤而去,她又是多么的想活啊! 巴金算是活过了第三个三十年,活得也真不易。活到近百岁的高龄,该是长寿了。他却说,长寿对他是一种惩罚。你看他三年多来,仰卧病床,身不能动,口不能言,还时时要忍受种种难耐的苦痛。因为他脑子仍清晰,还能思考,还有记忆,还有感情,只是身不由己,一切都要听从他人安排。说不定还会有梦魇的干扰。每当去医院看望,向他转达朋友们的祝愿,读者来信的问候,以及外界的一些新鲜事物,看到他眼神焕发,嘴唇直动,话涌喉间,吐不出声,急欲表达,往往涨得满脸通红,我心不由直发颤,连忙劝阻说还是听我讲述吧。此情此景深印脑中,往往禁不住浮想联翩……要是萧珊活着守护在他身旁,他也决不会成为今天这个样子。

　　往事上心头:1944 年的春天,我们初次相见。桂林东郊福隆街福隆园,一座二层木造的临街楼房前,萧珊手捧香茶一杯,或漫步楼房前的小园中,或在高高的石砌阶沿上来回踱着。她神情潇洒意态安详。不几月即与巴金离桂赴黔,去贵阳花溪旅舍结婚。相爱八年了! 斯时她正当风华茂盛之年。此后,不管战时物质生活是多么的艰苦,贵在相知相爱,他们的精神生活是愉快的、幸福的。相濡以沫,企盼着胜利,向往着黎明。

新中国诞生了,新生活也开始了,一切都是新鲜的。她逐渐忙起来了,不单是操持家务,抚育子女,积极投身学习,还要从事文学译事;更无时无刻不分担着巴先生的喜与忧。巴金赴朝鲜深入战地生活,离别之苦,思念之情又是何等的深! 在一封《家书》里她写道:"我还是一个母亲,一个女人,有时我的怀念是沉的,会叫人眼睛发潮。自然我懂得我的怀念会是跟千万个母亲、妻子连在一起的。"在另一封里她更直吐心声地诉说:"孩子们都太小,不知道母亲的挂念,朋友们也不理解我的心情,亲爱的朋友,你不知道在我的生活里,你是多么的重要,永远是我的偶像,不管隔了多少年! 对我说话吧,别用沉默来惩罚我。我受不了,我心里不妥实,你从来没有这么久不给我来信!"真情浸满纸。

1958 年当巴金远在国外参加某国际会议之时,北京、武汉两地的某些院校,经人策划,突然发难,以"拔白旗"为名,大举批判巴金作品和思想。言辞激烈,叫人深感意外。苦了萧珊! 有天我去她家探望,她忧心忡忡、茫然不解地私下问我:"为什么在这个时候单单批判巴先生?"我讷讷难语,只有言不由衷地举出几点理由支吾以对。其实我自己也不明就里,对这突然的袭击即感不安,复感不平。幸好过了一段时间,这大批判也随之"无疾而终"了,总算平安无事,又过一关。

1960 年冬巴金得到机会远去四川创作。我母亲以肝癌突发,不一月即病逝医院。萧珊代巴金主办一切。凡事皆与我商量而后行。斯时正处于三年困难时期,让她操透了心! 先后还得到陈同生和孔罗荪二位的不少帮助。

1965 年夏我由奉贤转川沙继续参加郊县的第二期"四清"工作。没多久因肠胃病复发,被退回原单位。这时我食难下咽,浑身乏力,精神颓然,瘦弱不堪。这引起了她的关注,一再劝我想法去医院检查,还担心我经济拮据,私下里塞钱给我爱人,要她替我增补营养。算我福大,得同事之助去一大医院作透视,无他,乃十二指肠有个憩室毛病。这下大家都放心了。

"文化大革命"开始时,初期我依然一如既往地常去她家看望。有次进屋坐下不久,即被一伙冲进来的红卫兵赶出了大门。打从电视大会批斗"黑老 K 巴金"之日起,我的日子也开始不好过起来,写交代,作检查,没完没了。"狗兄弟"的大名也上了批巴金的大字报进入闹市街头。不久也给关进了"羊棚",失去了自由。1969 年春末获得解放,冬天里应"四个面向"的号召被批准入慰问团,去吉林农村接受再教育。1972 年春随团返沪休假,一天偶去大街购物,不期与萧珊相逢,连忙上前招呼,却相对无言,熟视难语,仅只互问平安,共道保重而别。她神情悒郁,略显憔悴。得此一晤,彼此也感欣然。不几日我即重返东北。两月后从家信中知她病了。再得信时,说幸有朋友相助,能进医院治病了。这应是大好事!岂料八月尾从集体户返回县城住处,方获悉这月的中旬她已病逝医院了。这使我心绪难宁。难道我们街头偶遇竟成永别了么?是什么病这么快就夺走了她的生命?此时丧偶的巴兄又将如何……四个月后我终于回到了上海,到家的次晨立即赶往武康路看望巴金。相见时生怕提及萧珊,尽讲些无关紧要的废话,实不知如何才好。还是后来我九姐把我拉在一旁,出示萧珊大殓前后的多张照片,一一为我解说当时情境。边看、边听,心碎了,难抑感情、泪水直流,唏嘘不已。巴兄默然枯坐一旁,未出一声。看来身经"百斗"的他早习于压抑自己,埋藏感情,泪往心里流了。老实说,直到六年后读了《怀念萧珊》这篇充满血和泪的悼文，我才算比较详细地知道了萧珊病前病后的种种遭遇，她所处的境地。她又怎么不得恶疾？有了病还不许治。这时我才真切地体会到巴兄心伤之重，情爱之深。经此大劫，他不仅痛自己，更忧国事，悲民族，因之"随想"连篇，剖自己以警国人，用心良苦。

忆往昔，六十五年前的"八一三"战火燃烧在上海，一个向往革命的进步女青年，为了报效祖国，投身救亡运动，不顾艰苦去到红十字医疗队看护伤兵，何其壮哉！岂料三十五年后，因被诬为"黑老K"的老婆，遭受种种凌辱，竟抱屈病死在革命胜利后的新社会里，又是那么的凄然！恰恰逢上这个国难纪念日，是历史对她的嘲弄，抑是偶然的巧合，唯有仰首问青天了。

在《怀念萧珊》一文中巴金说："梦魇"仍然不时地困扰着他。萧珊逝世十周年之际，他写《再忆萧珊》一开始就道："昨夜梦见了萧珊，她拉着我的手说：'你怎么成了这个样子了？'我安慰她说：'我不要紧。'她哭起来，我心里难过，就醒了……怎么今天我还做这样的梦？我怎么现在还甩不掉那种种精神的枷锁？"虽然人们常说，流年似水，往事如烟，日子久了，一切都会随之慢慢淡化消失。但有些人和事却又像团浓雾或重云似的压在头上久久不散，让你透不过气来，实在叫人无法忘掉。那"精神的枷锁"又岂能轻易甩得掉？天若有情天亦老，人到老年总易于怀旧啊。

……

末了我也只能悄声祈说："萧珊，我敬爱的兄嫂，您别急啊！巴兄虽成了今天这个样子，那是他在履行诺言，努力做到言行一致。他说过'愿意为大家活着'的话。为了别人就必须牺牲自己。您当然理解的。您不也曾为他吃了多少苦痛！眼下我们也只有痛在心里，为他的平安而祝福吧。"

2002 年 8 月 22 日脱稿

人生不过是场梦

——追忆三哥李尧林

二十年前在读了《随想录之一〇二·我的哥哥李尧林》一文后,曾引起我无限感触,记下过缕缕思怀,不知怎么的未作整理就压在旧箧中了。那年正是四哥巴金的八十初度,武康路贺客盈门,热闹了一阵子。说来也真快,今又临近他的百岁初度的生日,不也又是三哥的期颐整寿的周年? 往事难回首! 偶从箧中捡出那未完成的旧稿,重读之下,不免又落入阵阵哀思中。

三哥比四哥大一岁多。他俩自幼常在一起,同床共睡,一道走进书房学读,再一同入洋学堂念书,更相偕远离家门赴上海求学。形影相伴,异常亲切。提到四哥必然会联想起三哥。至今四哥还难忘旧时友爱情,对三哥心存无限的缅怀。那年成都市百花潭公园在建成"慧园"后,曾一再派人来上海向他索求纪念物品,以充实园内专设的纪念馆。他除捐赠了不少他身边的一些实物外,把保存下来的三哥的遗物几乎全部都送给了他们。他有这样的意愿:让他俩的一些实物回到老家大哥的身旁,这样"三兄弟"仍似往昔样相聚在一起。

前些日杨苡在她的怀旧短文里说:"怀旧是一种奢侈。"还说:

"记忆往往是枯涩的，甚至仍然啮噬他们的心。"这话说得真切而深情，不过略嫌伤感了些。这也难怪啊！其实往事里未尝不存在有某些欢乐情趣，记忆中也会出现丝丝甜甜的幸福感。

回想三哥远离家门那年我才六周岁，还是个不谙世事，不大懂得人世间悲欢离别之情的孩子，幼稚的心灵容纳的东西不会太多。何况那时大家庭尚未走到分崩离析的境地，老公馆内依然故我，热闹犹存。好男儿志在四方，远行求学也是好事呀。家人特别花钱从大街上的相馆请来摄影师拍照留念。深印在我记忆里的不单单是现今坊间出售的有关巴金书与画册中那张老照片，那张我们弟兄五人分立在母亲周边，拍在老家外大厅上的背景一抹黑的照片；而是另外的一张：只我们弟兄五人在内院天井里、大哥书房窗前阶沿上照的那张，大哥坐在一架敞开的风琴前，手抚琴键，三哥口吹横笛立于其身侧，我则怀抱一小洋鼓站在琴前，四哥和么哥（采臣）则分立琴的两端，背景明亮，生动多了，因之至今未忘。

三哥人本开朗活泼，吹箫弄笛爱唱歌，会跳绳、踢毽子、拍皮球、做体操，常跟大家一起玩。每当清晨他拿着书本从内厅旁他们的住屋走出，进入隔壁的一道侧门转去花园，在园中漫步朗诵英文。入燕京大学念书后的两年里，寄回家的照片：有头戴红顶子后插花翎的官帽，身着补服（官衣），手捻着悬挂胸前的朝珠剧照；有穿

三哥李尧林

76

长袍,围脖巾,脚踏冰鞋,飘然起舞的滑冰照。显然在学校里他个性未改,依然是个文艺娱乐的活跃分子。在两大册的蓝色精装大学年刊内也有种种记载。毕业时更以优异成绩,获得了刻有自己名字的"金钥匙"奖。这一切在我的记忆里都留下了美好印象,更引起我对外界的向往与种种遐想。

我刚念高中那年,三哥还从天津分批寄给我《文学季刊》、《水星》和《中学生》三种期刊的全套。拆开邮包时真叫我欢喜若狂,多好的三哥!幸福之感油然而生,幻想着弟兄再聚的种种情景。抗战爆发后的第二年天津大水,他不得不逃奔上海,更增加家人的思念,都把希望寄托在民族战争胜利的到来。可是胜利终于等来了,等到的却是他病逝上海的噩息。梦境破碎,希望幻灭,又怎不叫人心碎!

1950 年的秋末来上海定居后,每逢清明和他的生辰、忌日,我们一家必然前往虹桥公墓他的墓穴地祭扫一番。有时还约了朋友在墓前会餐。见到墓碑下那摊开的大理石书上刻着的"别了,永远别了,我的心在这里找到了真正的家。"心里总不免泛起浓浓的苦涩味。我们各自都有了自己的幸福小家。可他呢,他哪儿有过真正的家啊!为了支撑着那破了产的老家,毅然决然地放弃了自己的欢乐与幸福,默默无所求地独自过着清苦生活,终于耗尽了全部生命之力,寂寞地悄然死去。"找到了真正的家"的那句话,也是从他翻译的俄罗斯小说里摘取出来的,刻在墓穴上,只不过是活着的亲人用来安慰自己的哀思罢了。谁又料得到十多年后发起的"文化大革命"不多久,在"破四旧"的号召下,整个虹桥公墓给砸烂、铲平了,他安睡的那小小的一穴之地也就此荡然无存。这下子留存在脑里的穴地没有了,他的"真正的家"也不知去了何方。剩下的只有永远也难以抹掉的浓浓的苦涩记忆,啮噬人心的痛伤!

三哥去世后,李健吾在《挽三哥》的短文里曾这样写道:"他并非不是斗士,我们一直把他看作《家》里面的觉民,随着三弟觉慧打出腐朽的世纪,独自,孤单单一个人,在燕京大学念书,在南开中学教书,以李林的笔名翻译外国杰著,然后,神圣的抗战来了,流落在上海这个闹市,除了六七个朋友外没有朋友,为良心,为民族,守着贫,读着书,做了一个隐士,他没有'琴',永远也没有那一位鼓舞他向前的表妹……那是他四弟的制造。巴金在故事里面安排了一点点理想,一点点美丽的幻觉。然而我们的'三哥'一直在寂寞中过活……物质的享受减到了零,一个原本瘦弱的身体越发的瘦弱了……我们的'三哥'由于营养不良终于去了……这个书生是我几年来看到的仅有的一位君子人,他不高傲,但是孤洁两字送给他当之无愧,恐怕也只有他最相宜。这真不易,太不易了。"李致在他的回忆文里表达说:"三爸不是什么英雄人物,也没有干什么惊天动地的事情,然而也是四爸说的,他像'一根火柴,给人带来光与热,自己却卑微的毁去'。"

前几天我去看望四哥,来自西安的鞠躬(老友索非之子)也到了医院,我们一道走进病房。我俯身在四哥耳边唤道:"四哥,你看谁来了,鞠躬来看你了。"鞠躬也同样在另一旁在他耳边说:"巴金爷叔,你还记得我这个顽皮的孩子吗?我出生那天是你把我妈送进产房的。今天带来一张照片,是早些日子我应邀去瑞典参加诺贝尔科学大奖颁发仪式,我在大厅内照的相,权作这几年来的工作汇报吧,敬献给你。"这时我心里不禁想到这个年过古稀的脑神经专科院士,少年时他的英语基础较差,也多亏了那几年同住在霞飞坊五十九号的"三爷叔"的教导啊。

眼下四哥总算活到了九十九岁了。活得也真不易,经历了多少坎坷、苦难,甚至给赶进了"地狱之门",沦为"牛鬼"。十年噩梦醒来,他看清了一切。为了国家,为了人民,为了他的读者,更为了履行诺言,要做到言行一致。躺在病床上,动弹不得,讲话无声,又有什么办法?他只能真诚地表示:"愿为大家活着"。

三哥早在五十八年前,没留下一句话就走了。只活到四十二岁。他的人生是那么的短暂。在那战争年代的乱世里,想想倒是健吾老兄说得不错:"去了也好,对于清贫自守的君子人,尘世真是太重了些,太浊了些,太窒息了些。百无一用是书生。"这时他倒真正的得到了解脱。也只有用这样的话来抚慰悲愤之情,还能再说什么?

最后让我借用三哥生前在课堂上教学生唱的那首美国民歌的最末一句:"Life is but a dream!"(人生不过是场梦!)来结束本文吧。

"寻根"杂记

　　去年九月下旬,李致因腿疾来上海小住,曾邀同赴嘉兴祖籍访旧。缘于他爱子李斧先些日子趁回川探亲之便,于返美前取道上海,既看望了病中的巴金,又专程去嘉兴寻根,获得了他想得到的一些资料,有了实感。斧孙早年在川读书时就对我家族谱有了兴趣,作过一番查考记录。而今执教美洲大学之余,仍不忘旧志,用以调剂平时多与数字打交道的枯燥生活。这也是他爸爸对我讲的。其实应是在外游子借以排遣思乡之情的一种慰安吧。

　　李致此来也想去祖籍走访一番。之前他已跟嘉兴市有关单位取得了联系。因之在去嘉车上,小林笑着对他说:"五哥,你是我们家的长房长孙,按老规矩办事,这回到了那儿全由你为主出面了,这是理所当然的啊!……"笑语声随风飘出窗外。车行不过一小时多就到了目的地,来接的人早候道旁了。下车后方知这是嘉兴正建设中的南湖文化区。一望旷阔的工地上一派繁忙景象,幢幢楼房已具雏形。市文联和文化局负责人指点着建筑群介绍说,当中的一大片是将来市政大楼,那一幢是博物馆,这一幢是科技馆,那一幢又是图书馆……旋即驱车驶往近处的休闲村,被引进一幢楼房的客厅内休息。文联负责人就陈列在旁边的工地建筑物的图景在详作解说,主要讲述即将建成的图书馆。原来嘉兴图书馆始建于1904年,是浙江省建立的最早的一座图书馆。收藏之丰为全省之冠。后因战火毁损了不少。而今重建,鉴于巴金老人祖籍即在嘉兴,图书馆的馆龄正与巴老同庚,故将以巴金之名作图书馆的称号永留纪念,并希望将来落成时能得到巴老和家人的大力支持。小林当即允诺届时定将捐赠巴金著作若干。看来他们也早跟小林有所联系了。记得前年十月我自福州参加在福建师范大学召开的第六届巴金国际学术研讨会返沪后,曾向小林提及大会闭幕会上,四川文艺出版社的负责人曾当场向大会申办2003年的第七届巴金国际学术研讨会,以贺巴金老人百岁初诞的大庆。小林当时语我,前些日子嘉兴市方面曾表示要求在爸爸百岁大寿时,也希望能在嘉兴召开这样的大型学术讨论会。

午饭由副市长设宴以本地名肴招待。还电话邀来世居嘉兴的族叔李道澄(到过成都的玉书叔)之孙李宁洪共餐,他也是七十二岁的老人了。席间主人讲到嘉兴名菜之一红烧冰糖肘子时,不禁勾引起我幼年间的有趣回忆。昔年在川,每逢除夕全家共吃年夜饭的席上,必上一道冰糖肘子,放在席上却不允许大家下箸,须留存过年初五才能重新回锅再吃。眼看着香气四溢、颤动着的深红色的油光透亮的大肉皮,真使我馋涎欲滴。白瞪双眼,奈何!其他的菜都可以随便吃,只是不能扫光,须留剩一些以示年年有余有剩的吉利兆,可谓规矩多多。直到稍长一些方从大姑妈口中知道,其中大有缘故。这道菜在那个特定的时间里还有个专名"烟雨楼"。出于嘉兴南湖之上的名胜"烟雨楼"。菜既是当地名菜,以名楼命名,意义双重,以表不忘根出地之心啊!真是意深情重。

对我个人说来,早就认为自己是个道地的四川人了。1917

亲人合影。右起：李济生，李瑞珏（十二姐），巴金（四哥），李琼如（九姐）。1984 年 5 月下旬，由徐成时摄于巴兄家。

年出生在成都北门正通顺街，双眼井李家老公馆，已是浙籍人入川定居的第五代后人了。走出私塾跨入新式学校，进的就是成都市梨花街华阳县立高级小学，毕业后考进的正是小学校斜对门的华阳县立中学，算是当时成都市著名的三所公立学校之一。因填写的籍贯是华阳人氏，学费得以减免半数。后来家境困难，又因祖籍嘉兴可以向旅川浙人在省城成立的浙江会馆领取一点学杂补助费。我陈家大舅曾被推选做会馆的理事之一。由于籍贯，我算是个"双受益"的学生了。

　　我家虽然定居四川近二百年了，可抗战前一直与祖籍有些联系。1923 年巴金出川求学就曾奉家长之命专程去嘉兴拜望四伯祖查看祠堂。祠堂还是在川为官的忠清二伯祖出资修建的。这次重新修复颓败的祠堂也是忠清伯祖之子青城二伯汇来专款的。事后巴金写了一篇《嘉兴杂记》详记了当时的经过。这篇残存的旧稿直到上世纪的八十年代末他方找出来略加修改编入《巴金全集》第十八卷里并将复印件给了我一份,我也是从那个时候读了此稿才知道其中情况对祖籍才有点了解的。文稿先期发表在《嘉兴日报》的也仅是残存稿件的后半部分。新中国成立后的五十年代中期族堂姐李德娴也曾多次到过武康路巴金家探望,我也在那儿碰见过她,只是交谈不多,现在什么也记不起了。

今从旧笥中拣出十三年前手抄的《醉墨山房仅存稿》查阅,再温旧梦。原来别名介庵公的高祖李文熙,是自山西幕府中捐官入蜀定居于川的。那是嘉庆二十三年该是公历的 1818 年吧。介庵幼年失怙,由乃兄秋门公抚育成人,十七岁随秋门入京,得与京都名士吴榖人、梁山舟、张船山诸人交往,学识大增。成家后因感兄德知其返浙后无嗣,乃以次子玑过继为子。幼时于老家旧书房中见过《秋门草堂诗钞》、《醉墨山房仅存稿》、《李氏诗词四种》的木刻线装书册,以及多个大木箱中装存的全部刻板。眼前手抄留存的仅是后两种,也是向巴兄借来原书抄写的。两本原书还是黄裳兄昔日漫游成都,在旧书摊上偶然发现购来赠与巴金的。醉墨山房乃曾祖宗望公之别号,我抄写时也仅仅抄了诗与文,奏折之类就舍去了。宗望本介庵季子名李璠。我因未能见到《秋门草堂诗钞》甚感遗憾,失去了更多知道一点祖籍族人的情况。

饭后稍作休息即由文联负责人陪往角里街,只见一片空白,旧房屋早全毁于战火了。而今在大街旁的河岸边市当局新建一小亭名曰"仰甘亭",亭前一小长方形的石板上刻字叙说当地人民感于巴金的为文为人,特在其族祖世居的道旁立此亭以示敬仰之情,取巴金本名李芾甘之末字而命名。我们来访的族人因之也立亭前合影留念。之后再步行至祠堂旧址。也早都荡然无存,换建民房了。李致以腿疾不耐多行,先一步返回,小林、国煣我们三人再去南湖,参观"一大"南湖纪念船,访游烟雨楼。并从文联同志介绍中知黄裳兄的已故朱夫人也是我们的同乡。朱家、李家与另外两氏都是同住角里街上的四支大族。黄裳兄也曾来嘉兴走访过。

再说，我自1950年来沪定居，迄今已五十二年有余，虽然也曾多次去过杭州，路经嘉兴，却从未下过车。只是访游时，在公路旁的专店买几只闻名遐迩的粽子捎回家罢了。也从没起过寻根访祖的念头。今乘李致之便，有此一行，又方勾起一点往事的回忆。再从获赠的《嘉兴影踪》这本大型影册第134页，见到1923年巴兄赴嘉宿于街上四伯祖家的楼房旧影，实令人心喜。翻阅全册细观久久，让我这个对祖籍少知的家乡人实大开眼界、获知不少。初以为嘉兴府下辖仅是嘉兴、嘉善两县而已。自此方悉现今的嘉兴市连海宁、海盐诸县也归属其名下了。影册中展示的累累旧址、古迹、名胜更显现它的文化内涵。其中张宗祥、张元济、茅盾诸名家的故居、旧址及毛泽东诗碑亭等等前两年都曾走访拜谒过。眼下的嘉兴更是焕然全新。南湖文化区的投建、休闲村的兴起，必将与邻境的上海市联成一气，成为旅游胜地。正说明市当局心怀与时俱进的远志。作为半个嘉兴人能不为之而心欢雀跃？有感于此记下数语，以示寻根之行不虚。

甘为泥土的翻译家——汝龙

　　日子过得也真快,转眼间汝龙兄去世已经十年了。记得1992年的冬天里读到吴奔星的《追忆翻译家汝龙》一文时,勾起了我对往事的一些回忆,还跟巴兄谈起,曾想写篇短文以志不忘。后来因他事给搁延下来,直到去年才想起这笔文债,连忙找出手边仅存的一点资料,可放在书桌上又让它们躺了半年之久。人老了,真不中用,精力差不说,记忆力也大大衰退了。眼下再不动笔,真不知何日方能了此心愿。

　　提起汝龙,凡是喜好文艺的老一辈读者大都知道这位翻译家,读过他的译品。五十年代初即以译介契诃夫的短篇小说而闻名译坛。短短几年里就翻译了契诃夫的小说二十七本,由当时的平明出版社刊行,编入巴金主编的"新译文丛书"里边。其实早自四十年代中叶始汝龙就已在巴金主持的文化生活出版社出版过几本俄罗斯的名家名著了。先是库普林的中篇小说《女巫》,继之有高尔基的长篇《阿布洛莫夫一家》,库普林的两部巨作《亚玛》和《决斗》。这些书都分别收入巴金主编的"文化生活丛刊"与"译文丛书"中。因之后来有人把他列入"巴金那派翻译家"的队伍里。

应该说汝龙的成名固然与巴金不无关系,更主要还是在于他自己的努力、认真与执着。他把介绍外国文学名著看做是对中国人民有益的工作,全无一点浮躁之情,因而心不旁骛地勇往直前,竭尽全力去实现自己的这一理想。志趣所在也就不急于求成,以出书去谋名求利了。五十年代他对朋友回忆就说过这样的话:"那时候我的译稿有两百多万字,整整两麻袋请巴金看过。他很高兴,但要求严,从不提及给我出本书,只要我一改再改,精益求精。"不用说后来印出的库普林、高尔基的作品该是那麻袋里二百万字中的"一改再改"的部分成果吧。他还说:"一个人的成长和成就,有内因也有外因。内因就是鲁迅先生说的韧性的战斗精神,锲而不舍的精神;外因就是机遇,也就是机会和机遇。我要不是遇到李先生,就不会有今天。"

汝龙初见巴金时还是个流亡的青年学生,比巴金要小十二岁,也是属龙的。他同样是当时巴金的忠实读者青年群中的一员。由于喜读巴金的作品而崇拜巴金,进而得机结识了巴金。更以酷好文学,终于选择了译介外国文学名著的工作,并把它视为自己终生的事业,埋头苦干。就此与巴金结下了不解之缘,数十年间往来不断,建立了深厚的友谊。他也习惯于称唤巴金做李先生而从未改过口。他把与巴金的交往视作亦师亦友之情。

巴金从事写作走上文学道路,也是受了西方文学作品的影响,因之十分看重世界文学这一资源宝库,除了埋头自己的创作外,还多方面地把它们介绍给中国读者。鲁迅先生早在三十年代初就大声疾呼过:"甘为泥土的作者和译者的奋斗是已经到了万不可缓的时候了,这就是竭力运输些切实的精神食粮,放在青年们的周围,一面将那些聋哑的制造者送回黑洞和朱门里面去。"(见《鲁迅全集》第三卷221页)因之巴金在主持文化生活出版社编务,主编"文化生活丛刊"、"文学丛刊"和"译文丛书"向鲁迅求教组稿时,总是得到先生的无私的热情支持,使得他感受至深,终生难忘。"文化大革命"后他得以重新拿起自己的笔、在撰写《随想录》的第三篇题目就叫"多印几本西方名著",正是针对十年浩劫,一个泱泱文化古国竟然落到只有八个样板戏和一个作家、使得广大的读者落到无好书可读的荒漠境地,及时地作出呼吁。之后在《愿化泥土》一文中更写出:"我唯一的心愿是化作泥土留在人们温暖的脚印里"的真诚表白。巴金素讷于言,为人却平易近人,更热心支持文学青年,不忘鲁迅先生的教导。在乱世中碰上汝龙这样勤勤恳恳认真而执着地"运输切实的精神食粮"的青年,能不无动于衷么? 汝龙正是那种"甘为泥土的译者"。

汝龙原名汝及人,系江南苏州人氏,早年即远去北平读书。"七七"事变抗日战争爆发,国土沦陷,寇骑进逼,方被迫流亡到四川。为了维持生活,一面在内地中学教书,一面刻苦钻研英文,并多方谋求自己文学素养的提高。他白天上课,晚上动笔译书,困了就立起来站着挥笔,小心翼翼不放过任何一个问题。由于长期熬夜的结果,因而染上了肺病,幸亏那时人年轻体质好,未酿成大病,也就此养成了夜间工作的习惯,从未放下过译笔。胜利后应老友刘崑水邀到了重庆,任刘创建的文化企业公司经理。这位书生仍未能忘怀译事,更苦于世俗繁冗的干扰,拙于应付;加以思乡情深,叨念老母,终于辞别老友东下返里。回到苏州仍是一边教书一边译书。解放后先是离开教学岗位到平明出版社任编辑主任。后又辞去了这个职务,干脆回到北京自己的家里全身心地投入翻译工作,孜孜不倦地走自己认定了的道路。"文化大革命"开始了,这下被指责为走资本主义道路的单干户,才不得不停下译笔,连书籍衣物都给封存起来,一家三代只能睡上下铺,挤住在两间小平屋里。开始时他怎么也想不通,感到灰心丧气惶惑不安,忧心忡忡不知来日将如何! 等心境逐渐平定下来之后,经过再三思索与考虑，还是认为自己以往所走的路并没有多大错误，这也是鲁迅先生所指出过的。倒是眼前待在家里无所事事，白吃干饭，那才真对不起人民。于是重下决心再理旧业，又偷偷在晚上译起书来。乐在其中管它能不能印出，总比白白浪费时光的好。"四人帮"垮台了，拨乱反正后他的问题也解决了。这下放开了手脚、无所顾忌地干得更欢了。

　　1973年的年尾，他竟然与巴金取得了联系，还通上了信，了解到巴金的处境，更担心经此浩劫巴金体衰年老，恐难以完成翻译百万字以上的巨著，遂主动提出愿代他续译他将未能完成的书。巴金感动十分回信说："我认为你是真诚老实的人，别人是不会这样说的。因此很感谢你的好意。赫尔岑的《回忆录》的确字数太多……我多年来就准备翻译这本书。我当然想争取完成书……不过我已经进入七十了，虽然身体不算太坏，但能否活过五六年，自己也难定。你毕竟比我小十二岁，而且身体好，你既然主动地答应在我未做完这工作就撒手见'上帝'的时候出来接替做完它，这样我就放心了。你的译笔是信得过的。"巴金在另一封信里又说："你译书很用功，能苦干，有成就，又能坚持，的确不容易，值得学习。"在1980年9月的一封信里还对他说："……上海要出就把契诃夫全给上海，另外搞个陀氏（这指陀思妥耶夫斯基）选集给四川。陀氏书可以介绍，此人在西欧影响很大。也可以说对世界文学都有影响。不过我国会有人不满意。……可是对后代的读者它们会有益处。"（以上引文全见《巴金全集》第22卷中）怎能料到汝龙八十年代中叶始因过于劳累竟又染上肺气肿、肺心病等症，身体日趋衰弱，终于在1991年的7月里撒手西去了，竟然走在他所敬爱的"李先生"前头，年仅七十五岁。巴金得悉病逝噩耗，感到无比的难过，友情难忘啊！在致汝龙夫人文颖的七月二十日信中说："信悉。万想不到及人走得如此匆匆。近两个月来我身体精神都不好,写字更困难,少给朋友写信,也不知道你们近况。因此这个消息显得十分突然。可是从五十年代开始的在京欢聚的日子永远不会再来了……回忆不断地折磨我,我无法把它们写下来,我没有充足的精力了。"之后又说:"八五年我最后一次去北京到你们新居做客,大家有说有笑,我仿佛又回到从前,万想不到这是我们的最后一面。过去我鼓励他翻译,他的确迷上了翻译。在这方面他有大的成就。可以说他把全身心都放在契诃夫身上,他使更多的读者爱上了契诃夫……他的功劳是介绍了契诃夫。"(见1991年11月19日信)"我对他只是尽了点'鼓舞'的责任,却没有想到他会那样入迷,彻夜工作,后来甚至在非常差的条件下拼命干,他的病就从这里来的。我劝过他,但是我不曾多讲,而且讲了也没用,他是那样爱他的工作。"(见1992年3月18日信)

　　写到这里笔者当应补上两句:汝龙的夫人文颖本姓周,父亲还是昔日北平精益眼镜公司的创办人。她乃汝龙同窗好友,也是一位醉心文学的巴金的忠实读者。两人志同道合,一同流亡到四川因爱而结成夫妇。周文颖也是个翻译家,曾利用余暇从事翻译,译过陀思妥耶夫斯基的名著《穷人》和老托尔斯泰的《活尸》。这两本译作曾先后编入"译文丛书"和"文化生活丛刊"内于1948年由文化生活出版社出版,巴金颇为喜欢她的译笔。可惜她相夫育女忙于家务,闲时少,译作也就不多。应该说汝龙之能专心致志不问他事从事翻译多亏有这位贤德的内助,由此又让我想起了萧乾,"文革"后的1976年我们恢复了联系,他的第二封来信中就曾这样写道:"三十年代芾甘(即巴金)即鼓励我搞翻译,我没有听他的话。但今天拿汝龙来比,他的成就即比我们大了,具体得多,有价值得多。如果我是个踏实的人,本来也可以那样。"其实萧乾同样是个"踏实的人"。"文革"后他的勤写勤译甚得巴金的赞许。就是在他多病的晚年,不也同夫人文洁若合译出乔伊斯的巨著《尤利西斯》，为后代运输了"切实的精神食粮"！

眼看我们在新世纪里即将进入世贸组织，今后必然从各个方面要与世界接轨谋共同的迈进。在文化交流这一领域里我们需要的正是像汝龙这样的翻译家，认真、执着"甘为泥土的作者和译者"。

终笔于 2001 年清明节前

追忆诗人赵瑞蕻

　　病了,躺在床上颇为难过,脑子里乱糟糟的,真是思绪万端,杂事纷呈。早些日子静如姐在电话里托代向病中巴金问好,讲起了她的一些近况,说正为编选瑞蕻兄的纪念集而忙着,还问我也能写上篇短文否。因事出突然,更没有思想准备,且又跟他交往不够深,就婉言谢绝了。真没想到在这时候眼帘前竟浮现出瑞蕻兄那白发蓬松、面带微笑,洋溢着一股浪漫诗人的飘逸神态;长长的瘦削身材,衣冠楚楚颇具绅士风貌,该是曾在国外大学里讲学几年中养成的吧。

　　往事上心头,知道他的大名还是上世纪的四十年代,我刚入出版社工作没两年,曾见坊间有他翻译的《红与黑》一书,薄薄一册,仅译出了名著的前一部分,惜乎一直未见书的续译本问世。也许专心于教学之故吧,那时他正执教重庆沙坪坝中央大学。说真话跟他真的相识还是近几年的事了。大都是静如姐和他一道来沪探亲访友之日,多半也是在巴金家或华东医院巴金的病房里,真倒是有点相见恨晚之感。我这人不大懂诗,也很少读诗,虽然早知道他在西南联大读书时就以诗闻名,也就仅此而已。前些年他发表在《文汇读书周报》上论及当前出版的多种《红与黑》的

93

重复译本的文章,对译介世界文学名著的一些看法,引起了我极大的兴趣,对他的论点深表佩服,颇具同感。之后又读到他在其他刊物上发表的回忆文章,遂在写给静如姐的信中除了向他问好外,也乱发了一通议论,更希望他笔力要勤一些,把深藏在胸中的东西多多吐露出来,还谈到二十世纪三四十年代的兵荒马乱、客观条件极差的环境里,西南联大培育出了多少人才。因之我们间就此通上了信。诗人,毕竟是诗人,洋洋洒洒满纸热情,袒露情怀,直抒胸臆,令人心动。信中往往对时下文艺作品某些不良倾向及个别自己的作品直言不讳地表述不满。他认为"作家是人类美好心灵的培育者"(引自1998年8月18日来信),岂能胡言乱语,写出不堪入目的东西,这对青少年将会产生何等的影响。还把刊出的其他文章的复印件寄给我。

瑞蕻兄患有冠心病,平时颇为小心谨慎,为了编选《离乱弦歌忆旧游》这本近四十万字的集子,花费了半年多的时间,日夜辛劳,几经修改终于在1999年的元旦完成了第三次的修订稿。岂料一月后的2月15日凌晨竟以心脏病猝发抢救不及去世,正好是萧乾兄走后的第三日。在静如姐电话里闻此噩耗时,鼻酸泪盈,不知对她说什么安慰的话好。本应是欢度春节的快乐日子,这下子全家落入了悲痛难已的哀思中。后来静如姐在来信中再详述了一切,还说女儿赵蘅在清理父亲的遗物时,竟发现早在一年前她父亲对自己的身后事就作了安排,连"讣告"都拟写好了,并以1985年写的"石榴树"小诗打头。在"遗嘱诗"里更要孩子们"做个光明磊落的人!"他那种对生死的脱俗观念,炽热的诗人之心更让我感到深深敬意。

转眼间两年多过去了,不由我想起了他的诗句:"往日旧事闪现点点火星……我悲叹师长亲朋的一一离别",正符我此时的心情。瑞蕻兄在《离乱弦歌忆旧游》一书的《前言》里还写道:"回忆是温馨,也是惆怅的;有时也很悲愤。怀旧是一种美好的感情,它带来生活乐趣,哲理沉思,对往日的追索和重新认识,以及获取经验和教训,鼓起继续迈进的勇气。"联想到巴金的《再思录》中不少文章正是如此。鲁迅说过:"文化之遗留后世者,最有力莫过于心声。"(见《摩罗力诗说》)瑞蕻兄去得似乎过早些,人虽去,留下的"心声"必将存于世。

最后让我也学他的样儿,借用孟浩然一首五言诗以结束本文:"人事有代谢,往来成古今;江山留胜迹,我辈复登临。"

脱稿于 2001 年 7 月开刀后在家疗养日

深深的怀念

——忆王道乾兄

近读谷梁的《道乾先生》一文,不免勾起哀思一片,往事浮沉,那就如实道出,以抒郁怀。提到"道乾先生",不由我想起巴金《随想录之八十四·解剖自己》一文。文章是这样开始的:"《随想录》第七十一则发表好久了,后来北京的报纸又刊载了一次。几天前一位朋友来看我,坐下来闲谈了一会,他忽然提起我那篇短文,说他那次批斗我出于不得已,发言稿是三个人在一起讨论写出的,另外二人不肯讲,逼着他上台;……他的这些话是我完全不曾料到的。我记起来了,我在那一则《随想》里提过1967年10月在上海杂技场里召开的批斗大会,但也只有短短的一句话,并没有描述大会的经过情形,更不曾讲谁登台发言,谁带头高呼口号。而且不但在过去,就是现在坐在朋友的对面,我也想不起他批判我的事情,一点印象也没有。我就老实告诉他:用不着为这事抱歉。"巴金在紧握着客人的手把这位朋友送到门外时还不住地说:"该忘记的就忘掉吧,不要拿那些小事折磨自己了,我们的未来还是在自己的手里。"文章中还写道:"这位朋友是书生气很重的老实人,我在干校劳动的时候经常听见造反派在背后议论他,模仿他外国语法的讲话。他在大学里是位诗人。到欧洲念书后回来写一些评论文章。"在巴金短文中讲到的"这位朋友"正是道乾兄。记得他去看望巴金那天我也正好在那儿。眼前不觉浮现出他坐在巴金家客厅沙发内说话的情景。

说来道乾兄跟我们一家人都很熟,算得交往颇多、友情不浅的朋友。早在上世纪三十年代末他在昆明中法大学念书时就认识了萧珊,他们原是同学。萧珊后来虽然转学西南联大,毕竟是老同学,又都喜好文学,就一直与他保持着联系。解放初期道乾兄回报祖国,先是在华东大区的文化部门工作,后即调入上海作协主办的《文艺月报》编辑部任职。他又与巴金、萧珊见面了,正是旧雨重逢、故交再聚。通过萧珊他也就此成为当时平明出版社的重要著译者之一了。我手边尚保存有道乾兄翻译的法国作家安德烈·菲力普的历史小说《米晒耳·隆代》一书,就是1955年8月平明出版社印行的。我那时仍在另一出版社工作,业余时间也从事一点翻译,在平明出版社和新文艺出版社也都印行过几本小书。因之我们不仅在巴金家还在其他某些场合常有接触,久之也就熟悉起来。记得上世纪五十年代中期吧,平明出版社的陈姓朋友邀请我们一家子去他家做客,道乾兄寓所恰在同一弄堂内。在陈家饭后,巴金萧珊夫妇偕同我们一道前往王府造访。蒙道乾兄夫妇热情接待,享以亲烧的法式咖啡,真是天南地北、话兴浓郁。王虽已从事文艺理论的研究,但仍不失诗人的本色。他与萧珊大谈法国诗人波特莱尔的诗,其情其境犹现脑际。王在巴黎念书时因信仰马克思主义,遂而参加了法国共产党。回国后更专攻文艺评论,曾应平明出版社之约译介了《马克思、恩格斯论文艺》一书,它该是解放后第一本介绍马克思主义论文艺的专著。该书应该说在读书界产生了一定的影响。平明出版社似还曾约他译介过当时著名的法共作家阿拉贡的作品。

话往回说,道乾兄自那次看望巴金后就很少再去巴金家了。也应该说"文革"后的种种变化愈来愈大了。万事复苏,百废待兴,大家也都忙了起来。加以道乾兄的工作几经变动,也不再在上海作协的文学所工作了,彼此也就很少见面,久之竟失去了联系。连道乾兄去世的消息我也是事后方知,不免一惊。怎么讣告也未得一张,心中颇觉奇怪,他的夫人真把我们一家人都忘记了?以未能参加追悼会见上一面而遗憾至深。直到前些天因写此文问及同事左兄,左兄不禁愤然道出当时情景。原来王虽在文学评论方面有所贡献,又是文学研究所负责人之一,却由于某种原因,大殓时单位仅在殡仪馆租一小厅草草行事,根本没寄发过什么讣告,以致引起不少老同事的不满,有人竟当场提出责问。事已如此,又徒唤奈何。是主事人的无知,抑是极左思潮的阴魂尚存,真把这位从事马克思文艺理论研究的专家、回报祖国的法国共产党人当作"另类"了么? 百思不得其解。晃眼又是十年过去了。往事依稀,不免怆然。道乾兄走得未免早了一些。眼前上海的一切是有了很大的变化了。

　　道乾兄在大学里曾是位诗人,且在巴黎生活了那么几年,却不带丝毫浪漫气息,口含烟斗的严正神情倒另具绅士之态。那少露嬉笑、处处显出拘谨、偏执还夹带迂腐之气的他,真如巴金所述是位"书生气很重的老实人",这又凸现出中国土产的文雅学士的遗风。老实人总是十分认真的。尽管巴金劝他用不着为这种事抱歉,该忘记的就忘掉吧。作为书生气很重的老实人道乾兄真的能忘记这一切吗? 我想:拨乱反正了,国家得救、民族有望,谁能不为此而大大舒口气! 的确我们都应该朝前看。但人,真的就那么的健忘? 一旦忆起十年混乱中的种种,清夜自省,哪个人又能没有一丝苦思啊! 像道乾兄这样正直、认真的迂腐夫子能无动于衷乎? 萧珊屈死,同学旧谊,友情难忘,他又怎能不自责呢。再说道乾兄同样在主张自由、平等、博爱的先贤卢梭家乡薰冶过几年，更在那儿接受了马克思主义的理想。谁也难以保证自己真是一贯正确。道乾兄敢于吐诉抱歉心情，正是一位无畏的真正共产党人面对事实的本色，敢于讲真话。

左兄还跟我讲述了有关王的小事一桩：王因患晚期癌症久住医院，院方不耐，曾再三促王出院，其夫人不得已私下里给市委宣传部领导写信陈述王的一生，说他多少也给党的文艺理论作过一点贡献，既患恶疾，又距死不远，请求免去迁移折腾之苦。领导立即作了批示，得免出院之灾。王事后得知大发脾气，责夫人不应该向市领导诉苦。可是此时他早已无力起床，难以自行回家了。之后不久终于溘然而去矣。一个多么可爱又可敬的老实朋友！

下笔至此，难以再续。眼下我只能面对穹空低声祷语道：道乾兄，我们一家人都深深怀念你！

2002 年 11 月 3 日完稿于萦思楼

患难识知已

——忆罗荪同志

2003 年 5 月 28 日中国现代文学馆为纪念已故作家、文学馆创建人之一孔罗荪九十寿诞举办了一个座谈会，有幸前往参加。行前曾去医院看望巴金，并将此事相告。我说："这回文学馆又办了一件好事，做得漂亮。你说是吗?"他的眼神立即放光，嘴唇不住颤动，显然感到高兴，同意我语。因之在座谈会上我首先他向大会表示了祝贺。那天的会开得简朴隆重、活泼热烈，与会者发言踊跃，一片真情，全无套话。知名作家叶文玲的书面发言，更是深情地回忆了罗荪同志为她第一本短篇小说集写序的经过。舒乙也插话说他进文学馆工作，也是罗荪同志"点的兵"。因事晚到的作家张锲也简述他昔日从安徽初到京城的境况，多亏了罗荪同志的照拂……

解放前我仅知道罗荪同志是东北作家群中的一员，闻名而已。直到新中国成立后的五十年代中期，由于巴金的关系才有缘与他相识。他同靳以和巴金早就相熟了，抗战中在武汉重庆两地他都主编过文艺刊物。当他即将从南京调来上海主持作协工作时，巴金为之而高兴，相知老友得以再聚共事。之后我们常在巴

2002 年 5 月 28 日,中国现代文学馆,在"孔罗荪逝世周年纪念会"上
发言。

金家中相遇,渐渐地也就熟悉起来。我们之间很少工作联系,纯
属私交。交往中给我的印象却不一般。看他那:衣冠楚楚不显华
丽,光亮黑发一丝不乱,轻声慢语少见急躁,浓浓双眉下总是满脸
笑容。郁郁乎文哉! 一个文雅书生性情中人,确乎平易近人,不
带官气;不类某些人士眼生额头,一副矜夸神态,不是"大人物",
却又具"领导者"的气势,叫人生畏,敬而远之。

1953—1957 年间,四川川剧团多次来沪演出,赢得了上海文
艺界人士的青睐,大受欢迎。罗荪同志算得一位热心捧场人,与
黄佐临、陈西禾、王元化……诸名家相继在报刊撰文评赞,他用的
笔名竟是《拉郎配》剧中小小吹鼓手董代这个名字,别具新意。

1960 年末,巴金远去四川埋头创作,我母亲因患晚期肝癌未
及一月即逝世。此时正当自然灾害艰苦伊始之际,在料理后事中
得到了罗荪同志的不少帮助与照顾,当然谊在巴金。我虽从未向

他表达过谢意,确将情谊永记心中。

令我生敬十分的是罗荪同志于"文革"中在"牛棚"里表现出的临危不惧、刚正不阿的可贵精神。巴金在《随想录之五十三·"腹地"》一文中作了较为详细的记述。那是 1970 年之初,文化系统的"牛鬼蛇神"们由造反派率领在郊区农村一边劳动、一边学习。一次学习会上,造反派突然发难指责巴金在 1931 年"九一八"事变后写文章鼓动青年学生到中国腹地去是反对共产党。他们把"腹地"一词解释做"心腹之患"的地方,是指那时的苏区(江西瑞金),苏区是国民党政府的"心腹之患",硬说巴金是鼓动青年到苏区搞破坏活动。真是荒唐之极! 一再围攻巴金要他作交代、写检查。巴金一再辩解,指出原话:"我们的工作是到民间去,到中国的腹地去,尤其是被洪水围困了的十六省的农村。""腹地"明明白白指的是中国内地,辞书上也是这样解释的。他回忆道:"我几次替自己辩护都没有用。在我们那个班组学习会上我受到了围攻。只有一个人同意我的说法,腹地是内地。他就是文学评论家孔罗荪。"要知道孔那时也是个问题多多的"牛鬼"啊,他面对造反派的淫威,不顾自身的处境,始终坚持自己的看法,维护客观事实,替巴金辩护,倒真具有一股威武不能屈的正气,鲁迅式的硬骨头精神,不能不叫人佩服。

正所谓患难见真情,自此他于巴金的友谊愈益深厚,当然还包括不少的其他朋友。1977 年冬末,巴金获得"第二次解放"之后,邀请了同样罹此浩劫的五位老友在刚启封不久的二楼书房里共叙情怀,孔是其中的一位。1979 年巴金应邀赴法,再度出国,又是孔伴同前往巴黎的。巴金倡议建立现代文学馆,得到作家们的热情支持,罗荪同志被推选为筹建会主任,兼文学馆领导小组组长。文学馆正式挂牌开馆后,孔与巴金同时被聘为名誉馆长。

不幸的是没两年,孔竟因劳累过度,先是脑力衰退以至萎缩,再而患上脑瘫痪生活不能自理,以致言语也有了困难,全赖夫人精心照拂。1994年春末,在杭州疗养的巴金挂念京中几位生病的老友,趁上海有同志赴京之便,特委托他们代他前往冰心、曹禺、艾青、罗荪处看望,录下相带携返杭州,让他能在荧屏上再见老友以慰思怀。1994年10月,罗荪同志因老伴病逝后乏人照顾,只得返回上海旧居,由大女儿负责照顾。他到家的第二天,巴金立即在多人的扶助下专程去他家看望。故人重见,激动非常,彼此因病失语,相对难言,只是紧握双手,全赖精神、容态、微弱的单音交流内心的情感。在旁的人无不因之而动容。记得第三日我也赶去看望时,上二楼跨进他的卧室,他坐在高背藤椅内,祥丽指着我问他:"你看谁来了,认得吗?"他深情地直视着我,泪水盈眶、嘴唇微动,怎么会不认得呢!

再说罗荪夫人周玉屏大姐曾是我昔日新文艺出版社的老同事。同样是一位待人热诚、爽朗、笑语相对的好人,一位能歌善舞、上戏台演剧的文艺活跃分子。记得1994年春我也因参加第三届巴金国际学术研讨会去了北京,到达的当天晚上就与周大姐通上了电话。岂料月余后她竟因心脏病猝发不治去世。我曾在一篇短文《哀思陈陈,友情难忘》(见拙著《记病中巴金》)里追忆道:"电话上她声音一如往昔,响亮、爽朗,笑声常伴。我们讲现在、忆往昔,谈得十分畅快。问及罗荪同志病状,想去看望,她忙说:'你开会忙,就不必来了,反正情况你都知道了'……怎知这电话上的一席话竟成了诀别词了!该是天公作巧,令人难忘。再念及罗荪同志失去了相依为命的老伴,口虽不能言,而内心之苦可想而知了。"一年后罗荪病逝华东医院东楼。之前也曾三次去病房探视,最后一次看望他时,他已是处于无所知的昏迷状态了。

罗荪老兄虽然走了,他对新文学事业的贡献会与巍然而立的文学馆共存。令我深觉惋惜的是,他未能多活几年看到文学馆新馆的建成,更看到今日国家的种种繁荣景象。

"惟君子能编君子书"

——忆老友夏宗禹

前些日子有友人来舍,索借《弘一大师墨迹》一书,乃从旧橱深处觅出以奉。睹书忆人,不由得联想到赐赠此巨册的老友夏宗禹兄。一张方正厚实的笑脸立即浮现眼帘。遂又捡出马一浮、叶圣陶、丰子恺三大师的同型墨迹巨册,并将弘一大师的写经集一并带出,一一翻阅。这些精印的书,全是老夏所赐。往事历历,愈增思情。

还是半个多世纪前,抗日战争处于最艰苦的年代里,我认识老夏于山城重庆。缘于他自郊乡住处进城办事,顺道来文化生活出版社看望巴金之故。一年多后,抗战胜利了。人们争相复员,纷纷离川。而老夏却未走,留下当上了重庆《商务日报》记者,活跃于文化界进步人士之间,且常到出版社小坐。斯时彼此均当风华正茂之年,更逢白色恐怖日趋严峻之日。见面多了,互通信息。月旦国事,肝胆相陈,就此结下了难忘的友情。他时不时还促我为他报纸副刊写文。

1947年6月1日,重庆反动当局一夜之间逮捕了进步人士数百人,震动全国。朋友中受难者不少,宗禹兄也在其内。经各界人士多方营救,老夏幸获较早释放,却被驱逐出境。临行之夜,他路过民国路出版社楼下,高声呼唤我名。出版社人闻声,临窗告之，我因事已去上海。岂料我在沪事毕，返渝的前一晚，老夏竟然来霞飞路巴金家看望，次晨复赶来伴送去龙华机场。临别依依，情深意切。之后即失却了联系。

解放后，先是五十年代中期，知他改名夏景凡，已在北京《人民日报》作记者了；六十年代"反右倾"后又获悉他被谪往乌鲁木齐，在《新疆日报》劳动，这都是巴金从北京开会返沪后告知的，语焉不详，如此而已。也总算知道他一些情况，稍感心安罢了。

"文革"后期，他竟翩然临沪，近三十年不见，怎不喜出望外？原来他是为了筹印《新疆》画册而来的。看他神态依旧，变化不大，一身活力，仍似当年，不过风尘仆仆，略现苍老。滔滔讲述，尽说眼下任务与工作，丝毫不及既往。还向我赞说边疆风物独特，瓜果甜美，值得前去看看，愿做向导。此后每来必驾临寒舍相叙，如果邀去旅舍晤谈，那总因行程匆促之故。下榻的地方，不在宾馆，大都是某单位的招待所。来我家时往往只求一大碗川味辣酱面足矣，呼啦啦吞下，生怕耽延了叙谈时间。特别是八十年代中叶始，定居北京，女儿也在身边了，一无牵挂，全身心地投入自己的工作，相见时总是详述他编印新书的情况。真是情有独钟，乐之不倦。早不见昔日记者神态，显然一副编辑、出版的实干家的身手。那种只争朝夕的劲头，令我打心眼里佩服。有时看到他疲惫不胜的样儿，忍不住劝说两句，用不着事必躬亲，还得劳逸结合才行啊。他笑而答曰："这还不是向巴（金）兄学来的，他主持出版社业务时不就这样？他是我学习的榜样！"我仍坚持："老兄，时代不同啦，他也不完全是个'单干户'啊。"

前文提到的四大师的墨迹巨册，就可以看出他的斐然成绩。这套书他命之名：君子书。他曾对我说："我编这套墨迹丛书，所选中的作者，都是博学多才，在文化事业方面有着重大贡献的人，而且又都是人品高尚，不谋荣利的正人君子。"还说曾求教过赵朴初老人，颇得老人的赞许与支持。每本书从设想、征稿、集稿、编

1988年7月2日,与宗禹兄看望巴金。摄于华东医院花园中。

排、付印、校正,有时还深入印刷车间,事无巨细都是他亲身奔走,一手完成。反正离休了,无职一身轻,他认为不上班,不受日常办公时间和当官人的限制,倒可以自由自在地干点有益的事。本着自己的兴趣与理想,就这样不知疲累地干下去。1991年1月5日来信一开始就说:"寄上两本《马一浮遗墨》,一本请转巴兄。编这一本花费时间最长,也最吃力。印刷中又多不顺利。终能出书,勉可告慰。"后来才知道这本书的编印共花了三年之久。到印出最末一本他又说:"这几本书居然花了八年时间,可谓老牛!"我不禁想:"老牛"拖的并非破车,挤出来的还是"高钙奶"哩!这套蔚然成观的精印巨册遗墨,算得上民族文化艺术宝库中的珍品。

不止此也,复与杭州富阳古籍印刷厂合作,精印出由他策划、监印的弘一法师手写《金刚班若波罗密经》线装本。印刷厂以之参加新德里举办的国际印刷品展览会,竟荣获大奖。继又印出同型的《弘一大师写经集》一函四册,深受东南亚佛界僧俗两众的欢迎。之后他又积极筹印《巴金随想录》线装本，仅用了五个月的时间即赶印出以贺巴金九十寿辰。装帧之美不仅深得作者的高度赞许，嗜书的收藏家们更因此而称庆，这该是开现代文学作品线装版本的先河之作。

不止此也，进而利用印大开本剩下的边纸，复制出精美小册的副产品，谁见了也爱不释手。我手边就存有一册俞平伯先生的诗集《忆》。

不止此也，本着精益求精之旨，再把原用凹形精印的四册巨型大师墨迹，重作调整修订，改用宣纸线装印刷，意在更突出君子书的涵义。1994 年 4 月我因赴京参加一个会，老夏特来住处邀去他家观赏新制成的线装本君子书的每本函套，那真是古色古香，典雅美轮，令我啧啧叫绝。

不止此也，又出新招，谋划重新排印《巴金随想录》大开本线装本，再纳入二三位老作家的相类著作组成系列，以另一型"君子书"问世。并已征得老作家的同意，列入了《冰心回忆录》、《夏衍寻梦录》二种。孰料劳累过度，恶疾暗袭，遽然暴发，未及两月即夺走了他的生命。这些个美好计划遂成为"未完成的交响乐"了。不单给他个人留下了深深遗憾，更让作家、知友和嗜书人同感失望、悲戚和惋惜。袁鹰同志有感而发："这类事他不做，大约也不会有人去做，甚至无人会想到的。"更有人赞道："唯学人能尊重大学者，惟君子能编君子书。"善哉，斯言！

老夏病逝时已是早过古稀之龄的老人，离休后，不求安度晚年，仍孜孜不倦地忘我工作。一个不在职的编辑不到十年之间竟然编印出这么些文化瑰宝，能不令人生敬！在怀念亡友之时，值兹盛世，更愿新的编辑同行为发扬民族文化编印出更多更美的"君子书"，给我出版事业增光添彩，向世界展现中国文化的优良特色。

2003 年 6 月 10 日于萦思楼

辛笛大哥,您走好!

　　辛笛大哥走了,对我说来实在突然,确感意外。一个多月前(2003年11月24日),他还去上海图书馆看了巴金百岁华诞图片文献展览。十二月初又曾专程踵府看望,并带去从四川携回的茶叶相赠,孰料扑了一空,他因血糖过高去医院就诊了。两日后赶去医院探视,在安谧的病房里见他静卧床上,神态依旧,并无异情。两眼明亮闪光,端视前方,若有所思,略显忧郁而已。问话不答,默不出声。后来圣思语我:血糖早已下降,心脏也正常,只因肺部有点感染,用药后热度即退,眼下尚存二三分,看来问题不大,这下我放心了。圣思还说:上午新婚不久的孙媳特从美洲返国拜见;下午夫妇俩前往祖母墓园叩头,老人还清晰地道出孙媳名字呢。只是爸爸打从母亲去世后就不大爱讲话,常独自默默枯坐。心想这也难怪,相知想爱、相濡以沫的白发老伴,一下子撒手而去,其情必然。"梁空月落人安在,忘水伤心叹奈何。"《悼亡》诗中的末句不正是他内心的写照么?

　　元旦前某夜又去电话打听是否已病愈回家。圣思答曰:原已停药两天,因又突有低热,现正用药吊针,想无大碍。8日上午突得圣思电告:爸爸于今晨九时以心力衰竭安静地走了,走得十分安详。乍听之下不禁鼻酸、哽咽而泫然。就这样突然又少了一位老朋友。秋叶凋零,一叶比一叶沉重。这不幸的消息还不能告诉巴兄。

辛笛大哥原是巴金老友,与靳以、曹禺、孙浩然(舞美名教授)同窗天津南开中学,继又与曹禺共读清华,同李健吾、卞之琳、萧乾诸兄同是好友,都是当年北平三座门大街《文学季刊》编辑部常客。我之得识荆州已是抗战胜利后的 1947 年夏天了。因文化生活出版社社务从重庆来上海,住霞飞坊巴金家,得以相见。而真正熟知起来那又在解放后上世纪的五十年代初期,我工作调动举家迁沪。就此常在巴金家晤谈。这时他更应采臣之请出任新创立不久的平明出版社董事会董事长,交往也就愈多了。我与采臣敬之为长兄,他亦视我们做弱弟,逐渐成为通家至好。

大哥与大嫂徐义绮均出自名门,家学渊源,都曾漂洋过海谋得深造。学识丰富,素养极高。且又都是性情中人,交游颇广。在文艺、学术两界好友不少,自己又以诗闻名于世,常相互唱和。妙在并不置身于文艺圈内,自愿投入工业系统以求自我改造。时代变了,谨言慎行、明哲保身,这是他经历乱世后取得的教训。"跳出三家外,不在五行中",脱离知识分子成堆的地方,不也少受许多无妄之灾的困扰,各样运动也都得以安然度过,其幸也欤!记得巴金在 1962 年上海文代会上的发言,事后他私下曾劝阻,讲过算数,切勿为文发表。他又哪知巴金箭在弦上不得不发,领导敦促,身不由己啊!

回忆那些年里每逢春节,我总去他家拜年。他必然盛情端出各式各样糖果招待,还一一介绍哪种品牌质佳而价又不贵。真不愧为某食品公司的副经理。我们都有喜吃甜食的同好。王大哥并非美食家,却善品尝佳点名肴。曾招宴我们一家去绿杨村吃淮扬名点,"一把抓"的蟹黄汤包可谓名副其实的美味。吃出食的文化。老兄算得一位热爱生活、懂得生活的人，更是一位善于生活之士。不免心向往之。

十年浩劫之后，交往更多，坦示胸怀，由此性更近，心更亲了。年近古稀依然骑着一辆旧脚踏车驰来武康路看望老友，互报喜讯，畅叙心情。年轻了，更来劲了。

严寒逐渐解冻，改革开放开始了。老诗人终于也得归队了。1981年初应邀任亚洲诗人代表之一，参加中国作家代表团赴加拿大出席第六届国际诗歌节。同年年底诗人出席香港中文大学举办的现代文学研讨会，使其三十多年前的诗作《手掌集》甚得与会诗友的热烈赞扬，"九叶诗人"之名而益张。周策纵有诗奉赠："扶苏九叶隔年春，掌上明珠洗暗尘。"而余光中更有诗句："人间可贵是知音。"真可谓"墙内开花墙外香"啊！老诗人这才真是重获青春。之后被推选为上海作家协会副主席。自此活跃于文艺界的各大会议上。

巴金住院疗养后，我们多在病房碰头，相叙甚欢。自1999年春经历严重险情得以脱难的巴老，为了保证他的病情稳定，遵医嘱尽力避免外界的干扰，他思念友朋的心愈切，同样至友们关注之情也日深。相见时难，我则义不容辞地承担起各方信息的转送中心。自然是"报喜不报忧"了，以慰巴金的思情与寂寞。

半年前送走了文绮大嫂，今又不得不跟辛笛哥道别。应说他们都是活到九十高寿后才去世的，算得寿终正寝，合乎自然规律。可是几十年的交往情谊，又岂是那么轻易地忘怀得了的？逝者已失，生者有知。落叶凋零，倍感寂寥。人贵相知，能不无动于衷乎？强忍悲思，仰天祷祝："辛笛大哥，走好！愿您与大嫂相会在那遥远的地方。"

2004年1月30日脱稿2月2日修订于萦思楼

也 忆 梅 林

前些日子读了何满子兄刊于 2004 年《世纪》杂志第二期的《琐忆梅林》一文后,脑海里不免沉浮几片往事的烟云。梅林兄的清癯面容即现眼帘,一个多么善良的读书人。忍不住提笔记下点滴,以志这位默默无闻、郁郁不得志的老作家。

梅林兄是我早年工作过多年的文化生活出版社的作者,他的代表作《婴》、短篇小说集,编入巴金主编的"文学丛刊"第八集,于 1947 年 9 月在上海印行。我认识他是在 1945 年抗战胜利后,一次他来重庆民国路的文化生活出版社办事处看望巴金,因而相识。那时,他在重庆七星岗下去的张家花园文协工作,协助老舍办事,联系作家。老舍家住北碚,有事才进城。张家花园文协那座破旧的院落,曾接待过不少因战祸来后方重庆的各样文化人。有人还在那儿定居很久。老作家艾芜夫妇携儿带女从桂林辗转逃难来到重庆,就一直落脚在那儿,直到解放以后。

抗战胜利后各行各业争相复员,在重庆的文化人士也纷纷离渝。我和梅林兄也就再没有见过面。不过梅林兄有小说集将在出版社出版,这是我知道的,自然也是巴金告诉我的。1950 年初冬,我结束了"文生社"重庆处的业务,举家迁沪来上海社工作。

之后在巴金家又跟梅林兄相逢了,因之也就比较熟识起来。这时巴金也早已辞去出版社总编辑职务,忙于新中国的多种社会活动。

梅林兄为人朴实、真诚,给我留下较深的印象。他对巴金友善而亲切,一片真挚。记得曾把自制的家乡菜(广东菜)送请巴金试尝。他们往还并不多,纯属文友间的君子之交。

1954年夏,文化生活出版社并入公私合营的新文艺出版社。我入二编室(外国文学编辑室)任职,在康平路83号二楼工作。那时康平路83号算得是出版社的大本营,社长、总编辑、两个编辑室以及各机要部门都在这座楼里。社长李俊民也刚接任来不太久。时任副总编辑的梅林兄分管现代文学(第一编辑室)部分,人却在康平路9号小楼房内审阅稿件。他很少来83号,因之我在社内也从未见到过他。加以我是新来乍到的人,新的环境让我谨言慎行、恪守本职,未敢多与他人往还。孰知1955年他又牵连进胡风案件内,自此我们失掉联系,连巴金家也早已不见其身影,杳无音信了。

岂料"文革"后的80年代里,我们竟然在上海作协的一个小组会上相遇,彼此都感意外,紧握双手,激动不已之后,我还特别向巴金讲到相见时的情景。那时他看来精神极差,斜靠在沙发内,好像大病初愈的样子,人显得萎顿苍老多了。一天,忽得钱伯城兄电话,告知梅林兄因病去世了,上海古籍出版社将为他开追悼会,托我转告巴金,并希望巴金能参加治丧委员会,以便早日发送讣告。惊闻之下,答说立即转告,他们本是昔时老友,参加治丧会当无问题。遂即与巴金通话,果如所愿。

想不到我们就此失去一位老友,一位勤勤恳恳认真工作的好人,一位未能尽展文采的老作家。我和梅林兄交往不深,却也有一段情谊。他究竟是我旧时工作过多年的私营出版社的作者。巴金在主持这家出版社时爱说,作家与读者都是我的衣食父母,得罪了作家我拿不到稿子,读者不买我编的书,我就无法编下去。他主张编辑与作家应成为朋友。那时文化生活出版社的确团结了不少作家朋友。正如俗话说的:物以类聚,人以群分。梅林兄既是作家,又做过团结作家的工作(在文协)。他的作品还编入《文学丛刊》中。这套大型丛书曾深受读者欢迎,获得文学界人士的好评,在介绍新文学方面有一定的贡献。解放后梅林兄又参加到编辑行列中来,我们还同在新中国当时唯一一家公私合营的出版社共事,时间虽不长,往事依稀,能不黯然神伤?

送 别 左 泥

"左委员"是我对左泥兄的昵称,他曾是我社编辑部门的党支部委员,与群众往还既无矜骄意更少"左"派习,是一位真正的共产党员。敬而爱之,跟我熟了,有时便嬉戏地唤他"左委员"。他也不介意,一笑置之。

我与他相识较晚,是在"文革"的后期了。我结束长期下放,从东北农村回到原单位,偶从同事老马口中得知他与唐铁海兄同在玉石雕刻厂体验生活。斯时正值厉行所谓的"三突出"新的创作方法,出版社要出书也必须走"三结合"的路子。二位兄台本是作家,在原上海作协工作有年了,原单位早被砸烂,不知怎么又归口到新闻出版系统来了。要写作就得向工农兵学习,在"三结合"中进行创作,改造自己,出版社的编辑相应配合,方能有望。当时我尚无资格参与其事,只不过在单位里做点打杂的工作,顺便看看来稿,大都是知识青年写来的长稿。

拨乱反正后,国家转治。各个系统随而重新组合,逐步恢复原有建制。唐兄回归上海作协去了。左泥分配来我单位任编辑。我们就此成为同事了。1978 年我社正式恢复原名。1979 年出版了《重放的鲜花》一书,这是一本把昔日误列为毒草的诸多好篇章汇集成的一本小说集子,引起了文艺界的强烈反映,成为文艺界拨乱反正、给作家与作品落实政策的一个标志,闻名于世。老左正是编选这本集子的负责编辑,他的名字在作家中因之益彰。以后他还参加了《中国新文学大系》的第二、第三辑的编辑工作,不愧为一名恪尽职守的好编辑,一个甘愿为他人作嫁衣裳的辛勤劳动者。

1981年夏,我社新创的大型文学期刊《小说界》问世,老左乃刊物的主要骨干,奉命携带刊物去西部开拓、组稿,邀我伴行。七月里乘火车自北入川,经绵阳而进成都,出访乐山地区后又返蓉城,复走重庆,然后买舟东下经武汉而返。近一月的长途奔波,先逢洪水大灾,后于高温之中连访两座火城,无时不在炎炎烈日之下走街串巷,真不够轻松。可我们之间相处融洽,配合得当,意气相投,苦中亦有乐也。自此我们结下了不解之缘。应该说在这段时间里他总处处照拂着我,把我看做长者,其实我也只不过痴长他八岁罢了。我虽已早过花甲之龄,就体质论,似乎并不比他差。首先讲起话来他总是细声慢语,远不及我中气十足。他那细高瘦弱的身形显得颇为单薄,微微摆动两臂侧着身子向前走的样子,往往给我一种茕茕孑立之态。果然,回沪不多久,他生病了,连嘴都歪扭在一边,有好一阵子方得复原,说明他因劳累过度致体力不胜,任务完成,精神一下子松弛下来,病魔遂而乘虚侵袭。这引起我大大的不安,深觉内疚。

老左为人温和稳重,谦虚认真,颇有耐心,但不轻易苟同他人之见,总保留着自己的看法,极具文雅书生之态。对朋友忠实热忱,平时言语不多,一旦逢机,大有可两肋插刀的侠义气概。为戴厚英鸣不平给我留下了深刻印象。

特别是协助他编辑徐开垒兄撰写的《巴金传》后,我们交往日多,彼此间开诚以见,更是无话不谈了,自此情谊日深。退休后仍联系不断,常有往还,盖嗜好相同耳。或互通信息,或各抒己见,久不谋面必借电话共问平安。手边留存有他赴美期间写给我的一封长信,详述居处山林如何幽静,空气新鲜,而寂寞思乡之情总不时侵袭他心。终于未到定期就提前返国了。

这时我才知道他本姓熊名晚馨,爱书画,喜楹联,曾参加江南某画社习艺,与苏州书法名家沈子丞有师徒之谊。由于家境不好,生活艰苦,青年时即染上肺病,上世纪 50 年代初时还曾在虹桥路第二结核病院疗养过较长的日子。这就大大地影响了他的体质。不过他得一贤内助,家庭生活美满幸福。

老左病了,病势来得突然,且极猛,时好时坏,病因久未查明。我们曾通电话,他还要我不要对旁人道及。过了多日,我耐不住了,赶去他家探视,这时他已坐在新买的轮椅内与我交谈了。病根总算找到了,是在尾椎骨末梢处有东西压迫神经,致使右脚着地无力,难以举步,这样行动不便,影响他的生活。医生还在研究治疗方案,他同家人商量谋求先住进医院再说。见他并无多大变化,似都正常。不两日后,得知已住进医院,心遂放下了。一日忽得来电,望我前往一叙,还是他女婿开车来接我的,进到病榻前,见他仍无多大变化,抚摸着他手臂交谈时,仅仅感到他精神萎顿多了,讲话总是上气不接下气,口齿不清。她女儿在旁解说,这两天还算好些了。十分钟后,他微挥着手轻语道:"你可以回走了。"我也担心怕他过于劳神,说了些安慰话就此告辞。走出病房才向他女儿详问了病情与治疗方案。确知他病得不轻。再由于他体质太差,年龄偏高一些,病根位置不佳,无法动大手术,只能采取局部治疗办法。岂料不过五天,他就撒手而去了。还是这天的晚上单位小修来电话告诉我的。连我的女儿当时听了也不免一惊,不敢相信他竟然走得那么快!

老左走了。据说是因心力衰竭,溘然而去的,走得十分安详。

这对他亲人与朋友说来确也算得是一种无可奈何的慰安，他那瘦弱的病体毕竟少受苦痛与折磨。回想到五天前的病榻边絮语，竟成永诀，不禁为之泫然。是他预感即将远走，有意向我告别，抑是命运之神的巧做安排？我不愿去多作思索和揣摩。他夫人曾在电话中对我说："老左住进医院后曾不止一次要我打电话邀你去医院一见，我担心你年纪大了，高温期间受不了。终于还是拨通了你的电话……"听后更叫我哽咽难答。友情蚀心，永远难忘！

别了，老左！我还要再叫你一声"左委员"，你走好！迟早我会去看你的。人生真是难以逆料啊！

2004 年 9 月 8 日于萦思楼陋室

好编辑　真君子
——悼王仰晨兄

　　王仰晨走了！据闻：去世前两天病情好转，突然精神起来，对后事做好了有条有理的安排。首先是不开追悼会，家里也不设灵堂，不收受一切吊唁等物。我们只有各自默默悼念、哀思他了。细思量，这倒也合乎他平时的举止与做人。生时既不图闻名，死后何须累他人。

　　忆及十三日（一个不吉的日子）晨间九时过，接到他公子打来的长途电话时，不等对方多讲话，即连忙问道："你爸爸人好吗？"他迟迟疑疑低声答道："爸爸已经去世了。"一下子我愣住了，不知所措，急忙说："真想不到，想不到啊！你们要节哀啊！多多保重……"就把电话挂上了。心中茫茫一片，泪水夺眶流出，旋即强忍着，拨通了小林电话，告诉她王仰晨去世了这个不幸的消息。几十年来他与我们一家人结下了深厚的友谊。

　　王仰晨走了！看起来走得颇为从容、平静。对我说来又总觉得快了些，有些儿突然，事前没一点儿征兆。两个月前我还收到他四月七日的来信。一如既往，细小的字迹密密地写了两张纸，问这讲那，总是那么细心入微。十多日后的四月下旬，一位我们共同的朋友徐也来过电话相告，他们早些日子都先后患上了脑梗症，病后也都逐步恢复过来了（仰晨信中也讲到），曾专程去看过王，一切都还不错，只是王的胃口不太好，有些儿厌食，显得衰弱一些罢了。哪料到就这么快地悄然而去。他还小我二三岁哩，虽然都已进入耄耋之龄。老树渐凋零，叶落一片继一片，这是自然规律。可是走掉一位老朋友就多一份寂寞，话旧之人更少了。仰晨兄更是一位难得的知心旧友，能不叫人倍感寂寥！

六十多年前我们相见于桂林郊区，他工作在一家印刷厂，我带着张天翼的一部中篇小说请他重排付印。这也是巴金离桂赴黔时作好的嘱咐。我们虽是初见，可神交已久，无丝毫的陌生感。一年多前他本在重庆的南方印刷厂工作，与文化生活出版社有业务关系，先识田一文，后即与巴金订交，就此同我们大家结下了不解之缘，成为熟知的朋友。没多久，湘北战事起，继而桂林大撤退，彼此匆忙逃难，就此失却了联系。

新中国成立后的上世纪 50 年代中叶，又从巴金口中得知他不叫王树基改名王仰晨已在人民文学出版社任职了。至于我们之间是什么时候重又相见，什么时候开始了信函往还的，实在记不起来了。不过他来上海出差，必然要看望巴金，我们也就一定会见到。记得有次巴金约他在文化俱乐部便饭，邀我作陪，三人共叙，话题多多。他每次因公来沪，必约相见。我也略尽地主之谊必邀他到舍间饭叙。他本上海人，久居北方，对家乡某些素食小菜十分依恋。我备小菜数碟，佐以川酒，低斟浅酌，促膝谈心，天南地北，尽兴方休。我偶得机会赴京，不管如何匆忙，也必得联系，碰上一面。

他为人十分平和，只不过略显拘谨。衣着极为简朴，总是一套深蓝色的卡其布中山装，一副老式干部的形态，却丝毫不带革命成功者的矜骄气派；讲起话来细声慢语、彬彬有礼，一派谦虚平和的真心实话,深深浸入我心。从来没有世俗之态。我推测他定是个干过地下工作的共产党员,却从无意探询他的身世。直到"文革"开始后他才简略地告诉我有关他的家事。原来是位烈属,父亲做过上海商务印刷厂的第一任厂长,牺牲在三次武装起义,母亲同是战友为革命效力。一直受着中央人事部门的关照。

我们同业又同行。都在文学编辑岗位上工作多年,相比之下,自认远不及他。他严谨、负责,认真又细心,愧弗如也。单是他负责编辑的《鲁迅全集》《茅盾全集》《巴金全集》《巴金译文全集》全是成套的多卷集的大部头文学经典作品,就是个有力的例证,不用我再作多余的介绍。不过有两件小事让我深受感动,得在此略作表述。我之敢于编写《巴金与文化生活出版社》(上海文艺版)一书,他是多年前一再鼓励我动笔的几位老友之一。书稿初印出后,送到他手里,竟在百忙中仔细地一一校订、改误、增漏,无私的真情永铭我心,至今手边尚留着经他校订过的一本样书。还有为了纪念亡友田一文,他私下里替田编好一本散文集子,多次托人,也未能达到出版的愿望。他只是一位离休多年的一般干部,全赖工资生活,拿不出一笔"资助费"取得书号,又不肯求助他人,面对眼下出版业的"市场经济"的新形势,这位老实守成的书生就显得束手无策,只好望稿兴叹了。

他因读了巴金的书而生敬仰之心,藉业务之联系得识巴金,凭他那朴实真诚的敬业作风,日渐与巴金结下了深厚的友谊。巴金信赖他。单看那厚厚的一册《巴金书简——致王仰晨》(文汇出版社)一书即可说明一切,不用我再说多余的话了。

记得巴金说过这样的话:"'建设社会主义精神文明'和'振兴中华'的两面大旗在我们头上随风飘扬。但是真正鼓舞人们奋勇前进的并不是标语口号,而是充实的、具体的内容。没有过去的文化积累,没有新的文化积累,没有出色的文学著作,没有优秀的文艺作品,所谓精神文明只是一句空话。要提供和'社会主义精神文明'相适应的充实内容,出版工作者也有一部分的责任。我相信他们今后会满足人民群众更大的希望和更高的要求……对编辑同志,对那些默默无闻、辛勤工作的人,除了表示极大的敬意外,我没有别的话可说了。"(引自《随想录》合订本,三联版第490—491页)仰晨兄不仅是一位成绩卓著的文学编辑,还是"出版工作韬奋奖"的早期获得者。今天他默默地悄然而去,对我们一家来说失去了一位良友,确实是件难以忘怀的憾事。像他这样甘心为他人作嫁衣裳的不求闻名的文学编辑实在难得,应该说也是我们整个出版事业的难以弥补的一个损失。他那专心致志的敬业精神,执着练就的专业本领,实在令人敬佩,更值得我们同行共同学习。王仰晨这位好编辑、真君子实在是我们的好榜样!让我们寄哀思于自己的工作中吧。

2005 年 6 月 18 日毕于陋室以寄哀思

难以忘却的记忆

—— 沙汀、艾芜百年诞辰有感

近从《作家文汇》上见到纪念沙汀、艾芜诞辰一百周年纪念专辑内怀念沙艾二老的文章,不禁引起我哀思阵阵、遐想翩翩。早在4月里在该刊上曾读到克非、谭兴国的同类文章就一直系念在心。日前检出旧作《方正君子,清苦一生》与《重情的沙汀》等篇章(见拙著《记巴金及其他》)重读时,往事云烟冉冉萦绕胸际,不胜伤感之至。

认识艾芜、沙汀二兄不单由于巴金的关系,更多是出自工作上的往还。"编辑和作者应当成为朋友",这是巴金创办出版社后爱说的一句话。尾随巴金从事出版编辑工作几十年的我,牢记此言,付诸实践,既视二位为长兄(大我十三岁),更是交往多年的作者和益友。

二位兄台不仅与巴金同庚、同乡,更是文坛至友,同为作家群中的一代俊彦,都曾为中国现代文学留下了名篇佳品,永传后世。艾、沙二兄更是"左联"老将,忠诚的共产党人。巴金不论主编刊物,还是创办出版社,不仅积极向他们组稿,再把他们的著作编书成册,付印出版,介绍给广大的读者。在编艾芜的《逃荒》时特在

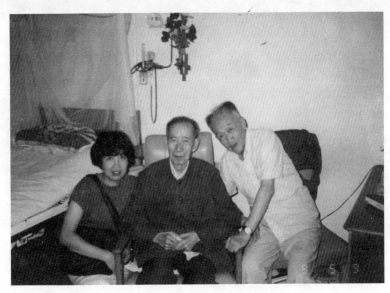

1991 年，偕女儿李国燊在干部疗养院看望艾芜。

"后记"中指出："读着这样的文章会使我们永远做一个中国人——一个真正的中国人。"（见《巴金全集》第 7 卷 326 页）。1950 年写给沙汀的信中更说："你那两本长篇实在写得不错，尤其是《还乡记》我认为是近年来少有的杰作。"（见《巴金全集》第 24 卷 55 页）他主编的大型文学丛书"文学丛刊"里就收编有艾芜的《南行记》和《山野》（长篇），沙汀的《土饼》等四个短篇集子分别收入"丛刊"的第二、四、五、九集中，继把《淘金记》和《还乡记》收进也是他主编的"现代长篇小说丛书"内。他们之间，交往日久，相知愈深，遂而情谊益重了。人到老年，行动不便，相见时难，思念之情亦愈殷。上世纪的八十年代中叶巴金得机返乡小住，老友重聚，其乐非三言两语能述，给川中文坛留下了叫人难忘的盛事。巴金素怕过生贺寿之举，曾相约于 1994 年他将藉躲生之名，再次回乡与老友相聚，共度九十岁生日。1992 年 6 月 3 日沙汀写给我的信中还说:"张老后年百岁,我、茚甘、艾芜也满九十,张老说到时请茚甘回家乡大家好好团聚。"讵知不过数月,二兄刚过了米寿之庆,却于旬日之内两位相继溘然而去,噩耗传沪,我弟兄痛彻至心。正是:人生难逆料,变化太无常。能不令人唏嘘伤神?眼下巴金确也能活到了百岁,可是静卧病榻五年有余,虽尚能听、会思,却无法动弹,不能进食,讲话无声,还不断受着病痛的煎熬,其苦又何堪?徒唤奈何啊!

记得去年川中为贺巴金百岁初度,举办了多样的庆祝活动,我有幸应邀返川,首先参加了在浣花山庄召开的第七届巴金国际学术研讨会。在开幕式结束时主持人要我讲话,曾由衷地讲了几句,除代巴兄感谢家乡的高情盛谊,愧不敢当外,忆及十八年前参加在川举办的"阳翰笙、巴金、沙汀、艾芜四老创作研讨会"的情景,感到无比兴奋。应该说在现代文学中四川真可谓人才辈出,精英多多,且不说郭沫若、李劼人这样的五·四元老,作为五·四产儿的巴金,不,包括与他同庚的艾芜、沙汀不同样以各自的独具笔触文采,共写一代的春秋?在新文学史上留下瑰丽的一页。贺巴金理当不忘艾芜与沙汀。我要说:他们同是反封建的斗士,揭露旧社会、旧制度黑暗的英雄。

三位同庚又同乡的作家有一个共性:平等待人,真诚对友,不管风吹浪打,霜剑雪刀,认定创作,一生不悔;力求做到言行一致,永葆人品与文品的统一。三人中以艾芜生于六月居长,巴金次之,沙汀末位。我不知道他们三人是何年何月何时相识而相交的。只记得1944年的早春二月,在桂林东郊福隆园文化生活出版社的编辑部认识了来访巴金的艾芜老哥,那时节他已是以《南行记》闻名天下的大作家了,却是布衣一袭,胁下夹把油纸伞,满身土气的乡下人,面带微笑,憨厚朴实,话语不多,亲切宜人。就此一见如故。1949年的近年尾我们再一同在山城重庆迎接解放。

次年我奉命结束了出版社在渝业务,举家迁沪工作。老兄荣任重庆市人民政府文化局负责人不久,竟响应号召辞去官职,远走北方去到钢铁工业基地深入生活,埋头苦干,一心一意地做一个实实在在的新作家。我手中尚存有签名赐书的《百炼成钢》长篇大作。"文革"后上世纪的八十年代后期,蒙老兄的大力支援,我编辑了他的中篇小说《风波》,在上海文艺出版社出版。至于沙汀老哥子更不用说,不单编辑过他的短篇集《祖父的故事》和中篇《木鱼山》,《沙汀文集》七卷本,也是经小弟之手一本继一本印出的。两位兄台的情谊真不是一篇短文能道尽说清的。

想起沙汀老哥,他比艾芜哥外向一些,喜讲话,信也写得勤一些,为人还易激动。1980 年的一封信里他自己也说:"有时也担心,若不注意,总有一天我会因为过分的激动而马上报销!"1991年 12 月 7 日我自绵阳经成都候机返沪时,特偕同事邢君去长发街他寓所看望。这时他已双目失明,我们摩挲着双手谈话,告别时他立起身来紧紧抱着我。其情其景在旁的邢君也不禁为之动容,我真怕他过分激动,一再安慰,走了几步又反身转回,依依难舍。一年之后果中谶语,终因闻好友艾芜去世,口中不断念着:"他太苦了,太苦了!"满怀哀思,写完悼文,竟心瘁意绝,不两日而去。这对同庚、同乡、同上文坛、同奔革命大道的至交老友的一生真是生死相连的难兄难弟,在文坛上应算少见的了。

去年我读到经小林整理刊出的巴金未完成的《怀念振铎》一文时,让我联想到在沙汀兄双目失明后,同样通过口授、录音、整理发表在《收获》上的《一生不悔》的名篇。他们间念念不忘手中之笔以吐心怀之处,又何其相似乃尔!

今年四川正当盛年,更应该热烈庆祝一番。出生四川广安的无产阶级革命家、政治伟人,中国人的儿子——邓小平同志百年诞辰的周年纪念大典。全国各地已开始掀起庆祝热浪,不久将会趋向高潮。愿我家乡人士乘此东风,也大大地庆贺艾、沙二老一番。从二老的人研究二老的文,从二老的文研究二老的人。这话是我借1990年福建泉州黎明大学巴金研究所举办巴金研讨会时,大学董事长、澳门华裔名流梁披云先生的贺词,换名而用。值兹时代大变革之际,有的人因市场经济为钱欲迷失了眼睛和灵魂,导致伦理倾斜、道德堕落,我们在研究二老的文和人时,应大大发扬他们的那种认真做一个正直的中国人的民族精神。永做一个清苦一生的方正君子!

已故作家汪曾祺有联云:有事迥思如细雨,旧书重读似春潮。借以终此述怀。

2004 年 7 月 19 日写毕于沪上萦思楼

在英伦宣讲抗日的中国记者

——再忆萧乾

日前翻阅文洁若嫂(萧乾夫人)赐赠的《萧乾译文全集》(十卷),不免勾起对已故老友的无限哀思。顺手从旧橱中拣出他的报告文学集子一读,值兹纪念抗日战争暨世界反法西斯战争胜利六十周年之际,更增加了对这位曾是欧洲战场唯一的中国记者的深切怀念。人虽早逝,文章不朽,史实留存,情境难忘。

萧乾在他的《海外行踪》代序"在洋山洋水面前"里写道:"我是在纳粹轰炸华沙那天上的船,第二天英国的张伯伦和法国的达拉第就相继对德宣了战。1931年日本在沈阳燃起了战火,终于烧遍了东西两半球。7年间,先是经历了纳粹对伦敦进行的空前规模的大轰炸,接着1944年希特勒又动起更尖端的杀人凶器——导弹和火箭。第二战场开辟后,我穿上一套不合身的棕色军装,成为欧洲战场上唯一的中国记者了。我冒着炮火,采访了满目疮痍的西欧,又去了北美转了一圈。炮火熄灭后,我跑了一遭南德,去瑞士享了十几天的清福,然后搭上一趟以上海为终点的英国货轮,漂了回来。"接着回忆说:"1937年抗日战争全面展开后,英国进步友好人士组织起一个援华会,他们曾经往解放区运送过医疗器材,也是当时由斯诺及艾黎等人发起的中国工业合作运动在英国有力的赞助者。这个组织很重要的一项工作就是应英国各地的要求,派人去宣传中国的抗战。1939年我一到英国,立即成为这个团体的一名特约讲员。最初一个月只旅行一两次。1941年后,中国同学陆续走光了,我几乎成为全英国唯一来自国内的中国人。这种'演讲旅行'就更加频繁,很少一个星期不是一两趟的。"

从少年时候起我就爱读报刊上的一些具有特色的通讯特写报告一类的文稿。范长江的《塞上行》和《中国的西北角》两本集子给我留下了深刻印象。让我跟随他的笔触,走过了红军长征的大部分历程,犹如身临其境,以及中国西北角的风土人情,特别是那些偏远小县和乡镇的落后贫苦的面貌,可以说给我上了一堂生动的社会实际的教育课,中国人民是生活在一个战祸累累多么贫困的国度里。范长江曾是《大公报》的一位名记者。后来的萧乾也是在《大公报》工作。我就是从这份报纸上读到他的"职业文学",以至爱不释手。且不说他早期写的《平绥道上》和《鲁西》《雁荡之旅》等特写,单是那讲述英伦受炸的《血红的九月》《银风筝下的伦敦》等通讯就让我多少知道了英国人民在希特勒的战机轰炸下是怎样度过的,我们的抗日战争是怎样和世界反法西斯战争联系起来的,又怎样相互关心和相互支持的。在《1940年的圣诞》一文末尾,萧乾颇为幽默地写道:"英国工党议员向首相书面抗议说:'我们英国工人不能牺牲假期替希特勒在东亚的帮凶制造凶器。'他说,一部分军火工人拒绝为日本订货干活。"后来萧写的《到莱茵河前线去》与《南德的暮秋》都先后刊出在《大公报》上。抗战胜利后1946年3月,巴金把这一组特写稿辑成《南德的暮秋》编入他主编的"文学丛刊"第八集中在文化生活出版社出版。次年的4月再将萧写的报告文学结集,以《人生采访》命名,

1994 年 4 月 16 日，"巴金与二十世纪研讨会"闭幕后，与萧乾、文洁若夫妇摄于北京国谊宾馆。

列入"水星丛书"之二，又在文化生活出版社印行，这时我也早已加入这家出版社工作几年了。

　　1947 年 6 月我与萧乾终于相见在重庆。这恰恰又是一个令人难以忘却的日子，正是国民党反动当局实行白色恐怖的严酷时期。"六·一大逮捕"中重庆市新闻出版业中不少人士同罹此难，被关进狱中。萧因公来渝，住大公报馆渝处，我们为营救各自的同业同仁曾共同努力。当时的种种已在《不屈于命运的硬汉——怀念萧乾》(见拙著《一个纯洁的灵魂——记病中巴金》上海文艺版)一文中作过详述，不再赘言。一句话：神交已久，一见如故。记得当时我曾向他提及《人生采访》书中某些篇章是我所爱读的作品，是独具风采、不同一般的特写，他颇为高兴地答道："我只是想怎样把新闻文章写得稍有点永久性，待事过境迁后，还值得一读。"也就是说如实地记下眼见真情，藉以反映出当时的社会背景。我手边尚存一册深蓝色书名烫金的精装初版本,是他签名相赠的。

话往回说,书中《伦敦一周间》的"土曜日"一节里记有这样的话:"三点赴皇家学会的茶会,听田伯烈先生(澳大利亚记者,曾在燕京大学新闻系任教)讲《由历史比较中日两个民族》。他说,地大物博的中国,如一忠厚的巨汉,相信自己的力量;而岛国日本,一面时刻怕人侵略,另一面又急于侵略他人,以狡计与野蛮补充其先天的贫瘠。中国政治哲学里充满了反战思想,诸如孟轲等人著作……爱好和平成为中国全部文化之基础。最后田先生引用了'四海之内,皆兄弟也'一语,以说明中国的国际互助主义。"

历史往往给人以意外的惊奇,会出现某些类似的复现。六十多年后的今天,正当世界人民为纪念世界反法西斯战争和抗日战争胜利六十周年之际,昔日战败国的日本新的政要们不但不正视史实、吸取教训、向当日的轴心国伙伴德国今天的新的政府首脑们学习,对自己前行者所犯下的侵略他国、迫害他人的血腥罪行进行深刻反思,以实际行动替自己赎罪;反之,观点依旧,玩弄种种花招,歪曲史实,淡化罪行,欺骗后代;更不顾国内外人民的反对,累累参拜靖国神社,图借战犯鬼魂谋求军国主义的复辟,以实现再侵略他人的野心。就实际言,今之日本早脱"贫瘠",已是经济强国,实力大增,而本性不改,野心日盛,逐而旧态复萌。在海上一再侵略他人岛屿就是例证。右翼分子种种嚣张的活动,不仅是向中国人民示威、向亚洲人民挑战,显而威胁到整个世界和平。不正印证了六十多年前田伯烈先生在英伦作的评语么?

抗日战争是中国人民保家卫国、反侵略的正义之战。早从1931年9月18日,日本侵略军进犯沈阳打响第一枪就开始了。我们对日的抗战该是十四年。尽管当初的统治者执行的"攘外必先安内"的谬误政策,拱手让敌,不战而退,令人痛心。而全中国人民和爱国的先进者们却义愤填胸、不怕牺牲,起而应战。自动组织多样的斗争与敌对抗,开始了一场真正的全人民抗敌的战争。那些出没在白山黑水间的、以马占山为代表的义勇军和后来由杨靖宇为首的抗日联军,时时给侵略者以很猛的打击。我还能唱出那时流行极广的《流亡曲》和《义勇军进行曲》等等抗敌歌曲。前首吐露我东北同胞流亡异地怀念故乡的悲愤心情,后者乃宣扬爱国精神鼓舞斗志的英雄歌声。

为了纪念抗战胜利六十周年,全国媒体做了多样的史实的回顾与英雄伟绩的宣扬。14 年中的对敌斗争,各条战线上的不畏强暴,不怕牺牲,不惧艰苦,勇往直前,英雄豪迈的可歌可泣的事迹;不问上下,不论党派,不分彼此,毫不含糊地把史实告白于天下,以铁的事实反驳敌人的伪语,更用爱国无私的前人伟绩教育后代。如此大张旗鼓地尽力宣传,可以说是前所未有的。前几天中央电视台记者白岩松赴台,采访了诗人余光中,问及《乡愁》一诗的主题思想,诗人答曰:“时间、空间、民族”,特别强调民族感情。萧乾老兄的“代序”里也曾有感发“世界上真正宝贵的东西,往往是手摸不着,眼看不见的,民族感情就是这样……民族感情也总是同异族接触或发生抵触——大至民族间的战争,小至一场球赛时,才会表现出来,而且往往强烈到难以自持的地步”。有着五千年历史的炎黄子孙中华民族,她的民族感情的深厚是无法测量的,更不是任何强力暴行所能摧毁的。抗日必胜信念的根源就在于此。

胡锦涛同志说得好:“牢记历史,不忘过去”。今天乘此得之不易的伟大胜利 60 周年纪念日把真实的史事一一详告大众,其意义至为深远重要。正所谓:“前事不忘,后事之师”也。特别是生活在今天幸福时代的年轻人们,更要认识历史,牢记历史,继续发扬我中华民族的传统精神。触景生情,写此短文,缅怀战友。

忆金公仲华二三事

　　读蔡平兄《一代文化战士金仲华百年祭》一文,往事竟又浮现脑际。提到金公,早在中学时期就知道他是位国际问题专家,对之颇为仰慕,应是从《中学生》这本杂志上读其文而知其名的。记忆里还见到过辅导形势的相关地图,作画人是金端苓。若干年后方知他们本是兄妹。抗战伊始,金曾到过成都,我念书的学校特专诚邀请他向全校师生作形势大报告,进而给我留下一个名副其实的印象。金并不是一个夸夸其谈的宣讲者,确实是位温文尔雅的、学识丰富的学人。

　　近二十年之后,我也算一个从事外国文学编辑工作几年的编辑了。一次在一个有关的小型会上,他讲到外国文学时,十分赞赏英国作家奥斯丁名著《傲慢与偏见》的行文与刻画人物,更让我钦佩他的外文素养与学识之渊博。之后,偶在巴金客厅里意外相逢过二三次,都是匆匆一晤,未作交谈,如斯而已。却也知道他与巴金相识较早,该是因开明书店的关系吧。新中国成立后,两人皆是无党无派的知名人士,交往逐渐多了起来,彼此了解加深,友谊也就日益增厚了。1950年11月,二人同赴波兰华沙参加第二届世界保卫和平大会。据说大会开幕那天,从早晨六点一直开到午夜,其间他二人曾去场外喝咖啡作短暂的休息。当时,彼此大感兴奋谈及各自的感受。最后金还对巴说:"我们相互帮助,共同进步吧。"这正是当时一代旧中国知识分子走向新生活的共同心声,此后,他们经常相逢,一起聚谈,一起学习,一起工作。我还忆及上世纪六十年代前期他们曾一度在奉贤南桥蹲过点。那时在下正好在该县头桥镇乡下某生产队搞四清工作。

　　"文革"后的1978年的8月里,巴金在《怀念金仲华同志》一文里,一开始就深情脉脉地写道:"昨夜我梦见仲华,他握着我的手不肯放,反复地说:'我一直在等你的电话,你为什么不打来?下次不能这样啊!'他笑了,我也一笑,就醒了。……我的确欠仲华一次电话。十二年前那个晚上,他像平常那样打电话来,唤声'老巴',便亲切地向我问好。我老实告诉他:我可能马上就要'靠边',请他不要再来电话。等我的问题解决,我立刻打电话给他。他没有再讲什么,只答应了一声'啊'。这一声含着多么大的失望的'啊'至今还留在我的耳边。从那时候起我就记着我的诺言。我常常考虑将来怎样跟他再通电话。我当时还相信会有那么一天,我多么急切地等待着那一天。……可是不到两年我就听见仲华的噩耗。'牛棚'里的日子好像是醒不了的一场噩梦。"

　　巴金更回忆说:"六十年代中有一段时期我们一些专业作家每星期六下午在文艺会堂举行漫谈会,交流经验,讨论问题,也找人谈谈深入生活的体会和出国访问的见闻。出席的人都是自愿参加的。仲华便是我们的座上客,他很赞赏这种心情舒畅,没有拘束的气氛。他不仅参加我们的交谈,他还详细介绍了他带着艺术团访问西欧的情况。可是这个漫谈会后来也间接受到批评,无形中解散了。我对他谈起这件事,他淡淡一笑,说:'到我家来谈吧。'在他家里,我们是无话不谈的,他并不限制我们,却常常把话题引到大路上去。"又还说:"他是那么善良,那么正直,那么乐观;

他那么热爱生活,热爱祖国,热爱他的工作,一根红线贯串着这一切,那就是他对党的感情,他一直靠拢党、紧跟党的。我今天也还想不通,他为什么要死。我真怀念他。"

　　从巴金夫妇口里我还知道金平时生活极为简朴,为人至孝。他敬爱母亲,母亲十分疼惜这个鳏居多年的儿子,母子相依为命,相互体贴,家里是一派亲切安谧的气氛。八十多岁的母亲还做得一手好家常菜,让巴金夫妇大快朵颐,赞不绝口。巴金素重友情,敬爱朋友;萧珊更是个乐于助人的热心肠人,夫妇俩总觉得这个和睦家庭还该多一点生活中应有的爱的成分,要为这位好友谋求一个相配的终身伴侣。等到两心相悦同议婚嫁时,岂料好事难成,不蒙领导批准,奈何! 虽居高位身心却也不得自由啊。令人深感遗憾。事后今思,也许还是不幸中之又一幸也欤? 不想再写下去,就此终笔。

从陈彦衡想到陈富年

　　读陈国福的书《陈彦衡绝响成都》一文后，感触累累，思绪多多，勾起了不少早年的生活回忆，遂而念及老友陈富年兄，亟思一吐情愫。那就从富年兄的先翁陈彦衡老夫子开篇吧。

　　我虽从小喜爱京戏，却玩票较晚，故彦衡老返回故乡定居期间竟未得有识荆的机会，但已久慕其名了。

　　他本四川宜宾人，出身世家，宦居外地旧直隶（今河北）省天津市，淡名薄利，沉溺于艺术领域中，素喜音乐，习古琴，学音律，尤善操京胡，成为当时著名的京剧票友。曾常往返京、津两地。看过不少那时名伶的戏，且与名琴师梅雨田（梅兰芳先生伯父）相识，结成忘年之交。彦衡老琴艺极高，以秀媚著称，托腔密绵、细柔、丝丝入扣，使唱者能发挥自如，与另一名琴师陈道安齐名。

　　彦衡老不仅迷于名家谭鑫培的戏，还曾客串为谭操琴，并与梅雨田合作，以昆曲谱法，同样用"工、尺"记下谭腔，开创了京剧用"工、尺"记谱的先河。后辈学谭的名家，诸如余叔岩、言菊朋、罗小宝、孟小冬，以及名票夏山楼主都曾向彦衡老请教过。而这些人中在上海的胜利、高亭等唱片公司灌制的唱片，也有倩请彦衡老为之操琴的，唱腔得琴音之衬托，韵味大张，真算得珠联璧

141

合,相得益彰。这些唱片堪称佳品,应是京剧唱腔发展史的宝贵资料。

至今尚在记忆中的有:高亭公司的余叔岩的《珠帘寨》、《搜孤救孤》、《战太平》,言菊朋的《汾河湾》,胜利公司的夏山楼主《武家坡》等。说到言菊朋,那时期嗓音尚健,未起变化,谭味极浓。后来成为名琴师的王少卿(梅大师的京胡琴师)、杨宝忠(杨宝森的琴师)、高连奎(高庆奎的琴师)无不曾向彦衡老学过琴,经他指点后,指法、托腔猛进,琴技大增。

这一切都是早年我从家中藏有的《戏考》、《菊部丛谈》、《戏剧月刊》等书刊上见到过,或从我大哥1929年游上海返川时带回的新密纹唱片(用钢针的)听到的,留下了较深的印象。四十年代初又在《燕台菊萃》第一集卷首名家许姬传的序言中读到这样的话:"彦衡世丈吾师旅京四十年,所见名伶既夥,记忆犹佳,于老伶工谭鑫培氏之剧过目不忘,嗜之成癖。谭氏偶有疑问,就丈商榷,迎刃而解,视为畏友。"由此可见陈老父子对京剧研究的造诣。

彦衡老是在"一·二八"淞沪战事结束后应当时川中成、渝两地名票联名邀请回到故乡的,后定居成都未及两年,竟因气候的不适应,加上旅途的劳累和酬酢的忙乱,使老病加剧,不治而病逝蓉城,雄才未展,这是很大的不幸,更是京剧艺术研究界的一大损失。

这本《燕台菊萃》第一集,就是彦衡老亲手编著的谭腔《四郎探母》的全部工尺曲谱,还包括了王瑶卿的铁镜公主、陈德霖的萧太后、李顺亭的杨六郎、谢宝云的余太君等名角的唱腔在内,更由名家许姬传缮写宣纸精印线装成册的。1932年初版于上海,非卖品,不过印了几百册,也是富年兄于四十年代初见赠给咱的。

富年兄由于家学渊源,在父亲的影响与指导下钟情戏曲,攻旦角,师从王瑶卿,书中铁镜公主的王腔就是经他记录提供的,并担任那本书的全部校对工作。自京迁居上海后，他在高亭唱片公司也灌有唱片。我家中昔日就曾收有他的《玉堂春》一张。因之在尚未结识其人之先已知其名而闻其声了。之后他经常走动于成都各票房中，不少学旦、学生的人向他请教，有的干脆拜他为师。逢上有什么晚会、堂会，以及上戏院演出募捐赈灾义务戏等等，往往邀他指导，排剧目，甚或他也上台客串一出。就此逐渐认识其人了。

要说到我俩真正的交往已是在四十年代初期了。那时我在某银行任职，恰好银行职员要成立业余京剧组，知我认识不少京剧票友人士，遂受托代为觅聘教师。正好老友钱南叔也在另一私家银行供职。钱本七三票社的名琴师，从他那儿知道富年兄近年正因战时物价高涨，单靠那一份挂名的公职薪金，实难以养活家小，经济日趋拮据，早已正式替人说戏，以增加收入补贴家用。我即向银行推荐，聘他为京剧组教席，按月赠送仪金。一时间报名参加者众多，学生、学旦、学场面的真不少。下班以后每逢小组会期，锣鼓喧天，歌声抑扬，十分热闹，而多年任教的他十分认真，一切包干。特别在念字、唱腔，怎样分尖、团，又如何拍板扣眼，边哼边比，既教且唱，一丝不苟，很得大家的尊敬。我那时正住银行内单身宿舍里，十分方便。作为学戏组主持人之一，他又是经我推荐的朋友，总在旁相伴，从不缺席，何况正是我兴趣之所在。更把老友钱南叔拉来参加，替他做个义务助教兼琴师。记得我还与一同事共学了一出《南天门》，在近岁末银行公会举办的联欢晚会上参加演出。之后又学过《贺后骂殿》与《二堂训子》的须生。恰好一女同事学了贺后，我们联袂参加一次募捐的义务演出，那是正式卖票上戏院演出的。富年兄很高兴看了戏，觉得自己没白费心思。

1943 年我辞去银行职务，改行干上了出版工作，加盟了巴金主持的一家文艺出版社。富年于教戏之余编著了一册《玉堂春》的演出本,自己集资付印,曾委托我代为向坊间发行。年底因工作关系我离川去广西桂林,自此与富年暂失联系。1946年初又因公由渝回蓉,小住了一月有余,再得老友重叙之机。新中国成立后,1950年秋我举家离渝迁往上海,就此与川中喜爱京剧的老友们断了联系。

富年兄长我十多岁,从相识之日起他从来没以老师或长者自居,总是平等相待,十分随和,成了忘年的朋友。他并不是一个出生世家志在玩乐的公子哥儿,是一位对戏曲有着特殊感情,继承父志,抱有一种发扬、推广民族文化优秀传统的信念。他家学厚、修养高,懂音律,对北方戏曲很有研究。不单认真拜师学过京戏,还会两轴北方京韵大鼓。有时大家相聚吊嗓,经我们的敦促与请求,他也露上一手,唱上两段大鼓,口哼弦子过门,手拍板眼,唱得真是韵味十足。那悠然神往之态,正是乐于三昧自得之时,妙极了!在座友人不免啧啧称赞,一曲完毕大家忍不住鼓掌叫好。

1981年夏,我因公返川,恰值老友钱南叔夫妇由渝回蓉小住,相逢在七三老票友朱戟森的六女家,钱谈起了富年说,人虽老体尚健,约我定一时间同去探望。我非常赞同。他能经过"浩劫"之灾,确非易事,大幸也,值得一聚。结果我因忙于工作,恰逢川中大雨洪灾,急匆匆赶往重庆,再转武汉组稿去了。就此与富年兄失之交臂,对他的情况也全然不知了。

1983年当我再次回到蓉城,又是忙:忙看川戏的调演,忙为电视连续剧《家·春·秋》寻觅实景资料,身不由己。偶然听人说,他去世了。顿使我怅然良久、悔也莫及。之后又听说四川人民出版社印行过他的有关探索京剧艺术的著作,曾托人代购,因绝版而未得,更觉遗憾。直到1995年夏才从许姬传先生的一篇回忆陈彦衡老夫子文章中知道解放后富年还为京剧艺术的普及与传播做了不少工作,曾与音乐家郑隐飞合作,把他父亲留下来的谭腔工尺谱改成"哆来咪"简谱重印,定名《谭鑫培唱腔集》。把昔日彦衡老写的《说谭》一文作为"总论"附在书后,并请梅兰芳先生写了序。而他自己的著述《京剧名家的唱腔艺术》,许姬传也曾为之序,是1984年才由四川人民出版社付梓印出,此时富年已去世一年有余了。由此使我回想到四十年代初富年集资自印《玉堂春》的演出本是有其目的与含义的。这本子应是王瑶卿的脚本了。这正证明富年继承父志,未曾一时忘怀传播京剧艺术,为它的普及工作尽力,保存其各家流派艺术,锲而不舍地工作,不问自己处于什么困难的境地。不免引起我无限感慨与对老友的敬意。

当今要发扬国粹,振兴戏曲,需要的正是这种有素养、有研究、更有志于戏曲的发展与改革,而又肯默默无私地作贡献的人。

多年在外工作,这本《燕台菊萃》也跟着我东走西荡,在抗日烽火的辗转流亡中未被丢失不说,竟躲过了十年浩劫中的破"四旧"大难,可算得幸运的吉祥物了,更成为在下有限的藏书中极富纪念性的珍品。从旧笥中拣出抚视,富年兄那双颊瘦削,颧骨高耸,白皙的脸庞,引颈高唱,低声吟曲的神态又显现眼前……

追思吴朗西

　　这篇回忆文动思久久,总是下笔辄止,几经易稿,终难成篇。回忆往事时往往落入苦涩与惋惜中,真有人事沧桑变化难以逆料之感。而胸中郁块又不吐不快。思之再三,仍以实事求是,直抒所见、所感为上,也就不计其他了。文责自负嘛。

　　认识吴朗西全由于巴金的关系,他既是我哥哥的老友,更居文化生活出版社创办人之首位。仰慕其人,敬视兄长。故始终唤他做朗西哥,自视为弱弟。几十年的往还应该说毕竟有所了解。他对我肯定有他自己的看法,我于他也有自己的切身感受。不过要说了解一个人,可也不是那么容易啊。必然避不开各自的思想、经历、生活环境等种种各自的局限,那就先从往事说起吧。

　　1940 年夏的某星期天,我们初识于重庆市(当时的陪都)郊区沙坪坝正街上的互生书店内,是专程前往拜见的。且受采臣(曾是他的学生与助手)之托送还一件风衣。他已是私营和成银行(川帮五大银行之一)沙坪坝办事处主任,另兼沙坪坝消费合作社理事主席之职,显然是这个小区的活跃人物。他忙,我们交谈不多,留下的印象是一个带有浪漫气息、好思的文化人;大大的脑袋给一头蓬松的黑发显得愈加突出,白皙丰润略长的面庞上架着一副近视眼镜，讲起话来也有点口吃，显然不是一位能言会道的宣讲者，提起往事更易激动，必然右手大张、上下晃动。那时的我不过一个二十多点的小伙子，刚考入四川省银行的三等行员，自蓉前来总行接受短期培训。住在远郊松林坡银行集体宿舍内。因交通不便，又当日机空袭频繁之际，不久培训结束，即赴川西某县的银行办事处供职，之后改调成都分行坐柜台、分管部分往来户账。

1942 年夏正式加入文化生活出版社始，先后在成都、桂林、重庆、上海等地工作，直到 1954 年夏出版社并入公私合营的新文艺出版社止，与朗西哥的接触可分两段时期。前期是他恢复总经理名义后负责出版社的资金调拨，除平时私人往还外，无业务上的联系。有两事相关值得一提。先是 1943 年年底去桂林路过重庆，被他留下约一月，替出版社拟订会计规程及几种报表，以统一三个办事处的财务账目。1944 年夏湘北战事发生，为了及时疏散过多地造货，曾专函重庆向他求助资金的支援。得复函介绍往柳州的和成银行找赵（培春）主任借款。结果空手返桂。后来总算得同事梁赞之助相偕把全部纸型随身带出桂林，再辗转逃难到重庆。所幸借款未成，否则花了大笔钱把书运出，到了金城江后也会全毁于战火，不少同业（如开明等）即遭此劫，这当然是后话了。

桂林先是大火，继之沦陷，日寇铁蹄一度竟然窜到了独山。就此无法返回桂林，留在山城工作了。这时国民党政府偏处西南一隅，腐败加剧，物价高涨，人心不安，货币贬值，市场混乱，银根特紧。朗西哥在资金方面的调拨，时露捉襟见肘之态，曾不得不借用我昔日银行界朋友的关系，作短期头寸的周转以解燃眉之急。记得那段时期里他还委托我替市内太华楼消费社清理过账目。那真是一笔糊涂账。朗西哥已成为重庆市合作界的名人了，被选为市消费社的理事主席。郊区、市区往返频频。

1945年的春夏之交，我因肠胃不适被一中医误诊耽延，导致十二指肠发炎，影响胆囊，酿成黄沙走胆；幸得朗西哥及时介绍西医黄鼎臣医治，才免于危难。足足在竹板小床上躺了一个夏天。感激之情，至今犹存。

　　胜利了，为出版社复员上海，重振旧业。朗西哥思想又活跃起来，与巴金几度磋商。他主张扩大业务另组文化合作公司以助文生社的恢复。资金方面他已筹募了不少，由他合作界的朋友柳蔗堪负责收集。巴金方面募得的归我出据集中。一天他特约我在出版社隔壁茶社谈话，定我任公司的专职会计，先去成都结束那儿的办事处业务，顺便省亲，然后即赴上海筹设公司，展开业务。当时在座的尚有一位何蔚光的云南朋友被定为公司业务负责人。这人手边有一笔不小的资金。一月后我返重庆情况大变。巴金告我他已同朗西谈妥，合作公司由他负责，我收集到的股金也全交他手。巴金仍主持文生社不变，回上海筹划复业，今后两不相干，各管各的。叫我不去上海了，留守重庆，这个老基地不能动。岂料何君也不去上海了，还把原在苍平街租得的五十年代出版社门市部刚开业不久的文化合作公司退租，加入到刘崑水新筹建的文化企业公司，在民生路的三开间门面盛装营业。成为当时文化界进步人士的聚会点。

　　1947年夏末我奉召去上海述职，得睹上海社业务已蒸蒸日上，大有起色。新领得的营业执照总经理名字已改为李尧棠了。朗西哥则全身心投入金融业中，既任和成银行南京分行经理，又兼上海新建的华光进出口公司负责人，往来沪、宁两地十分忙碌。我曾去外滩汉口路一大楼内写字间看望过他，人来人往，一片繁忙。无法交谈，未能久坐而辞去。据闻文化合作公司在四川北路那边营业，由柳蔗堪主持。不久事毕，我也打道回川了。自此道不同难为谋，各忙各的事，也就少有联系了。

重庆解放较晚，我与上海失去联系孤处山城约半年多之久。1950年1月末，得朗西哥电召去上海议事。这时从巴金来信中仅仅知道他已辞去出版社全部职务，专心从事创作了。朗西哥重返出版社主持一切。二月初买得东下船票，竟在船上碰见了郭安仁兄，他也是应吴邀而去的。船到汉口即止。下船后郭见到了老友荒煤（时任中南军政委员会文化部长）同志，当即留汉参加革命工作不去上海了。我在田一文家借住一宿，改乘火车去沪。到上海住巴金家，才知道采臣哥也早被出版社解雇，他与昔日同学合资另组平明出版社了。巴金简略地对我讲了一点文生社的现状，吴要我来恐怕是结束重庆基地事，要我作好思想准备，一切得听他的了。还问我和家里的情况。他自己的社会活动也日渐多了起来，根本无法过问文生社的事了。

　　见到了朗西哥，才知道他邀郭来沪是要郭与他再度合作，郭任总编，共谋社务。他对我说，眼下正处于新旧社会转换之际，业务颇难开展，当务之急是紧缩开支以节流为主，叫我回重庆后立即着手结束业务，然后来上海社工作。他当尽全力支持。三月初我们同船上行，他到汉口再去动员安仁老兄。我则直返山城。其实他根本不了解郭当时的处境与想法。我料定郭不会再去上海，却又难以进言。

　　要结束经营了十年的老基地，了断各方关系，且处于新解放不久的城市，那真是问题多多，困难重重。而他的支持全停在口头上，没有实质上的支援。没钱难办事，又怎能解散原有职工，善了后事？幸赖原有的社会基础，同业间的关系，再取得新的有关部门的谅解，特别是原光明书局（重庆的）负责人章桂同志的大力协助，通过他获得新华书店负责同志的同意，收购了重庆处所存的本社沪版全部书籍，换来一笔现金，才顺利地解决了些棘手问题，善始而善终地完成了结束任务。最后一家老小五口买得川江直航上海的统舱票，在甲板上的一隅取得铺位，共卧一席。船过汉口，郭老兄还专程赶来码头上船探望话别。其情其境，令人铭心。其实之前五月里郭曾有信给我讲到吴去汉口他们交谈的情况和他的两点建议。（见拙著《巴金与文化生活出版社》第七页）。

　　此后在朗西哥的直接领导下达四年之久。他身居楼上指挥一切，我坐楼下营业厅内一张小桌前办公。名为业务专员，没有具体任务，不过别人忙时协助做点杂事。表面上一如既往。抵沪不久，一个星期天公休日，他还亲手下厨邀请我母亲和我夫妇来社在大厅内吃了顿颇为丰盛的午饭。他素有善于做菜之美名。之后逐渐冷淡下来，不大跟我接触，以至于到了无话可谈的地步。因之我们之间也从来没发生过争端，没红过一次脸。不过还得感谢他给了我一个自学的好机会。偷得空闲，一边读书学俄文，一边从事业余翻译。与同事们则和平共处，独善自身。三年中间居然陆续在平明出版社出版了三个小中篇、一部长篇的苏俄小说。大都转译自英文版《苏联文学》。为我后来从事外文编辑铺平了道路。确应归功于他的所赐。

　　文生社合并入新文艺出版社后，我分配在第二编辑室任编辑。后来他也来了，任编辑室副主任，分管欧美文学。1956年秋初合并进来的私营出版社多了，另成立第三编辑室专管欧美文学，他转任该编辑室副主任。"文革"初期他因资方身份受到冲击，被关进了"牛棚"。后来我也因巴金关系被隔离起来、靠边了。1958年秋我支援现代文学编辑业务，改任第一编辑室编辑，这时新文艺出版社改名上海文艺出版社了。1969年冬末远去东北农村接受再教育三年之久，就此彼此毫无所知了。"文革"后他的关系也转到新成立的上海译文出版社去了。好像他退休了。

　　1984年3月田一文来上海看望巴金，我曾领田去巨鹿路原文生社处（已成为出版社集体宿舍）二楼看望吴。之后又曾受北京范用兄之托,带上了两本昔日文生社受鲁迅先生委托、吴经手精印的画册找他签名留念,是去华山医院病房看望他的,他住院了。这时巨鹿路旧房因改建高楼动迁,他夫妇被女儿接往她家去住了。1992年5月病逝时,得上海译文出版社送发的讣告,受巴金之托,不仅送上花篮,更亲去追悼会吊唁,聊表老友之情,从此永别。可往事种种仍常浮沉脑际,难忘啊!

　　前文说过他给我的第一印象,是一位好思的、带有浪漫气息的文化人。共事之后,特别是抗战后期大家相聚在重庆的那些日子里,记得一次私下里曾跟巴金说:"我看朗西哥这个人太爱动脑子、不安分,虽善于创业,却不耐守成,他离出版事业越来越远了。"想不到四十多年后陈思和在《永远的浪漫——怀念吴朗西先生》一文中也说:"他累累改行,或把他称作出版家、实业家、商人、银行职员、中日友好使者……但这些称号都不能准确地概括吴朗西的为人;永远的不满足现状,永远的不安分,总希望在新的领域里有所创造……恰当的称号应该是个浪漫主义者,或用他自己晚年多次对我说的是个理想主义者。"这话真是一语中的。倒真概括了他的一生。我不免这样想;永远的浪漫,永远的不安分,永远的开拓,结果是没能在新的领域有所成就,这不等于徒有各样的虚名吗?美其名曰理想主义者,不过是缅怀既往藉以安慰自己罢了。昔日共在南国泉州从事教育事业的老友们,后来被巴金称作"理想主义"者,不少的人是坚守在自己岗位上贯彻始终的;有的人或去了其他的事业中似乎都没有过"不安分"之想,或"累累改行"。我为之惋惜也在于此! 毕竟追随他左右有年,多少有些儿实感吧。所幸最后他总算归队了,回到他最初开拓的这个事业上来了。要说这还得归功于他的夫人柳静先生(我一直这样尊称她)的敦促。他自己原已决定留在日本开拓他的华光公司,"还为柳静和孩子办好了日本入境和居住的手续。"(引自《吴朗西先生纪念集》第 327 页）也只有这个出版事业在他昔日共同合作的朋友们的坚守下，栉风沐雨、奋勇向前，有人甚至用自己的生命来保卫它，才取得了今天这样的成绩，他也才有这个较好的退路。文生社的创建，他居首功，这是无可否认的事实。想当初，他选定目标，满腔热忱，联络志同道合的好友，白手起家共建这个出版社，他那种不计个人名利忘我的精神，干的是多么的欢畅！那该是"理想主义"之光照亮在他的面前吧。怎么叫人不作无限的缅怀？再说凭他的文学素养、编辑经验，以及他的"公关能力"，如果沿着这条道上奔驰，他在新出版业的成就与声望不在赵家璧等人之下。岂料他不耐守成，"永远的浪漫，永远的不安分，"……变了，变得叫人难以理解和接受了。

他做银行职员，在那战乱年代里是既可以保障家庭生活的稳定，又可以在替出版社谋筹资金方面有所开拓，本无可厚非。时代如此。只是他那么不安分的性格，又让他转向合作事业去谋追求，确也因之名闻一时。这时他对文化出版事业已无多大兴趣，仅仅挂个虚名而已。抗战胜利了，新的机遇展现眼前，五光十色确实诱人。他又以合作之名，借银行之基地，再向商业领域谋求发展，去那儿开拓他的新天地。眼看一个实业家（出口生漆）的美梦在异国即将实现。岂料事起苍黄，时势在变，祖国大陆发生了翻天覆地的巨变。一个崭新的社会屹立起来，他不得不听从爱妻的劝告颓然归来。好在基地尚在，声誉已高的文化生活出版社还是大有可为的。作为创办人之首，重返旧业理所当然，他究竟出过一点钱的。这时他的"知友们"更希望借他之力以遂一己之愿，摘下不合时宜的帽子（比如资本家之类），戴上进步文化人的桂冠，再能出版两本书，那才是曙光耀照，大有前途。可惜时代变了，今不似昔。眼下的吴朗西也不像过去了：不但失去了原有的理想，更无当日的那股傻劲了。加以脱离文学出版业太久，厮混于旧金融、商业领域中的日子又过长，往往用老眼光看新世界，还抱着那本老皇历在翻，以为抓着老友（郭安仁）合作，仍如既往，照样可以打天下，却不想时代变了，郭安仁要走他自己的道路，正所谓识时务者为俊杰。他不听郭的劝告也无妨，如能静下心来，认真分析一下大形势，多了解一些文艺界的新趋向，再仔细考虑自己出版社走到今天的历程，少听点逸言与媚词，善用原有基础，徐谋新的发展，还是大有可为的。谁知这时他倒一门心思要守成做个"老板"（他夫人老记着是她拿出私房钱开办的）了，导致他走向另一端。当别的出版社正欣欣向荣之际，他不谋群策群力以求进取，却执意大裁员（达九人之多），不适时地引起劳资纠纷。逼得他（资方）干不下去，只好提前走向公私合营的路。这也是他（包括他的智囊团）始料所不及的。一个多好的人，创立了一个多好的事业，由于天生好动，不安分，环境一变，往往见异思迁，到处打天下，却难以有成。连自己素喜的儿童文学、幽默漫画，都未能得到尽情发展，取得更大的成就，该是多么可惜的事啊！重返本行，失掉了真心共事的朋友，想"守业"也难了。不管怎么说，他仍称得上是位出版家，创建过一家卓有成就的文学出版社。

至于他与巴金间发生的误会与矛盾，巴金在一本译著的《后记》中写过几句牢骚话，这也是事实。之后巴金就不愿再提这种不愉快的事。"把生命奉献给社会、奉献给人民"，本是他自己一生的宿愿，怎能再去计较个人间的恩与怨呢？我因当时远处重庆，失掉联系久久，不知其详。后来到了上海虽有所闻，因已时过境迁，也不想去多问。时代变了，各人都为各自的事而忙个不停，哪还顾及到这种闲言琐事。我虽没有见到吴和巴的握手相见，却不止一次地在武康路巴金家的客厅里目睹柳静与巴金的亲切交谈。倒是"文革"后师陀和田一文各自有文提到，或略述事件，或作自我反省，都未指名道姓详述情境，不伤大雅，却也证实我耳闻之不虚。在一本巴金评传中也简略地讲了几句，写得颇为具体，不知作者是打从哪儿采访而知的，这就不用去提了，仅算一家之言吧。

关于文化合作公司成立经过有文误记，作为当事人之一的我应据当时事实种种作点说明。前文已简略讲过，仅奉命代收过部分（与文生社有关的朋友的）股金，连"专职会计"也没到差，哪还谈得上副经理之位了。田一文早在1945年9—10月间随同乡龙取直等乘船回老家汉口省亲去了。文合公司收股集款已是次年初的事了。刘崑水在《重庆出版纪实》一书中（P. 291）所忆文合公司与文企公司的经历，还远溯到1944年秋种种，对我说来简直是闻所未闻的。我从1944年秋初由桂林逃难到重庆后，直到1946年初去成都结束文生社办事处外，一直在重庆。刘文中所忆全属子虚乌有，不说我没有参加过什么商谈会，连有关情况也从来没听巴金、吴朗西和刘本人对我提说过。再按当时的形势与发展，有的事根本不可能公开进行。

刘倒真是吴在消费合作社的得力助手，文化合作公司筹建过程中因与吴意见不合而中途退出，另组建文化企业公司，邀请了他的在外县教书的好友汝龙来渝任公司经理。云南朋友何蔚光也随而加入出任文企的副经理。刘后来又应何迺仁之邀肩任重庆民生舱船公司的消费社经理，始终未脱离合作事业。解放后曾以合作界人士参加过全国政治协商会议，任政协委员。后来还当上了重庆市人民政府的副市长。

文化合作公司由柳蔗堪君主持，1946年在上海正式开展业务，两年后公司结束，全部股金均一一退还。它与文化生活出版社没有任何关系。

文生社董事会的正式成立，应是在上海临近解放之夕，名单全由吴拟出与巴金商定的，几度更改。我来上海后才知道朱洗任董事长。记得 1947 年夏末我来上海时,毕修勺还伴我去朱的生物实验室拜访过朱。那时也没听说过有董事会。董事中除吴、巴外,尚有毕修勺、章靳以等人,还有一位张姓老人也是,这人过去从未听说过,听说也是他们的老朋友,还是位军人哩。有关股金的分配也是由吴估定再与巴金商议的。吴、巴、陆(蠡)算是三大股东各占二百股。公私合营后,才知道我也有二十股,这算职工股,限于几个资格最老的职员才有。除了个别人外,全都从未拿过股息,也将股金献给公家了。

在吴全权主持文生社之前,有康嗣群先生曾出任过短时期的总经理。康原本川帮五大银行之一的美丰银行的小开,昔日与章靳以同学于天津南开中学,继又攻读于上海复旦大学商科。上世纪二、三十年代中跟文艺界人士颇有一些来往。康父康心如既是美丰银行的董事长,还当过重庆市参议会议长,康弟康心之出任过四川省粮食储运局局长等职,都是那时川中政、商两界的显要人物。抗战发生后康嗣群回川在银行供职,胜利后又到上海出任美丰银行上海分行的副经理。吴在和成银行供职,彼此都熟,因之跟文化生活出版社也就有些关系了。康怎么会当上一个过渡时期的总经理不得而知。康离开文生社后,曾找靳以向巴金说项,又去李采臣创办的平明出版社当上外文编辑,之后还接替汝龙当上了编辑部主任。1956 年随出版社公司合营,入新文艺出版社第三编辑室任编辑。我与他同事了。康为人能说会道,喜调侃人,晚景不佳,"文革"中也大受冲击。

往事多多,不堪一一回首。就此终笔。

悼贾植芳老哥

前些日子相继走了耿庸和蔚明两兄，悲思尚未平息，今又临植芳老哥远去了。说来他们都已是耄耋的老人，合乎自然规律，并非短寿。但老友日趋凋零，实叫人难以遣怀。

说起植芳老哥，虽早知其名，相识却较晚。他长我一岁，是位著作等身的学者、教授。在下仅是从事出版编辑工作多年的普通一员。想不到我们却是一见如故，交谈甚欢。究竟我们是哪年里的那一天相识的，记忆衰退，难以说得清楚明白，不过可以肯定是在"文化大革命"以后的岁月里了。先是1985年拜读了他主编的《巴金的写作生涯》一书，给我留下较深印象，知道他是一位具有独立见解的学人。此书乃天津百花文艺出版社印行，系巴金签名赐赠与我的。

1989年秋天，我们相见于在青浦召开的首届巴金国际学术研讨会上。不两日又在龙华殡仪馆的大厅王瑶先生的追悼会上相逢，似乎彼此已是有深交的人了。王瑶这位现代文学史家、北大教授，先是来江南开一学术讨论会，继即转至上海，偶染风寒，还带病出席了青浦的巴金研讨会，岂料病情突变不治而去世，实令人惋惜不已。时也遇也！斯人斯时处境至艰，心境难佳，真可

2002 年 9 月 28 日,摄于上海图书馆客厅。是日,乃"诗人辛笛创作生涯展览会"并祝贺辛笛先生九十大寿。左起:贾植芳,王辛笛,李济生。

谓烦忧伤人。

植芳老哥远居市北宝山复旦校区宿舍,在下寓于市南背靠浦江处,遥遥相距不下数十里,又各自忙于各自的工作,彼此无法过从,相见总是同临某一会议。有时也偶在外地,更多的都在上海市区。记得一次在虹口鲁迅纪念馆内,大会后,与会的人都聚往一处临池展现书法。植芳老哥独一人枯坐休息室内幽思。我因未敢随人前往献丑,遂得与老哥并坐交谈。要说,他一口山西腔,我未能全都听懂;而我满嘴的四川话,他也未必尽明。彼此却滔滔不绝,似不管一切地畅吐胸臆。其实心脉之交流,往往又在不言中。

好几次,还加上了笑容总常在的钱谷融兄,三人一道,你言他语,更是欢快。论年龄我居中,相差不过两岁,挨坐在一起,好比雀戏(麻将牌)中的搭子"一班高"。手边还存有合照为证。

植芳老哥虽一生坎坷多灾,却从未丧志,且自由自在地活到如此高龄,实属不易,盖缘于他的胸怀坦荡,不计个人得失,勇往直前,一派乐观精神。特别是他那助人为乐的心性,诲人不倦的精神,将自己做人治学的所得,无私地倾泻给后辈,先先后后,为教育事业培育出多少人才!正所谓桃李不言,下自成蹊。他从未以之自骄,倒是全身心为他人服务。他累遭苦难,退休又早,工资微薄。有好心人愿为他办离休证,而他自认本是个读书人,并非干部,甘守清贫,自得其乐。这种淡泊名利、独立自主硬骨头的精神实在可贵。我与他相交虽不深,但性情相投,无所不言,感于他的为人与治学,常引以为敬。今他人虽远去,言行留存,文集数卷在手,耐我遵循,写此数语,略述思怀,以志不忘。

我看陈醇

提起陈醇，一股亲切感油然而生，他的声音、容颜随而浮现在耳际眼前，我们太熟悉了。应该说从上世纪五十年代中叶开始，凡是听广播之人，有谁不知道播音员陈醇，不为他的播音而着迷？他那字正音准的普通话，浑厚深沉的音色，抑扬有节的声调，富有一种特别的艺术感染力，真可谓风格另具，独树一帜。吸引了多少听众啊！后更有模仿者还能乱真一时哩。但终难混过老听众的耳力。可以说在下也是先听其声，方知其人的。常听之后，遂而成为他的忠实听众。真正结识于他，那已是十多年后的"文化大革命"中期六十年代末尾之月了。在不得不应从当时的"四个面向"的号召，我们这批"臭老九"同时分别被批准参加上海赴吉林学习慰问团下放到东北农村，去与先期而去的插队落户的上海知识青年同吃、同住、同劳动接受再教育，并负有了解上海知青的种种情况为上海市上山下乡办公室的官员们服务。在那些年月里日常奔走在农村各个公社的生产队之间，真是跑累了两条腿，说干了一张嘴啊。我们同属吉林慰问团的四平分团，陈醇在双辽县组，我在梨树县组，三年多时间虽不是经常见面，但每逢分团开会集中学习，必然聚首。就此结下了情谊，成为"赤脚弟兄"中的挚友。尽管后来下放结束,各自返回原单位工作,却友情未失,联系不断。反而过往增频。多日不见必通电话,互问近况,沟通消息。偶在其他场合相逢,必携手同坐喁喁而谈,畅抒胸怀。老陈要算我在"赤脚弟兄"中往来最多的一位了。话到此,倒让我记起一件有趣的事:老陈素喜京剧,与我同好也。要说他这人身高体粗,庞然大人也。且面部宽阔,便开脸谱,一副大花面的好模子,可他学的是梅派,窄着嗓子唱阿庆嫂。当然,那时也只能唱现代样板戏。一次他和我还有老庄同在某先进公社有事,逢公社分管知青工作的副书记王某也是同好,会操琴,饭余之暇,就亮开嗓子大唱样板戏。我乘兴之余,情不自禁哼出《坐宫》唱段。急煞了一旁的老庄,他立即提醒注意,别出格了。要知隔墙有耳,还真想去蹲劳改农场么? 快别唱了。

说真话,对于广播电视播音这门艺术我是外行,不敢信口置喙。因而对老陈这方面的造诣也就难有发言权了。不过三十多年的交往,情谊在心。逢此盛会(广电局为他召开的从事广播事业五十周年研讨会)能无动于衷么? 静坐深思,胸潮起伏,感到还是有话可说。

在下这人素喜朋友,友情成为我生活中一个重要部分,三十余年的交往,觉得像老陈这样的人是值得深交的,在他身上散发着不少光辉的东西。他为人真诚热情,不带一丝虚情假意,世故之态。既善于交友,更乐于助人。在下就有深切的感受。由于痴长他几岁,除了平时嘘寒问暖外,相逢一起他总是处处照顾,伴在身旁,生怕我这老头儿有所闪失。记得上世纪末尾之际,是我们赴东北农村三十周年纪念日,四平分团的"赤脚弟兄"三十人聚餐于吉林饭店。忆昔日黑发同往,今再得白头欢聚,三十年间变化多多,席间抚今忆昔感触累累。我因激情难已,即席发言。老陈一旁颇为担心,一再插话,不要激动,讲上两句就行了。其情至真。记得几年前刚开始饮用纯净水时,老陈夫妇赠我一座电热饮水器,享用至今。再说我们"赤脚弟兄"每年聚餐会都是由老陈与老庄串联、策划主办,一切包干。如果有人生病或发生了其他遭遇,往往是老陈先知道,电告诸友,不是由他代表大家前往慰问,就是相约二三人联袂探望。还有不少昔日的吉林知青至今跟老陈仍有联系。不止此也,他还曾代已故世的老一辈著名播音员齐越同志传送信息,向巴金表达思念仰慕之情;更代一位素不相识的卫生部离休干部向巴金转致敬意,并到病房向巴金朗读这位干部所写的回忆录中回忆青年时代因读了巴金作品才毅然走上革命道路的片段纪实⋯⋯

不止此也,要做"大众仆人"不能做"大众情人"。这话正表明了老陈对自己的要求,其意境不正符合一切要从"为人民根本利益出发"之旨么? 也正是老陈的敬业精神。就我所知他对工作是一贯严肃认真、一丝不苟的。总是处处探索,不断追求,素抱艺无止境之态。勿怪乎他能留下那么多的精彩作品。他所配音的电视连续剧《家·春·秋》恰恰与我有点渊源。这部长达十九集的电视剧从剧本的创作到编辑摄制的完成,我一直担任着文学顾问。既与老友共事,复得结识不少新朋之机,因而获益匪浅,学到不少知识。他在播送有关巴金作品和解说词时,发现问题,往往通过电话提出看法,跟我交换意见。那股负责认真的精神令人敬服。远的不说,就在今年年初吧,他为一部介绍巴金生平的录像(尚未播放过)配音,发现引用巴金原作文句似有不妥之处,在电话上向我提出求证。经查核原文后给以改正。

不止此也,他曾把《怀念萧珊》一文录制磁带赠送巴金一盒。自此这盘磁带成为巴金随身之物,带在病房和疗养地(杭州西子湖畔)静坐时放听的磁带中之一。老陈提出的"情、意、味、畅、准"五字的播音要求,在这盘磁带里表达无遗。听过磁带的人莫不为之动容。

老陈原本是著名播音员，自不用说，可在交往中却未见到那名家气派。直到今天方知他还拥有不少理事会会长等等头衔，更是语言文字研究的先进工作者，真是失敬了。可贵的是他未失一个普通常人的本色。他素来淡名薄利，为自己的理想而奋斗。退休了，仍然忙个不停，不是为了任务就是碍于情面，"总是勉力以赴"。前些日子就曾累得发烧。他算得一位真正"向前看"的有识之士，引起我深深敬佩之情。话止于此，请恕饶舌。最后祝陈醇老友青春常驻，盛会成功

2001 年 7 月脱稿于陈醇播音生活 50 周年研讨会之前

2002 年 4 月补正

话 说 黄 裳

前些日子华东师范大学中国现代文学资料与研究中心召开的"黄裳散文与中国文化"学术研讨会,蒙主办人之邀,得与盛会,当场所见所闻,感受颇深,忍不住为之叫好。像这样的学术研讨会,破除陈规,不设主席台,没有高官贵人莅临,不分座次。专家、学者、教授和老友,以及青年学子,老、中、青六七十人前前后后围坐在长长的椭圆形大桌周遭,济济一堂。有主讲者,也有插话人,宣专论,叙史实,说创见,更间以轶事、趣闻。长长短短,生动活泼,言谈自在,真是满室春风,身临雨化,陶陶然乐在其中。

在下非专家,也不是学者,忝列友好,与有荣焉。要说与黄裳的关系,却也情谊不浅。他是持有我三哥李林的专函离沪入蜀看望四哥巴金的。虽说是抗战期中的一位流亡学生,却早有文问世了。继而成为我工作的出版社作者、译者,往还日多,以致成为通家之好。初见于何时,已记忆不清,不是 1944 年夏在桂林东郊福隆园文化生活出版社总处,就是胜利后的 1946 年在重庆民国路文化生活出版社渝处。真正熟悉起来应该说是从 1950 年秋末我定居上海之日始。有道是旧雨重逢话题多多。何况性情相投,职业又近,相聚之时,天南地北,无所不谈。日子愈久,情谊愈深,更加难以忘怀了。

老友中集记者、编辑、作家和翻译于一身者，除黄裳外，有已故的萧乾。他俩的人生旅程颇相近似，不单丰富多姿，且饱经风霜，历尽艰险，可谓走过"在血水中三次浸泡，在灰水中三次洗刷，在清水中三次洗濯"的"苦难的历程"。我喜读两人文采独具的作品，更爱他们的胸襟坦荡。萧乾在《人生采访》的《前记》里写道："怎样把新闻写得有点永久性，待事过境迁后，还值得一读。"又说："我喜欢写山水，我的这支秃笔，却留给那些在黑暗中挣扎的人们。"黄裳在他的《山川·历史·人物》的《后记》中也说："我还时时不能忘记过去，经常感到'历史的重载'的沉重分量。……美丽河山，不只是对自然面貌的描述，其中包含了对世世代代在这里劳动、生息、歌唱的人民的热情的赞颂。"

钟叔河誉黄文"有学有述"，是'才、学、识'都臻极致的好文章。"邵燕祥指出《旅绥杂记》里，"似乎看得出"范长江《中国的西北角》的影子。赞其散文"贴近现实又接连历史，贴近生活又联系舞台"。说得真好。

俗话有云：人生大舞台，戏剧小舞台。在下年轻时曾在"小舞台"上玩过一阵子的票，得与来川定居的名琴师陈彦衡的公子陈富年（唱旦的，高亭公司发行过他的唱片）交上朋友，向陈学过三四出老生戏，也曾粉墨登场。只不过是浅尝即止的过客。黄裳不仅是剧作家，还是别有新见的戏评者、欣赏家。单从他的《旧戏新谈》和《黄裳论剧杂文》两书即是有力的佐证。新近刊于报端的《序〈醉眼优孟〉》一文中还说："初意不过是说明旧戏其认识作用，保存、记录了旧时代社会面貌，像老照片似的，是人们认识旧时代不可缺少的资料，在今天依旧有参考价值。"在提到《战宛城》中张绣婶母的《思春》时说："是描写空闺鳌妇心理活动的空前仅见的创作，也显现了剧人之间关怀的广远。"再由《审头刺汤》谈及

166

旧戏中歌颂旧仆忠主的戏,竟然联系到《红楼梦》三个女奴(鸳鸯、袭人、平儿)"一起讨论一桩神秘的事关生死存亡的大事"说:"曹雪芹写出了惊天动地的人间血泪图。"借旧戏与小说联系历史参照人生,讲的是那么的深透,能不叫人不拍案? 难道"高老太爷的游魂"在今天真的就绝迹了么?

黄裳不但熟悉京剧中的名家、名戏,还是我家乡戏川剧的捧客哩。既欣赏杨友鹤(旦)、周企何(丑)、曾荣华(生)……诸名角的精湛演艺,更赞扬《秋江》《帝王珠》《肖方杀船》《迎贤店》等等折戏的独具风格。其实又何止于戏剧,对中国文化涉猎至为广泛。熟史实,识古籍,懂版本,以及文房中的纸、墨、笔、砚也无不在行。读了他的《四家藏墨》一文后,忆及幼时老家所见的旧墨,一次走访时提及,他即从书桌抽屉内取出一盒清制墨锭展示我眼前。掀开盒盖,短短五锭,并卧盒内,金光闪闪,灿烂夺目,让我大开眼界,赞玩难已。

有人说,编辑应是杂家。在下做了几十年的编辑,却成不了家。要说黄裳才算得上一位真正的"杂家"。其作品为证,非誉辞也。令我敬服之处,据史引文,自然贴切,具新意,有创见。信手拈来,却毫无炫耀之气。迥非某些"吊书袋子"之辈可比。他硬是把读的书读到了家。

朋友中有人怀疑:像黄裳那样木讷不善言谈的人,怎么干上记者这一行当的。就在下与他交往的几十年中所觉察到的,虽不是口若悬河、能说会道之人,在同朋友、熟人叙话,却毫无拘束,也不抢话,轻言细语,往往能道出别具见解的实话。特别是低斟浅酌、杯盏相碰之间,更显现出是个性情中人。《论语》中云:"闵子骞不言,言必有中。"

我没做过记者。巴金说,编辑与作家应成为朋友。交友之道,各有其术,总不外乎真诚。以《珠还记幸》一书为证,黄裳要没有一点交友之道，能取得那么多名人名家的墨迹、手稿？李辉说他像段木头。十年浩劫，谁敢不慎言！今之黄裳老矣，已届米寿之龄，近年来两耳愈显重听，大大影响他的反应力。难怪有时确有点儿"像段木头"，呆然若愚！

末了，重述拙文《〈来燕榭书札〉书后》中末尾的两句话以终此篇："单从这本书中就可以看出他是一位具有良知的诚挚的作家与编辑，他的言和行正体现出中华民族文化的优良传统。他非旧文人，更不是'遗少'，是一个实实在在善良的、洁身自好的读书人。"

研讨会把他的文章与中国文化联系在一起，联系得好，会开得更及时。我中国文化具有几千年的优良传统，民族特色极浓，决不能等闲视之，更不应轻易忘却。作为炎黄子孙更应该把她的先进精华，随时代步伐，赋予新的认识而发扬光大之。

2006 年 7 月 11 日毕于萦思楼

11 月 26 日重订

也来谈谈《雷雨》的发现

　　《〈雷雨〉是巴金发现的吗》乃是刊在 2002 年第二期《书摘》上的一篇文章，注明摘自新书《寻访林徽因》。"寻访林徽因"怎么扯上了《雷雨》和巴金，未读全书，不明就里，未敢乱加评说。不过关于《雷雨》的发现文章，这两年来见到不止一篇。其实在当时本是一桩众友交谈的文坛好事，而今不知什么原因忽然变成了无中生有的奇谈。妙哉，怪哉！由于从事出版编辑工作多年，有关文坛旧事略知一二。职业成性，心中有话，也就不揣冒昧讲上两句，以正视听。

　　作者在本文一开始就颇具侠义之气地说："道理很简单，吹捧一个人吹得再玄，只要不伤害别人，我们可以因其善意，而默不作声，若伤害到了别人就不能说是无意，也就不能不做声。"继之又说："巴金发现了《雷雨》这样的说法，解放前没有，解放后没有，解放后直到靳以 1959 年去世前也没有。"文革"前几年也没有，是"文革"后传开的。追溯根源，根源在萧乾先生身上。1979 年 2 月出版的《新文学史料》第二期有萧乾的《鱼饵、论坛、阵地》。其中说：'五四以来我国文学界有一个良好传统，就是老的带小的……曹禺处女作《雷雨》就是《文学季刊》编委之一的巴金从积稿中发现并建议立即发表出来的。'明明是作者给了主编,主编放在抽屉里,且曾拿出来给朋友看征求意见,到了这里变成了'积稿',作者都承认'靳以偶尔对巴金谈起',巴金翻阅的。这里就成了巴金自己从积稿中发现并建议立即发表出来。巴金1904年出生,只比曹禺大六岁,不管帮了多大的忙都不能作为'老带小'的范例。须知文学界巴、老、曹是一辈人。"作者文中还引用了田本相的《曹禺传》和曹禺自己写的文章,李健吾的回忆文,以及巴金写给萧乾的信等等作为佐证。限于篇幅就不一一列出,且大都发表在萧文之后。

要说吹捧得玄的话,倒是当今的某些作家与出版商"炒"起作品来,那才真玄啊!吹捧起来那才真是不择手段。这是题外话了。先不论萧文是否"吹捧得再玄,是否伤害了别人",可惜萧乾已经去世了,无法为自己申辩。还是就文论文,就事说事吧。

首先作者不查历史史料不说,更忘记了自己引用的资料,就武断地说"解放以前没有"的话。作者自己引用的李健吾的《时当二三月》和巴金的《蜕变·后记》两篇文章不都是发表在解放以前?李文发表在1939年2月,巴金写的后记发表在1940年12月。两文都说到《雷雨》发表时的情况。李文中还说:"就是早已压在靳以手边的《雷雨》,我抓着了靳以他承认家宝有一部创作留在他抽屉。"可见解放以前朋友间已经公开谈说这事了,说"压在靳以手边的《雷雨》"倒是李健吾在先了,只不过在"压在"之前少个"积"字罢了。因之,"根源"不应在萧乾身上,而是事实本身就存在着,就是那么一回事嘛。当时常去三座门大街《文学季刊》编辑部的朋友们都知道的事。比如卞之琳的《三座门大街十四号琐忆》(刊于2000年第8期《书屋》)中也是这么说:"靳以在南开中学的旧同学,清华大学即将毕业的万家宝(曹禺)刚脱稿的《雷雨》由靳以搁在一个大抽屉里首先被巴金发现,就决定交给《文学季刊》发表。"卞是当年常去季刊编辑部的朋友,又是《水星》月刊

2002 年 10 月 23 日,上海图书馆"巴金在上海——巴金先生百岁华诞图片文献展",与《收获》杂志社部分同志合影。

的主编。同样也说;"首先被巴金发现"这样的话。

再说作者引用巴金《蜕变》后记中的话,竟然少了两句最重要的话:"从《雷雨》起我就是他的作品最初的读者。他的每一本戏都是经过我和另一朋友的手送到了读者面前的。"不知作者是否有意略去。其实早在一个月前巴金在另一篇文章《关于雷雨》(见《龙·虎·狗》附录)中就已写道:"六年前北平三座门大街……那阴暗小屋里我翻读那剧本的数百页原稿时,还少有人知道这剧本产生,我是深深感动的第一个读者。"巴金的两篇文章发表时都在 1940 年的末两月,巴金、靳以、曹禺三人都在重庆,文章就公开发表在重庆。靳以和曹禺自然都看到文章的。巴金讲的确是事实,也是真话,总不至于当着要好的朋友面前吹自己是《雷雨》的"第一个"和"最初的"读者吧。李健吾和巴金写回忆文章时都才三十多岁正当壮年,脑子十分好用的时期,回忆五六年前的旧事,该还不至于"记忆模糊不清吧"。

《雷雨》原稿"留在抽屉",除了靳以曾经要李健吾看,李不肯外,未见靳以提说还有另外的人看过,连他向巴金提说时也没讲自己看过了的话,只说有稿子放在抽屉。看来确实没有什么人看过《雷雨》的原稿了。否则巴金绝不会说自己是"最初的"、"第一个"读者这样的话。

巴金在《蜕变》后记中提到的另一位朋友,显然指的是靳以。曹禺继《雷雨》后写出的《日出》、《原野》,也都先后分别发表在《文季月刊》和《文丛》两份刊物上面。这两份刊物都是巴金与靳以合编的。这在《后记》中说得十分明白,也是众所周知的文坛轶事。解放后靳以和巴金受中国作协的委托再度合编大型刊物《收获》更是传为文坛佳话。他们三人间的友情是愈益弥深。其实又何止他们,包括李健吾、卞之琳、萧乾……当时的老友们,在北平三座门编辑部常常相聚的人们,其情谊都是终生难忘的。

文中提到的巴金写给萧乾的那封信,萧在后来应上海《文汇月刊》之约写的《挚友、益友和畏友》一文中特别引用了它。这也说明萧对此事并非臆造,而是依据事实来谈的,根本谈不上什么吹捧,更没有"伤害别人"之意。这样的事也伤害不了别人。萧也是三座门大街刊物编辑部的常客,大家共同的朋友。最先见诸文字的有关《雷雨》的事还是李健吾,继而是巴金自己向朋友、读者讲自己心里的话,佩服欣赏曹禺的写戏才能。巴金曾不止一次夸沈从文、曹禺、萧乾有才华,难道会因而"伤害"到别的朋友?

至于说"发现"、"积稿"这样的词语,应是编辑部门常用的词语。不管是解放前还是解放后,要想编好一本定期的大型刊物,编者手边如不积存有相当数量的稿件,那是难以保证刊物的定期出版的。刊物每期的字数都有个限定数的,加上门类的搭配也有安排的,不能见稿就用,必有所选择。刊物要是经常缺稿闹稿荒,能办得下去吗？这该是常识问题。刊物还有自己应具的宗旨与原则，如不有所选择，胡编乱凑，能保证刊物的质量吗？好的刊物周围总是团结了不少作者的。如果一本刊物老是认定几个老作者写稿，不谋求新人的新稿，它能发展吗？作家群体本就是老的、新的相继相聚而成，队伍也是逐渐壮大起来的。即使同人刊物也希望借刊物谋求多找到几位志相同、性相近、趣相共的作者，也才能把刊物办得更加出色，扩大它的影响。这该是刊物编者的共识吧。要知道刊物选择作者，作者同样也要选择刊物。

作者写好一部作品，总不会是专写给自己个人看的吧。必然希望能公开发表进入社会，让更多的人看到，获取广大的读者和社会的承认。如果他写的作品，特别是费去多年心血和劳动写成的处女大作，得到某位编辑的赏识，使之早日面向读者，进入社会，又怎能不把这本刊物和负责的编辑引为知音，心存感激？这本是人之常情，不足为怪。巴金的处女作小说《灭亡》本是寄给老友索非的，托索非替他自费印出。谁知索非看后，把原稿给了代理郑振铎主编《小说月报》的叶圣陶，叶看后竟即在《小说月报》上发表了。巴金因而一举成名，自此走上了文学写作的道路。巴金心存感激，对叶执礼甚恭，后来为文把叶老称作自己的终身负责编辑。这也是文坛佳话。丁玲不也是如此？这类例子要举的可多了。要说巴金最初写的短诗还是 1923 年发表在郑振铎主编的《文学旬刊》上的呢。那该说郑振铎最先发现巴金的了。不过那时巴金用的笔名叫"佩竿"，诗也未产生什么影响，没有引起广大读者的注意。

再说《文学季刊》的主编郑振铎也是的，名字还排在第一，并非挂挂名而已。编委中更不只是巴金一人，还有好几位。不过靳以和巴金都住在编辑部内，处理事务、编务较多一些。刊物被迫停刊时还是巴金代替两位主编（郑振铎、靳以）撰写的《告别的话》。这又该怎么说呢。

"老带小"这是泛指先行者与后进人之别而已。各行各业均是如此。文学界也指的是先出名的作家帮助或支持后来的新人出道，鲁迅先生是新文学中最突出的范例。要说不少的、为他人作嫁衣的编辑更是无名英雄，不是论年龄排辈分的。冰心只比巴金大四岁，她确是五四时代的作家，而巴金自称是"五四的产儿"，后辈啊。

说到1933年9月巴金到北平时已经是闻名文坛的作家了，那时不单《灭亡》早已出名，激流三部曲的第一部《家》、爱情三部曲《雾》和《雨》，短篇小说《将军》更被鲁迅、茅盾收入他们合编的《草鞋脚》集子里介绍到国外。当时的曹禺正如作者在自己写的《李健吾传》中说的："其实《雷雨》尚未发表，曹禺还是万家宝，还在清华大学念研究生，在《文学季刊》编辑部碰见李健吾时当面奉承说：'老哥，不是我恭维你，当今写戏的，在中国要数你。'"作者怎么竟然忘记自己所写的史实。那时曹禺还是在大学里念书的不为人知的青年学子。怎么可以跟巴金同日而语？

"巴、老、曹"这样的排名是解放以后的事了。该是在1955年后周扬在一次中国作家协会理事会上讲话中提到的。在鲁、郭、茅、巴、老、曹之后还有个赵（树理），以后报刊上都以之为准而提名了。不知什么原因后来赵却未被列入。解放前的文学界，从未听说过或见过有这类排名之事。旧社会里本无这样权威之人。按说作家又不是梁山泊上的英雄好汉，更不存在什么"聚义厅"，分什么"座次"！作家以作品得名。作品不同，仁、智各见，高低难分，评比不易。托尔斯泰就没得到诺贝尔文学奖，鲁迅更常遭人鄙视呢。老舍还大巴金五岁，1926年《小说月报》就发表了他的小说《老张的哲学》，先巴金而入文坛。"巴、老、曹"要以年龄排名就更不对了。作者的立论不是自相矛盾么？

《雷雨》一剧万家宝孕育了五年才写成，心血所在，受到一位已出名的作家的推荐而发表出来，"曹禺"这名字才为世人所知，万家宝能不由衷感激？这本是人之常情。在《雷雨》出书的《序》里曹禺不仅感谢了巴金，同样感谢了靳以。他同靳以毕竟是老同学、旧相识，也是因靳以才得识巴金的。《序》中还感谢了另外一位老友。

　　不想再多写了。最后说点希望：凡为文立说之士，在评论作家或替文坛塑像下笔之时，似应多思。解放思想固然重要，更应尊重客观事实，分清时代背景，理顺来龙去脉，实事求是地论述。切忌断章取义，全凭个人臆测，不顾事实即下结论。那会误导读者、歪曲史实的。

　　恐也有违为文立论之旨吧。更不能危言耸听、哗众取宠、独树自己。古人云："知之为知之，不知为不知，是知也。"愿以此共勉。

写于 2002 年

《巴金的梦》读后感

在阅读陈丹晨新著《天堂·炼狱·人间》(《巴金的梦》续篇)一书的过程中,时不时勾起我对往事的一些回忆,禁不住找出八十年代(上世纪)的日记本来做过一番查阅。两相印证,陈迹浮现。或作喟长叹,或竟莞尔而笑。掩卷沉思,终不免感慨系之。人到老年,记忆力衰退,总是健忘的。正如李商隐诗云:"此事可待成追忆,只是当时已惘然。"早在六年多前散见于坊间的众多的巴金传记中,陈君独以"巴金的梦"命题,用"革命的梦"、"英雄的梦"和"生活的梦"概述了巴金在旧社会里的前半生,并在《序》里首先引用美国诗人休斯的诗句:"紧紧抓着梦,如果梦消亡,生活就成了一只断翅的鸟,不能飞翔。紧紧抓着梦,当梦离开,生活就成了一块不毛之地,冰封雪盖。"继之说:"巴金爱做梦。他说'有梦的人是幸福的'。他赞成人们制造梦,用梦来安慰自己,却不要用梦来欺骗自己。巴金多梦。他说从四岁起就做梦,至少做了七十年的梦。他说这话时是 1980 年,那时他正七十六岁。"因之作者最后说:"我只是来描述他的梦的故事,来开掘他的梦的内涵。让我们在历史时空转换中寻找他的梦的轨迹;超过生死的界限,摒绝世俗的观念,探求他的心灵秘密。那时梦中的巴金和真实的巴金当是合而为一了。"正足以说明作者为巴金作传的独特构思。而今作者又续写"天堂的梦"、"炼狱的梦"和"人间的梦"以阐述巴金在新中国的后半生。后"三梦"的字数几乎超过前"三梦"的一倍。作者在这部续篇的《序》中就这样写道:"从事巴金生平的研究,把巴金在这段历史坎坷不平的经历,面对史所未有的严峻曲折的现实所发生的心态变化、灵魂沉浮、人格发展以至感情个性的扬抑……真实地描绘出来,希望借此略窥一点中国知识分子的某些侧影,进而感受一点近代中国的历史气氛,这就是笔者写作此书的初衷。"

的确巴金做梦多多,在他的作品里谈到梦的也不少。"做了七十年的梦"终于在一次大梦(十年的噩梦)里觉醒过来。这是回眸既往,发觉自己不仅制造过梦,还身不由己地"给赶入了梦乡,给骗入了梦乡,受尽了折磨,滴着血挨着不眠的长夜。多么沉的梦,多么难挨的日子!(见《十年一梦》增订本序)"真是一身冷汗,苦痛不堪,后怕不已。终于喊出:"任何梦,都是会醒的!"作者在本书《序》里也说:"这时的巴金,在经过痛苦的自我拷问和反思,在经历了荆棘丛生的小道以后,从回到人间起,真正意识到人的回归,做一个平凡的老实的人,生命之花的盛开在于付出、奉献,才是他苦苦追求的目标,才真正获得了生命的意义。这样的人生是美丽的。"

这一本描述巴金后半生的洋洋巨著,不仅内容丰富、资料详实,凸现了时代背景;且在分析传主的思想、心灵的复杂变化,人格的形成,在书中都被刻画得颇为深切到位。同时也展现了作者的苦思情意,竭尽全力地要把他对巴金的认识与理解告诉读者。一时之间是难详作评说的,我只想略述一点初读之感。

就从《随想录》谈起吧。我们知道这本书是巴金披肝沥胆带着血和泪,写成的一本讲真话的大书,是他晚年的代表作,更是震动文化界的一部巨著。在广大的读者中引起了极其深刻的影响。可是从文章的发表到成书、出版,以至发行,同样也是经历着一条荆棘丛生、坎坷不平的小道的。本书中对此不仅作了较为详细的叙说,且提供了鲜为人知的可靠资料。尽管党的十一届三中全会作出了彻底否定"文化大革命"的决议,可是"社会上、文学界有些人却有另一种看法:过去的事情不宜多说,也不宜完全否定,当一些富有现实批判小说问世以来,颇使某些人惶惶不安,又习惯性地扣了许多政治帽子:'暴露文学'、'伤痕文学'、'向后看文学'、'缺德文学'……等等"(见本书381页)。特别是当时《河北文学》刊出的一篇《"歌德"与"缺德"》的文章,激起了人们的公愤,纷纷撰文痛斥。巴金在好几篇文里谈到这个问题。"他很奇怪,'四人帮'吹牛整整吹了十年,把国民经济吹到了崩溃的边缘,难道那位作者就看不见,就不明白? 因此,他进而指出,'他们就是看不惯文学艺术创作自由',他们就要干涉'这种自由'。话虽简单,却打中了要害。"(见本书382页)"正因为这样,巴金的《随想录》在《大公报》连续刊出以来,不断出现一些指责。他本人也听到了:"各种各类叽叽喳喳传到我的耳朵里。有人扬言我在香港发表文章犯了错误,朋友从北京来信说是上海要对我进行批评;还有人在某种场合宣传我坚持'不同政见'……"这些人无非是因为巴金反思和批判"文革"才这样恼怒,他们想维护旧体制、旧历史的通体光明形象,维护既得利益。(见本书382页)再如巴金提倡讲真话,就引起了某些人的反对与责难。连某大报也刊出了文章指责。巴金后来也说:"讲真话不是搞什么阴谋,只是希望得到理解,没有料到有人听说'讲真话'以为要掘别人祖坟,连忙打开他们的'聚宝瓶'放出各种各样的叽叽喳喳,明枪暗箭一起出动,想堵住讲真话的路,让大家说假话过日子。可是中国人并不认为讲假话是光彩的事情。"(见《再思集》第105页)其实不到两年之后江总书记不也号召党员要讲真话么。

再如"无为而治"。早在 1962 年陈老总（陈毅）在广州会议上对文艺界就讲过这话。赵丹临终前曾说："管得太具体，文艺没希望"的话，就曾引起某些人的攻击，有人就传为"反党遗言"。而今巴金又再提及。"北京有位高官曾经在访问他时，再给他写信时，都非常友好地希望他放弃'无为而治'的主张。"（见本书 399 页）"点名风波"这件具体事情，后来不了了之，因为毕竟历史环境不同昔日了。但是对巴金的批评，在一定气候下，仍然或明或暗地，断断续续地出现过。1982 年，文学界有些作家提出吸收西方现代派文艺的问题，引起很激烈的争论。本来，这是一个纯属文学创作的问题，但那些习惯了旧的思维定势的人又提到政治性质上来，有一位文艺领导就说："关于现代派之争，本质上，不是艺术之争，而是方向路线之争……"恰恰这时巴金也发表了一些意见。他希望在文学上不要再太多的禁忌，尽可能让人们有更多的尝试创新、吸收外来思想文化的机会。他在给瑞士作家马德兰·桑契女士的《一封回信》中说："……东西方文化交流日益频繁，互相影响，互相收益，总会有一些改变。即使来一个文化大竞赛，也不要害怕'你化我，我化你'的危险"，……最后这句话一时成为名言，也使那些视西方现代派为异端的人十分反感，当作反面言论在一些场合提出批评。（见本书 404 页）……

我不想再引证下去了。作者如实地叙述当时外界种种情境，不仅凸显了传主（巴金）为何在疾病缠身、不畏流言指夷之下，撰写《随想录》的坚强性格，展现他那颗为人民的火热真挚的心；进而说明《随想录》问世以来并不像有的人把它说得一路顺风，什么"未竟卷时，就已掌声四起……甚至讥评为'漫天的彩虹'。这完全是杜撰出来的。"

就在下所知《随想录》的第一本是 1979 年 12 月由香港三联

书店印行的。北京人民文学出版社的大陆版迟到1980年的6月才印出问世。而交稿几乎是同时的。印数极少，供不应求。坊间一直缺书，却又迟迟不再版。直到1986年12月五本出齐，才同时再版合为一套，印了三万。此后各家出版社争印此书，以不同的版式发行。而今此书已有二十种不同的版本问世。人民文学出版社也在去年（2000年）七月里把这本书收入"百年百种优秀中国文学图书"内印了新的合订本。毕竟时代不同，今非昔比了。

如果我们略作世纪回眸一瞥的话，二十世纪的世界与中国有过多么大的变化，特别是后半个世纪的中国真是经历着一个天翻地覆的巨大变化。巴金出生于二十世纪的初叶，他不仅走完了上一个世纪，又跨入了新的世纪。他的个人命运无时无刻不与国家、民族的命运联系在一起。仅仅从这本书（包括前"三梦"）里就可以看到一个大概。作者说得好："读解巴金，也就是读解中国优秀知识分子。让我们一起来关心他们的命运吧。"古语云："前事不忘，后事之师。"列宁也曾说过："忘记过去就意味着背叛。"

自然，今天的知识分子所处的地位已与过去大不相同。自从"改革开放"以来，国家不断地起着变化，特别近十年的变化就是个显著的例证，国家出现了一片新的繁荣景象，人民生活大大好转。时代在前进，外界事物也不断地起着变化。要适应新的形势，旧的观念就必须改变。半个世纪的革命史就是证明。

最后让我引用前些日子新华社所发的专电标题："一个祈盼、一份责任、一种情感，来自华东医院医护人员，来自千千万万读者——帮助巴金活过一百岁"以结束本文。

与 会 有 感

　　我说过我不是研究现代文学的学者、专家,只不过是一个热诚的与会听众来向大家学习的。主持人要我讲话,盛情难却,就勉为其难地谈上几句。

　　首先要奉告诸位的是巴老的近况。这该是与会者所最关心的事。行前我曾去医院病房看望过他,并把即将来福建师范大学参加第六届巴金国际学术研讨会的事告诉他。所幸近半年多来老人的病情一直比较平稳,没有大的起伏。全亏了医护人员的精心疗护。这是堪可告慰的。老实说,从两年多前的(1999年)春节前夕,由于突发性的肺部感染,经抢救后一直躺卧病床,全靠鼻饲输液营养度日,已不能下床坐上轮椅走动。往年必去杭州疗养之行而今也无法再前往了。我曾写过一篇名叫《一个纯洁的灵魂——记病中巴金》的短文叙述他的近状。眼下就不再重复占用大家的时间了。一句话,目前老人的脑子依然清晰,耳聪目明,就是讲不出话来。苦就苦在这里。他是多么想表达自己的愿望啊!如果没有什么意外的干扰,照此下去,他定能活过百岁。这既是医护人员的愿望,更是千万读者所盼的。

　　回忆1994年春天在北京召开的第三届巴金国际学术研讨会

上的议题是"巴金与二十一世纪"。会上汪应果与陈思和曾就"巴金时代结束了吗?"发生过争论,各抒己见。这说明研讨会的走向是日趋活跃起来。有争论就是好。今天的议题又是"巴金与现代文化建设"和"面向二十一世纪:再读巴金"。是巧合呢,抑或是筹备人有意作此建议? 看来随着时代的前进,社会的变化,人文精神的重要愈趋明显,任何一位有着深刻影响的作家的作品的研讨必能相应的要向更深发展。不久前我在李存光新出的集子《我心中的巴金》的前言里读着这样的话:"科技成就、物质文明,才是改变我们生存和生活的方式,提高我们生活水平与质量的根本动力和首要标志……如今人们真的'可上九天揽月,可下五洋捉鳖'。反观人文情况大不一样。请冷静地甚至悲怆地沉思:自有文学以来,不同的国度,不同的民族,不同的时期,人们对于理想社会的向往,对于人文精神的追求,有过多少共同的传述! 然而走过几千年艰辛途程,历经种种社会形态,理想社会的蓝图实现了几许? 健全人文精神的目标达到了多少? 当然社会在曲折发展,在阵痛中不断进步。然而人们对人心'不古',风气不正,人文精神的失落不满、批评、责难、拷问从未停止。"使我深受触动。自从"改革开放"以来的近十年里我们的物质文明的建设,市场经济的繁荣,人民生活水平的提高,国力的日益增强,这是大家有目共睹的。眼看"申奥"可以成功,"世贸"即可跨入,这又是何等令人振奋的事! 而另一面呢? 贪污腐败之风经多年的惩治严打,不但未能遏制,反而愈趋猛烈。犯罪者不是个别的二三人,而是一大批,一个集团(如远华贪污集团案);官位之高,牵连之广,令人瞠目结舌。即使"高薪"也未能"养廉"。某省的新闻出版局局长年俸高达二十万金也难以止其贪心,仍不择手段地谋求发财致富。甚而新提拔的年轻干部国税局局长也因贪案而锒铛入狱。可忧者在于优良的传统文化被否定,原有的意识形态又告破灭,文化堕落、道德沦丧、贫富悬殊,人心涣散,即使荒谬的愚昧邪教竟让不少人视为救命升天的神明。中央领导有鉴于此,继"依法治国"后又提出"以德治国"的号召。近又公布了"公民道德建设法规"。说明精神文明的建设日趋紧迫。李存光还说:"人文在增进知识,丰富头脑,开阔视野,拓展胸襟,树立理想,健全人格,升华境界,乃至凝聚力量,稳定社会诸方面有着巨大的力量,不可代替的力量。"他更希望人文工作者摆正人文的位置,摆正自己的位置。进而把"巴金与现代文化建设"联系起来,提出再解读巴金作品的建议。会上讨论热烈。汪应果直抒胸怀,阐述再读巴金的己见,唐金海语重心长地说我们要多读书,细读书以之共勉……

作家是以作品而入世,研讨作家离不开他的作品。巴金曾说过,他的思想是不断地在变化。不用说他的思想的变化必然要表现在他的作品中。尽管他的思想有所变化,但是他做人的道德标准却未变,立志要像鲁迅学习做到文品与人品的一致。到了晚年还思考着老托尔斯泰的离家出走,要求自己也应做到"言行一致"。五卷《随想录》就是一个例证。

记得他送我《巴金译文全集》时曾向我说:"几卷译文你没有时间去再读了,也不用去读,倒是每一卷的跋文你要仔细看看。"就在1996年二月里他写的《译文全集》第十卷跋文中特别提到克鲁泡特金的《伦理学》讲到的有关道德的三个要素。文中如是说:"本书作者平日就注意道德问题,《伦理学》的第一部是伦理学的起源和发展;第二部——也是最重要的部分,是道德规范和它的目标。道德不是一门学问,它是做人的道理,是整个社会的支柱。本书作者认为,道德的基础是社会本能发展起来的,构成道德的三个要素,也是三个阶段:第一是休戚相关、相互关注,这是社会的本能;第二是正义和公道,这是人与人相处的准则;第三是自我牺牲,自我奉献,这就是道德。我也是这样的看法。我平时喜欢引用法国哲学家居友的话,我们每个人都有更多的同情,更多的爱,比维持我们生存需要的多得多,我们应该把它分散给别人,这是生命开花。(大意)所以道德规范的最高目标就是奉献自己。一个人要想长久活下去,只有把生命奉献给社会,奉献给人民。道德不只是利他的,也是利己的;奉献不仅是为了别人也是为了自己,生命的意义就在于奉献。"从上面这段引文看来不仅阐明了他自己做人的原则,也表明对自己以往信仰的执着;他的思想虽有所变化,确也有其一脉相承而贯彻始终的地方;同时也该是对现实社会的有感而发吧。眼下人们所想的大都是如何为自己"捞进",就不去思考如何为社会和人民多做点"奉献"。像孔繁森这样的干部实在是寥若晨星。文化精神的建立是何等的重要!其实早在十年前(1986年)他在答复无锡和成都两地的小学生来信中就曾针对社会风气给孩子们以有力的支持与鼓励。而今再度提出道德标准,要求人们多做奉献,不正也是直指拜金盛行、人欲横流的不良世风么? 以德育人,提高人的文化素质是刻不容缓了。

　　巴金在谈到自己的作品时于《巴金全集》第廿一卷的代跋里说:"今天最后一次回顾过去,我在六十年前的'残废'中又看到自己的面目:爱国主义、人道主义、无政府主义一直在燃烧,留下一堆一堆的灰,一部作品不过是一个灰堆,尽管幼稚,但是它们真诚,而且或多或少的灰堆中有'火星'"。(引自《再思集》第120页)过去在研讨巴金的作品时,无政府主义可以说是个禁区,大家都避而不谈或少谈,即使点到几句也有个"框框",圈在一个"套子"里。倒是日本的学者们早就有专文论及,国内湖南文艺出版社于1986年印过一本《巴金研究在国外》,曾译介过有关文章,可惜印数极少,未能引起人们的注意。近日中国工人出版社出版了刘惠英编选的《巴金从炼狱走来》一书,又选载了几篇这方面的文章,可谓出得及时,值得注意。国内专家、学者也应该破除框框作深入探讨。看看无政府主义是一个什么样的主义?上个世纪的初叶又怎么会在中国流行一时,影响过不少的革命者(连毛泽东也曾对巴金说过他自己也受过它的影响)这个主义对巴金的思想和作品有过一些什么样的影响,起过一些什么样的作用。也该是他的"灰堆"中存在着的一点"火星"。真该本着邓小平的"解放思想、实事求是"理论精神去评说文章,作一番更深入的、恰如其分的研讨。把"巴金的心路历程的矛盾性、曲折性和精神世界的复杂、丰富性,即巴金的独特性体现的某一类中国知识分子人文精神传统和人格发展、心态变迁的典型性,在许多方面"作再发现、再探索。以减少某些误读,实有必要。我看单就道德观和做人方面而论,他的作品就值得再作解读。

正如上文中李存光所说,上个世纪以来科学的发展的确是日新月异,进步极快。可是在某些地区(特别在发展中的国家里)由于种种原因不仅科学未得到发展,人文精神方面更是远远落后,使得人民尚完全处在贫困、愚昧之中。就以我们人身而言,不也如此? 大家该还记得上世纪的八十年代,人体上的某点奇异功能就曾被某些人大肆宣扬。一些气功师也乘机吹嘘气功的万能,到处宣讲。有的人甚至夸说他的气功扑灭了山林火灾真是荒谬之至! 当时曾有科学家(如何祚庥、于光远)为文指责这是违背科学原理的。可惜势单力薄未能引起应有的重视。不禁让我想起上世纪的三十年代巴金也曾在广州为文揭露当时中山大学的罗广庭博士的伪科学(见《巴金全集》第18卷)。真值得我们深思。看来五四运动提倡的"赛先生"和"德先生"还应该大加继承和发扬。

福州会后不久,在下又应邀赶去北京参加中国现代文学馆举办的"把心交给读者——巴金作品朗诵会"。朗诵者真是全身心投入作品中。其情动人,使得在场的数百与会者无不深受感动,情绪热烈。我自己也为之而热泪盈眶。托尔斯泰在《复活》的扉页上写下"生活本身就是个悲剧。"巴金却赞成罗曼·罗兰的话，认为，生活"是一个博斗，为的是来征服它。"(见《激流》总序)朗诵该篇章的诗人崔道怡深情地念道："这里我所要展开给读者的乃是过去十多年生活的一幅图画。自然这只是生活的一小部分，但已经可以看见那一股由爱与恨、欢乐与受苦所组成的激流，是如何地动荡了。我不是个说教者，所以我不能明确地提出一条路来，但是读者自己可以在里面去找……我还年轻，还要活下去，我也要征服。"巴金写这话时才二十七岁。六十三年后的 1994 年 9 月 24 日他在写给我的赠言里还说："我激荡在这绵绵不息、滂沱四方的生命洪流中，就应当追逐这洪流，而且追过它，自己制造更广、更深的洪流，把一切陈腐垃圾冲洗干净。"我愿借他的话同大家共勉。

　　写至此也应该停笔了。引以为歉的是福州会议结束后，东道主盛情安排大家分别去武夷山和泉州访问。我因急于返沪未能应命前往。倒是行前那天上午得机随同日本学者坂井洋史夫妇和复旦大学教授唐金海赴长乐县，拜谒了冰心文学馆，受到了馆长热情的接待，并在冰心大姐的白玉像前拍照留念。文学馆建筑具东方色彩，典雅、秀丽，坐落于广阔静谧的公园内，愈益托出"幽兰"的神韵。环顾周遭，引人遐思。冰心大姐和巴兄七十余年的友谊，到了晚年是老而弥深。缘于他们的共同点都是从爱出发，把心交给读者，力求能为人民多做点奉献。爱是无涯的，永恒的。

2001 年 11 月末动笔、终于 12 月尾

读 报 有 感

　　前些日子得台湾友人来函,信中竟附有三纸剪报,全是刊在台湾《联合日报》副刊上马悦然的专栏文章。提到马悦然,近些年来文学界人士该都知道这个人吧。他不单单是位瑞典籍汉学家,还是瑞典皇家学院院士、诺贝尔文学奖评委。眼下虽说已经退休,可依旧是位有影响的人物。因之在我们某些人的眼里可不一般,有的人竟视之为"神明",如果作品得到他的青睐,获诺贝尔文学奖必有希望。前年获得此奖的法籍华人作家某某就是由他推荐的,该作家的长篇小说也是经他的手译成瑞典文在出版的。后来据媒体(香港报刊)报道他为此还真下过一番工夫,作过一番手脚的哩。

　　三纸简报都是近期发表的。一篇论述汉文字,另二篇都涉及中国现代文学名家:一讲老舍,一说沈从文。这位汉学家真不简单,不仅懂点古汉语,更跟中国现当代文学结下了不解之缘,似乎还有所研究。这也是他靠此吃饭的本钱吧。且能用现代汉语写文章,在中文报纸上发表专栏,这在外国汉学家中该是少见的了。他说读过老舍不少作品,上世纪五十年代在北京曾跟老舍有所往还;至于沈从文,他对之更是推崇备至。短文一开始就写道:"中国现代作家中我最佩服的一位是沈从文。"对沈的作品也评价极高。文中说:"在长篇小说《边城》和《长河》中,他(指沈)用的是带田园诗似的风格,一种高扬情绪的抒情体。与其说《边城》是一部小说,不如说是一首散文诗。我迟疑了很久之后,才把这首散文诗译成瑞典文。"又说:《边城》是最早用弗洛伊德的心理学概念写成的小说……沈的特点是把乡土文学与现实主义文学之间建筑了一座桥梁。"由此可见。至于他对沈的作品的论评是否中肯,留待专家学者去作月旦。笔者记起前些年老舍和沈从文二位大家在国外不都盛传一时大有获得诺贝尔文学奖的人选人吗?却又不知什么原因都落选了。据媒体报道老舍是因在评审前发现候选人早在"文革"中去世了,不合条例,不能入选,作罢。而沈从文则未有所闻了。而今马悦然的文章尽管把沈的作品推崇备至,却对此事只字未提。他不是也把沈的小说早译成瑞典文了吗?是"功夫"没做到家,还是别有他因?不禁引起笔者的思索与疑窦。看来评选时并非由马悦然一人说了算数的,尽管他是位颇带权威性的汉学家。更重要的应是外国人眼里的中国文学作品,未必跟中国人的看法相同。他们有他们的选择观点,有他们的选择要求,再说最终还得合乎大多数评选人的欣赏口味吧。何况西方文化跟东方文化之间差别又是那么的大。仅仅由那么几位学院的评奖人作决定,其局限性自然不小的。参加的汉学家仅仅是个别的(他也有他的局限性,他的欣赏力),还得依靠外国文译本。下笔至此,忽地想起了去年文汇报上曾发表过已故诗人杨吉甫的几首短诗,引起了卞之的惊奇。似乎也跟马悦然有关。杨是已故诗人、名家何其芳的同乡、好友。二十世纪三十年代初,他们都在北平念大学,杨写的短诗经何的介绍于1934年曾发表在卞之琳主编的《水星》上。杨较早地返回故乡教书,作品不多,因之也未受到更多人的注意,以致湮没无闻。还是"文革"后一度引起香港文学界一些人的注意。据说马悦然也是在 1979 年无意中得到了杨诗的一个油印本,读后极为赞赏,一夜之间就把一百首短诗译成瑞典文,之后曾分组在瑞典刊物上发表。由此也可以看出马对中国现当代文学的了解与其欣赏口味了。

话归本文。我们是个有着几千年文化历史的古国,具有自己的优良文化传统,这是应该引以自豪的。中国文学史有我们独具的特色的。我们的文学作品首先是写给中国人民读的,是表现我们多民族固有的民族精神与人民的美好的心灵,以及风土人情等等。应该加强我们民族的自尊心和自豪感,认识自己,认识自己的文学,认识中国人民的美好心灵。只要写出了符合时代精神、表现出人民的美好意愿的好作品,一个正满怀信心迈向繁荣富强的泱泱大国,还怕没有更多的人来了解我们,介绍我们? 我看不要把希望寄托在他人身上,别那么相信外国汉学家,更不要唯外人的马首是瞻,是所至愿也。

2002 年 3 月毕

一 缕 情 思

　　济生同志,多年未见,京华晤叙,快慰平生……想来你已
离休,有时是否仍去新文艺出版社? 新年开始,你和贵社有
何良谋? 谨祝贵社为在左联诞生地上海做出更多贡献。匆
复并祝新春快乐、笔健。

而复

2002 年 1 月 10 日

　　信是最近才收到的。由于原信写错了地址被退回,直到前些
日子改寄到巴金家,才再转到我手里。没想到年近九十的老作家
竟然还记得新文艺出版社这个旧名,那该是老皇历了。因之也勾
起我对往事的一点回忆。

　　提到新文艺出版社,本是解放初期在上海成立的第一家公私
合营出版社。1955 年的反胡风运动成为重点整顿对象,一举而闻
名全国。正如俗话所说:"好事难出门,坏事传千里"。不过 1956
年私营企业社会主义改造运动之后,"新文艺"又接受了好几家私
营文艺出版社。自此实力大增,又一跃而成为全国三大出版社之
一。另两家乃北京的人民文学出版社和中国青年出版社。周而

复同志原在上海市委工作,先后担任过统战、宣传部的领导工作,还兼任过上海作协的党组书记,后来才调往北京工作的。

1956年新文艺曾举办过一次社庆活动,藉以恢复社誉扩大影响。假茂名南路老文化俱乐部(昔日的法国夜总会)大厅举办庆祝会,并布置有介绍出版社四年来的成绩,让外界人士了解实况。我曾陪同著名莎士比亚专家、复旦大学教授、诗人孙大雨先生参观展览,详为介绍。当晚还在俱乐部跳舞厅举行盛大舞会,周而复、孔罗荪等三人晚来了一步,无法进入舞厅,又是我想法从边门引之而入。而我并未陪同跳舞,却去游泳池边观看郁钟馥(原文化出版社编辑)的京剧演出。次日晚在康平路145号经理部大厅搭台,又由工会京剧组主办一场京剧晚会。共演出三出戏,大小角色、锣鼓场面全是同仁出任。最后一出大戏《空城计》,分别由王敏和我扮诸葛亮,王泽民饰司马懿,连琴童、老军也是同事们扮演的。三张剧照至今尚存我的相册内,留作纪念。那时的工会工作真活跃,经常主持周末晚会,事先张贴海报,由各科室轮流筹办。

"文革"后的1982年举办了三十周年社庆,该算是第二次社庆了。仅以隆重简朴的形式召开了全体职工的座谈会。不过巴金在《随想录》中以《上海文艺出版社三十年》一文表示祝贺,这也是事先陪同老丁专程拜访巴金约请撰写的。十年后的1992年夏,戏剧学院大礼堂举办了第三次的四十周年社庆,市有关领导同志以及诸多作家、学者、名人惠然莅会,并向我社已届三十年社龄的老同志颁发荣誉证书,真是盛况空前,欢乐一片。

今年又届五十周年大庆,半个世纪的努力,我社从一家大出版社,成为一个包括文化、音乐两社的出版总社了。值兹庆典将临之际,回顾既往,面对新世,展望未来,如何在二十一世纪里迈出大步,跨向世界,以实干巧思的精神发扬传统,再为社会主义的

新文艺做出更多更好的贡献,既是我们社深思的课题,又是我们
社的光荣使命。一封来信引发上语,算是寄托一个退休老编辑的
一缕情思吧。

2002 年 6 月 17 日

也谈巴金赠书

巴金自幼喜好读书,求知欲极强。他一生中最大的花费就是买书。他还说过类似这样的话:我的收入既来于书(指稿费),用以买书,不正是哪里来哪里去?上世纪三十年代中叶他写的一篇短文《书》中更说:"在中国假如有一个完备的图书馆,我们也就可以少受书店伙计的闲气了。譬如倘使北平图书馆有一本英译的《沙宁》的话,我也不会像朝耶路撒冷似地在各西书店去搜求这本书了。"这是当时他就自己的经历有感而发写下的老实话。他始终认为:书是给人看的,是传播知识文化的,是人的精神食粮;有了好书就是要人分享。他自己不仅见到好书就买,还喜欢用书送人。因之晚年的他以带病之躯,不辞劳累地亲自动手安排,把自己一生所搜集来的各类中外书刊分别分批捐赠给多处公共图书馆。这不仅是方便千千万万普通读者的需求,更是为了能给国家图书馆的文化积累作点贡献,为社会主义祖国的精神文明建设作点贡献,特别是经历了十年浩劫的大破坏之后。其中不少还是他千辛万苦在国外渴求所得,且幸免于难,保存下来的珍本。我还记得国家图书馆收到巴金捐赠的一批外文书刊后不久,有专家就从中觅处过两本书,将它们译成中文问世,以飨广大读者,其中一本即著名的《邓肯传》后传。这本书的前传,解放前经人译出,曾是一本深受广大读者喜爱的畅销书。

1992年,研究巴金作品的日本学者山口守君为进一步了解巴金思想的发展脉络,曾专程赴意大利访问过樊宰特的故乡;又去荷兰的阿姆斯特丹与瑞士的洛桑两地专门收藏安那其主义(即无政府主义)资料的私家图书馆查阅。他不仅找到了多封巴金昔日写给外国同道的信函原件,还发现该馆竟藏有二十世纪初至1940年间出版的有关安那其主义的中文期刊,其中还有像《四川青年》这样在中国国内也极为罕见的谈安那其主义的地方性刊物。山口守就此行所得撰写过一篇较为详细的文章,刊于上海文艺出版社印行的《世纪的良心》一书中。

说道安那其主义,它是二十世纪初较早传入中国、影响也较广泛的一种西方革命思潮,中国共产党人中有不少人就是先受到它的启发,后才转而奉行马克思主义的,如毛泽东、陈延年等皆是。如果把中国革命运动与西方革命运动联系起来看,藉以研究中国革命运动在接受外来思潮之后,如何逐渐发展、壮大起来,以至走上自己的革命道路的话,那巴金捐赠的有关这方面的书刊该算是一种重要资料吧。因为它们算是国内收集最多、最为完备的资料了,不仅堪称远东第一,有的还称得上是世界珍本。国图在收到巴金赠书后答复的公函中也承认说:"这些书刊对于充实我馆的藏书,加强国家图书馆的建设,必将发挥重要作用。"

如此重要的宝贵文化资料,竟然任其流失,能不令人震惊、痛心吗!

上月初一位友人来访,曾向我说及:他的朋友在一个旧书摊摊主手里就买到过国图流失在外的巴金捐赠藏书中的某种珍本。据说那摊主并不懂外文,他凭经验识货。他以单价每本五元买进了百本,而卖出的价最低的是每本百元,有的竟高价卖到五六百元哩。还说有位同行就购进了四五百本之多。友人边说边咄咄称怪，惋惜不已。在下听来，更是吃惊不小，进而证明早些日子媒体所传之不虚，甚感不安。

日前又看到报载"巴金捐赠国图藏书流失真相即将揭露"的消息。甚盼其能早日公之于众，以正视听，让广大的读者安心。更盼不要让人民仰望的巍峨堂皇的国家图书馆徒具文明建设的外表啊！

2003 年 5 月 12 日

《来燕榭书札》书后

　　早在去年三月里看到刊于报端的《看那风流款款而行——黄裳印象》一文时,就引起了我极大的兴趣。那是李辉替黄裳编选《来燕榭书札》一书所写的"代序"。今年二月里终于见到了该书。随手翻阅,顿时被吸引着了。这位一向以木讷少话著称的人,果如李文所述:"一旦进入文字世界,他的思绪与语言顿时顺畅无比,活泼跳跃,五光十色,变化无穷……其书简尤其如此。书、人、心境、世态,他无所不谈,毫无掩饰,较之那些公开发表的文字,它们更加真实地露出他的性情。"书读未及半时,即逢巴兄病情突变,面临危境,因而心绪不宁,未能终卷而搁置一旁。喜巴兄竟然跨度险隰,病情转好,渐趋平稳。日前再度入目,一气呵成。其间或忍俊不禁,或仰首遐思,或拍案叫绝。掩卷后留下感慨多多。不愧是一本真情毕露的佳著。

　　李文中还说:"活灵活现的浪漫才子的心理的真实写照"。料想是指致黄宗江书信中所流露出的当时的心态。一个身处乱世、流落他乡,又过着枯燥乏味的军旅生涯的年轻人,环境使然,坦率直陈,实真情的表现,合乎性也。这正是引起在下忍俊不禁之处。作者原本是性情中人。读到写给红学家周汝昌的一信中:"雪芹制《红楼》,有传诗意,其用诸种笔墨,写不同人物之诗,真绝难事。而各有面目,各切性情,可做诗论绝句读,可代诗品读。然从未有人说及此点,亦大可做文章也。"正说出了一个"嗜红"读者的我的心里话。在其他诸多信札中又令我看到一位主编报纸某个栏目的编辑、其思路的胆与识。认准了组稿对象就不遗余力以求。与作家交上了朋友,又不妨透露一点编辑部的内部消息,让他人(作者)多少了解一点世态和形势。比如"兄不在报馆,不知内幕,此间红笔、剪刀之横行无忌,真可怕人。不论名家与否,斫之而已。尤险者在拼版之顷,事在火急,如李逵手抓板斧,排头斫去,如何得了乎?(P133)""此间编辑部有一奇怪的逻辑,怕多怕长。其实此为最主观不实事求是的看法。世界上哪有这么死板不能见机行事者乎?"(P同上)"上海有画家,贺天健颇狂,有佳制,常秘不示人,以佳制秘之于箧中。其言曰,恐一出即为 xx 窃去。此指章法布局而言。"(P40)这些话虽写在上世纪的六十年代初叶,我看对新世纪的今天也不无一点现实意义吧?再如"现代文化人也纷纷要经商了,文学界前途颇不乐观,在当前的大气候下,似乎已经顾不上文化了。"(P108)"我的线装书尚未收回一本。……图书馆暗示有些最好卖给他们。这怎么行呢?不是投机倒把了么?人们办事有许多理由,都是冠冕堂皇的,必要时就选其适用者抛出。许多精力就对付这些巧妙的理论中浪费了,多可惜。"(P139)"巴老捐书外流事,已略知一二,此事实可气。我一向不赞成捐书给图书馆,因为一入侯门,即成陌路,连自己想看也不易。至于典守马虎,致书受损,尚是余事。今更发生盗窃,真国家图书馆之耻也"(P182)"朱启钤捐书物文件竟流落书摊,真不可思议,当狠狠批之。又郑振铎书,也为他们打散,未设专柜,都是怪事,可一起批评之。"(P183)其实巴金捐赠的书也是流落书摊被人发现的,至今图书馆尚无一明确的说明遗失因由。好了,当不再引证了,那会成为"文抄公"不免有"侵权"之嫌了。书中论人、评事,以及趣闻轶事多多,有同好者不妨细读原书,既证在下所言之不虚,还可以看出历史进程之不易。

诗人杨苡评说:"多潇洒的文风,多幽默的谈吐!虽然黄裳受过那么多的苦难,虽然他见了生人来访不免木讷紧张,虽然有人惹怒了他,他也忍不住会打笔仗,但确实是一个从来不卖弄自己,只是默默地做自己的学术研究的敦厚的学者!"黄裳自己也说:"最坏是 1958、1959、1960 年,但是每年春节还是放回来的。比起'文化大革命',已是宽厚多了……1969 年春节,我在班房里度过,好像也加了菜,可见春节威力之大,即林、江亦不得不'心软'……说到落实政策,据小道新闻《文汇报》说我当顾问威望不足,即以'离休'办理,总之视为'废物'而已,但自己尚不自认为废物,奈何?"这是答友人姜德明的自述信。

眼下黄裳已是八十五岁的耄耋老头,而身尚健,笔仍旧,虽少与外界接触,却生活得潇洒自如,有滋有味。"在世事纷繁喧嚣的闹市里,在一己选择的书香阁里,在漫溢着传统文人隽永韵味的小巷里,我分明看到一位名士款款而行。"我还要说,单从本书中就可以看出他是一位有良知的诚挚的作家和编辑,人的言和行政体现出中华民族文化的某种优良传统,他非一般旧文人,更不是"遗少",是一个实实在在的洁身自好的善良的读书人。

2004 年 3 月 23 日毕于萦思楼

陈衡哲愤然离川

　　杨绛先生,我是早仰其名。接触她的作品却是自译著《小癞子》始,继读《干校六记》《洗澡》……以及《我们仨》诸著作时,更是心向往之,令人服膺。日前于报端见到《怀念陈衡哲》一文,不禁让我记起有关陈衡哲昔日在川中挨骂的一件趣事来,那该是六十多年前的旧话了。那时我尚是一个十六七岁的中学生呢,在家乡成都念书,却也接触新文学有年了,对这位以《小雨点》较早闻名文坛的女作家也略有所知。何况她的丈夫任鸿隽乃著名学者,还是胡适博士的好友。

　　原四川大学校长王兆荣因校事多艰,更苦于社会势力的多样干扰,难以应付,心力交瘁,一再请辞。据闻因胡适的推荐,国民政府教育部委派任鸿隽先生出任川大校长。消息传来,引起学校师生和川中人士的无比兴奋,认为这是个福音。文教两界更是寄任以更高期望。

　　1935 年的秋季,任鸿隽先生到任履新。之后,延聘了不少著名学者教授到校任职教学。例如(就我记得的);生物学家周太玄出任理学院长,哲学家张颐(真如)长文学院,再有魏时珍、何鲁之、刘大杰诸家分别主持数学、历史、中文等系。学校面目为之一新,生机盎然,学术空气亦随之活跃起来。要知到那时四川还处于军阀割据的时代,封建专制势力仍强,远处西陲,中国腹地,闭关自守,称王称霸,为所欲为。风气一向闭塞,各方面都显得十分落后。因之新风与旧习、先进和保守之间的矛盾异常突出。陈入川较任晚一些,溯长江而上,入夔门而进重庆。陈到了这个陌生的内地山城,坡坡坎坎,上上下下,首先生活方面就感到诸多不便,再见到社会上各样的腐败、简陋,黑暗现象的纷呈,使得她更是格格不入。直露胸臆,为文指责,说东道西,吐出不满。这下子引起了一些人的不快,予以还击,加之唯恐天下不乱的媒体借此推波助澜,遂而群体围攻,逼得陈女士难以安身,不愿久留,愤而离川。在当时确实成为轰动一时的川中大新闻。由此使得任先生的处境也颇为尴尬。夫人归去,加上其他种种掣肘因素,任先生也实难再安于位了。不多久遂悄然离职而去,让文学院院长张真如先生代理校务有长长一段时间,直到后任教育部长、觊觎已久的 CC 系头目陈立夫乘虚而入,派其大将法西斯的崇拜者程天放入掌川大,因而引起一场"罢教宣言"的轩然大波,竟有八十余位著名教授学者签名其上的大事件。那当然是后话了。

其实陈之挨骂受辱虽然事出有因,只不过是借以逼任的导火线。盖缘于任之校务改革触动了原存在的旧思想、旧制度的基础,进而引起社会上各种旧势力的嫉恨,特别是那些在地方上享有特权的人物的不满,乘机借陈以逼任。正是史事上先进与保守之争,新风和旧习之斗,内地跟外来力量之间的矛盾,两相较力,强龙难斗地头蛇,在今天看来不也说明走改革开放之路确也不是一件易事啊。

在杨绛先生婉约的笔下,正可以看出陈衡哲不失为一个颇具个性的女性。1949 年的陈已经是一位年近花甲的老太太了。想当初入川时,尚是人到中年之日,其锐气尚盛,自不免有思虑欠周之处,时代使然耳。写至此当不再饶舌下去。

勿 忘 史 实

2005年1月27日是波兰奥斯维辛纳粹集中营解放六十周年,为此,第59届联大率先于1月24日举行了特别会议。本届联大主席让·平和秘书长安南均在会议上发表了讲话,都一致表示纪念历史事件的主要目的是绝不让悲剧重演。之后,25日国际奥斯维辛委员会也在慕尼黑的柏林剧院举行了隆重的纪念会。27日这一天的下午2时30分,奥斯维辛集中营的2号营布津热卡于漫天风雪、汽笛哀鸣声中举行了有44位国家或政府首脑和欧盟委员会主席参加的大型纪念活动,包括了当年打开集中营大门的前苏联红军老战士、约两千名集中营的幸存者,以及当地的部分居民共同参加。这次大会要算上世纪二战结束后在奥斯维辛集中营原址举行的最为隆重的一次纪念活动了。读着报纸上的这些有关纪念活动的报道,脑海里随而浮现起一些有关的记忆来。

十年前也是在纪念这个战胜纳粹法西斯的大庆日子里,笔者曾写过一篇《历史的教训不能忘》的短文,也是由于得知四川某单位决定将已故作家刘盛亚遗著《卐字旗下》搬上银屏,以纪念奥斯维辛解放50周年,不禁为之叫好而作。可惜后来不知什么原因片子未能拍制成,深感惋惜。《卐字旗下》本是上世纪三十年代中叶,刘在德国念书期间用 S. Y. 这个笔名写下的一篇报告文学,揭露法西斯魔头希特勒的专制独裁统治下德国人民过的种种阴暗、屈辱生活,刊于当时上海某期刊上,算得是斯时醒人耳目的佳作。笔者曾是作品的一个忠实读者。那时国民党的反动统治者正力求仿效希特勒,同样实行法西斯式的独裁统治,陷中国人民于水深火热之中。

新中国成立后的 1951 年 3 月,原私营平明出版社印行过两本有关纳粹集中营的小书:一是巴金的短文集子《华沙城的节日》,一为巴金编注的画册《纳粹杀人工厂——奥斯维辛》。两书原是巴金在 1950 年 11 月赴波兰华沙出席世界保卫和平大会归国后写下的篇章,是他在大会期间参观访问的忠实记录。在《华沙城的节日》内的一篇《奥斯维辛集中营的故事》详述了参观集中营里的"模范营"、"博物馆"和"真正的杀人工厂"的所见,揭穿了以往纳粹法西斯的种种谎言与罪行;画册中的图片则全是集中营里的罪行实录。巴金在这本画册的《前记》里这样写道:"我到过奥斯维辛,我走遍了集中营和毁灭营,我看过三万二千个欧洲女人的头发,我踏过泥地上的烧剩的骨粒,我参观了谋杀几百万人的博物馆,我站在焚尸所的废墟上,望过布惹泰加的一片荒凉。我也写过《奥斯维辛的故事》。然而这二十二张图片比文字更真实,而且更有力量。"它们"便是这种史无前例的罪行的例证。它们活着,永远活着向全世界人民控诉法西斯匪徒的罪行。"同时还在页尾加注:"只有日本帝国主义侵略者在中国的罪行可以跟它相比。"(见人文版《巴金全集》17 卷 505 页)

十年前先是香港出版了一套三巨册精印的《抗战画史》,尽收了中国人民八年浴血抗战的过程图片实录,同时也是日帝国侵略军在中国大地屠杀人民的罪行实证。之后国内影业界有识之士为了纪念抗战胜利五十周年,把南京大屠杀这一史实搬上了银幕,用生动有力的画面如实地记录下当年日本军国主义侵略者们所犯下的血腥罪行,八年抗战中中国人民遭受的种种残酷迫害。城镇毁灭、人民流离,尸横遍野的情景那真是罄竹难书。南京大屠杀只不过是其中最大最具代表性的一个例证而已。我们该还记得在上世纪的二战中,日本原本就是发动侵略战争的德、意、日联盟的三轴心国之一。这是铁定的史实,无法抹去的。

眼下又是一个十年过去了,值兹奥斯维辛解放六十周年之际,多国政要点燃蜡烛为集中营死难者祈祷之时,俄罗斯总统普京说:"奥斯维辛不仅呼吁人们勿忘过去,还指引人们更好地理解未来。"以色列总统卡察夫说:"我们担心那些对大屠杀轻描淡写的虚无主义者,我们害怕他们在年轻人心中和灵魂深处,歪曲大屠杀的历史。"更值得我们注意的是早在 1978 年德国总理勃兰特曾经在华沙犹太人殉难纪念碑前下跪请求宽恕。后任总理科尔也说过:"奥斯维辛集中营所发生的一切,是德国历史最黑暗和最恐怖的一章。"今年六十周年纪念活动之后,德国总统科勒为纪念德以建交四十周年应邀前往以色列进行访问,在欢迎仪式结束他怀着"悲伤、痛心和耻辱"的心情去到耶路撒冷的二战大屠杀纪念馆参观,在留言簿上写下"我们永远不应当忘记"的话。我不想再引用下去。据新近的媒体报道,集中营里的遇难者竟还有五个中国人。这是前所未闻的。

应该说二战期间德国和日本各自国内的不少人民也同样受到过纳粹法西斯和日本军国主义者的种种欺骗与迫害。而战后德国的新的政要倒能正确对待历史,感到耻辱,远瞻未来,真诚地替昔日的犯罪者忏悔、认错,向受过迫害的人民道歉。由此而赢得了全世界人们的谅解与赞同。反之,日本国内的一些新当政者,不但不对史实作深切的反思,甚而耍尽各样花招在教科书上歪曲史实,文过饰非,淡化罪行,以图蒙蔽年轻的后代人的心灵。

更在国内外人们一致反对声中一再参拜靖国神社向亚洲人民挑战。这不啻是对世界和平展示威胁。这能叫受过其血腥迫害过的广大中国人民和亚洲人民忍受得了吗?

今年八月同样也是我们抗日战争胜利的 60 周年纪念,残酷的史实不仅深刻地留存在老人们的记忆里,更记录在史册与各类书籍图片之中。"忘记过去就意味着背叛。"这句名言不单是我们这一代人要牢记在心,还要不断地以此血腥史实教育子孙后代;"历史教训千万不能忘! 并藉此奉告日本的友好人士;朋友们,你们同样不应忘记历史,要提高警惕,千万别受那些迷信军国主义的右翼分子们的各样的花言巧语,让自己的国家重走老路,再陷自己同胞于水深火热之中。为维护世界和平,我们携起手来共同前进,让大家都能过着安定、和平、幸福的美好生活。

2005 年 2 月 6 日于萦思楼陋室

牢记史实　鉴往开来
——纪念抗日战争胜利六十周年

　　前些日子随朋友参加新编《寒夜》电视剧编写组的座谈会,主持人要我谈谈原作小说的时代背景与当时的社会状态。真有点儿不堪回首话当年的味道。要说时代,那正当抗日战争末期阶段,国土一再沦陷,国民政府已早早退守到战时陪都重庆来了。1944 年的秋初,我也因"湘桂大撤退"被迫逃难到这座山城,同三个月前先到的巴金一起住宿在市中心区民国路文化生活出版社重庆处内,也就是《寒夜》里所描述的那座破大楼里。小说中讲述的故事,正是周边日常生活发生的种种。身处其境,记忆犹新,能不感慨万端?

　　八年抗日战争,中国人民走过的是一个多么艰苦惨痛的历程! 回顾历史,在中国近现代史上,日本帝国主义并不是第一个侵略中国的国家,但它却是对中国国家利益和人民生命财产伤害最大的国家,单是那惨绝人寰的南京大屠杀就是中国人民永远也忘不掉的痛史,且不说多少万平方公里的土地房屋遭到破坏,千千万万的劳苦大众过着妻离子散、家破人亡、弃乡背井、颠沛流亡的苦难生活,那真是一部罄竹难书、充满血和泪的悲壮史! 1951

年初,巴金在编写《纳粹杀人工厂——奥斯威辛》画册时,特别加注说:"只有日本帝国主义侵略中国的罪行可以相比。"(见《巴金全集》第十七卷)这是巴金凭他亲身感受发自肺腑的实在话,同样也是千千万万受过八年战火煎熬还活下来的中国人民的心声。史实存在,谁也抹不掉啊!

就说说巴金吧。早在 1932 年 1 月 28 日,日本驻沪侵略军的炮弹不仅烧毁了他在宝山路的住所,让他有家归不得,连同正在商务印书馆闸北印刷厂排印的小说《新生》原稿,也随整座厂房在日军的轰炸下化为飞灰瓦砾。1935 年旅居东京期间,更受到日便衣警察的搜查与拘捕,辱及人身。1937 年 8 月 13 日日侵略军的进攻,淞沪战火又让他和他的朋友辛辛苦苦创办了两年多的出版社被迫停业。这一切又怎能叫他忘却? 不正说明他的理想与事业无时不跟国家和民族的命运联系在一起。自此他以笔作枪,全身心地投入神圣的全民抗日救亡的大洪流中。受文学界四家文学社的委托,同茅盾先生编辑、出版一本战时刊物《烽火》。联合同行们抱着抗战必胜的信念,用血淋淋铁的事实,揭露并控诉敌军疯狂残杀中国人民的种种罪行,以高昂激越的笔触,歌颂那些战斗在前方后方的斗士们英雄行为,籍以宣扬反侵略的正义战争的爱国主义精神。为了刊物的编辑与出版,他奔走于沪、广两地。在上海,他目睹"大世界"门前落下日机炸弹后的尸横街道的惨景;在广州,于敌人狂轰滥炸下,乘空隙奔走,寻找印刷厂,抢铸刊物纸型,直到敌兵已进郊区增城后才仓促离去。携带着纸型乘木船过梧州奔桂林,把印好的刊物终刊号分寄读者,并在《写给读者》的短文里愤懑地说:"这本小刊物的印成,虽然对抗战的伟业并无什么贡献,但是它也可以作为对敌人暴力的一个答复:我们的文化是任何暴力所不能摧毁的。"(见《序跋集》二五二页)之后又返上海,这时的上海已成为"孤岛"了。为了不让他的出版事业就此终结,再经香港,走安南,奔赴内地:先往昆明,继转桂林,以这座战时的"文化城"为基地,继而去重庆,回成都,先后在桂、渝、蓉三地筹设了出版社的办事处。因之他也经历了数不清的空袭,听了无法计数的爆炸声,眼见黑烟滚滚,火光冲天,良田变焦土,房屋成瓦砾。他曾自诩"身经百炸"。有他自己的小说、散文、诗歌、书简、通讯等等为证,不再重赘。

至于笔者同样有所感受。记得1940年夏初,身处重庆郊区松林坡银行宿舍楼下,曾亲睹来袭的银色敌机成品字形三架一组,三组一队,前后共三队,一队继一队轮番飞往市区轰炸。由于远距城区几十公里,无法听到炸弹的爆裂声,看不见浓烟与火光。事后赶进城去,连不久前来渝时借住过一宿的商业场二街今日通讯社那栋三层楼房,也仅存几堵残墙瓦堆了。姓夏的朋友就此渺无消息。也就是这一年,成都同样罹难。后来我的两个姐姐跟我讲起,那天她们跑警报去到新西门外,警报解除后,归途中路过少城公园前的广场,真是一片荒乱,满目凄凉,弹坑累累,尸陈遍地,树枝上还悬挂着血淋淋的肉块、残肢。回家后忍不住大哭一场,好几天吃不下饭。说到"湘桂大撤退"的逃难经历,更是一言难尽。留居重庆期间,吃的是九二糙米,穿的是平价粗布,就算有"疲劳轰炸",也习以为常了。大家都默默无言,埋头苦干,忍受着一切,相信抗战总有结束的一天。这时空袭已逐渐少了。成都双流县修好了一个大机场,可以停靠盟军的大型轰炸机了。莫斯科保卫战取得胜利,苏军反击,德军败走,乘胜追击,进而解放了波兰纳粹集中营。西欧战场也形势大变。盟军双面夹攻,纳粹节节败退,希特勒终于困守柏林而自杀。之后远东苏军乘机攻入日占领的我东北三省,这下子日侵略军前后受敌,加以日本土长崎、广岛落下美机两颗原子弹,为大势所迫,日天皇不得不下诏宣布无条件投降。八年抗战就此结束。喜讯传播那真是人人欢呼,举手称庆。虽然也感到胜利来得突然,但希望总算实现,让人们大大松了口气。巴金曾这样回忆:"八年抗战,胜利结束。在重庆起初是万众欢腾,然后是一片混乱。国民党政府似乎毫无准备,人民也没有准备。从外省来的人多数都想奔回家乡,却找不到交通工具,在各处寻找门路。土纸书没有人要了,文化生活出版社显得更冷清。"(见《关于〈寒夜〉》)的确,出版社再一次蒙受损失。这时让我深切体会到出版社他可以一如既往地重振旗鼓,可是留守上海出版社的好友陆蠡因宣传抗日而惨死在日侵略军的宪兵队狱中。这不仅是他个人和出版社的沉重损失,更是整个文化事业难以弥补的损失,让他心痛永留。

今年正好是抗日战争胜利六十周年纪念,又是世界反法西斯战争胜利六十周年纪念。正当莫斯科拉开俄罗斯庆祝卫国战争胜利六十周年纪念帷幕之际,英国媒体也发表文章说:"在纪念二战胜利的时候,西方应该记着前苏联和中国有五千万人在战争中死去,阻挡了德国和日本的侵略。"各国政要纷纷前往莫斯科参加俄罗斯的庆祝典礼,德国总理施罗德再一次代表他国家昔日的犯罪者犯下的罪行,向俄国和世界其他国家表示诚挚的道歉。我们的国家主席胡锦涛于庆典前夕更专程看望了曾经参加过东北战场的老战士们,行三鞠躬表示谢意,还说:"历史是一面映照现实的明镜,也是一本最富哲理的教科书。牢记历史,不忘过去,是为了珍视和平,开创未来。我们纪念世界反法西斯战争的胜利,就是要更好地珍惜和维护来之不易的和平,使历史的悲剧不再重演,让各国人民永享太平。"(引自五月十日《东方早报》)说得多好!我们之有今天的繁荣景象,不正是改革开放二十年来国家在安定和平的大环境中建设起来的吗!

忆昔日,发动二战的罪魁祸首在西方是纳粹法西斯,在东方则是日帝国的军国主义者们,同为当时轴心国的核心。今天的德

214

国新的继承者们牢记历史,用实际行动一再向昔日受其残害的国家和人民表示忏悔、道歉。相反,日帝国新的政要们不但不正视史实,认真进行反思,还不顾国内外人民的反对,一再参拜立有战犯牌位的靖国神社,祈求军国主义的复活。甚而耍尽花招,在教科书内歪曲史实,文过饰非,淡化罪行,以图蒙蔽年轻的后代,污染他们的心灵。更有少数右翼分子累显野心侵犯别国的岛屿。这不啻向亚洲人民挑战,对世界和平也是一种威胁,能让受过他们血腥迫害的中国人民和亚洲国家人民忍受吗?"牢记历史,不忘过去。"八年抗战的残酷史实,不仅深刻在经历战祸的老人们记忆里,记录在史册,更有多种图书、画册、新闻影片等等实录留存,全都是教育后代的好素材。国耻难忘,更不应忘!

　　我们中国人民素来爱好和平,不论过去、现在和将来一贯主张、力行与邻国友邦相互尊重,和睦共处。借此奉告日本的友好人士:朋友们,你们同样要牢记史实,勿忘过去,更要提高警惕,千万不要相信那些迷信军国主义的右翼分子的花言巧语,重蹈覆辙,再陷自己同胞与国家于水深火热之中。还是让我们携起手来,共同前进,保卫世界和平,让大家都能过上安定、和谐的幸福生活。

2005 年 5 月 17 日脱稿

看电视剧有感

个人习惯于晚饭后静坐电视机前,看过上海和中央台的电视新闻后,再选娱乐性强的电视剧以松弛心脑,多以武侠打斗片为主,间以涉及反贪污与公安侦破案件片,却常感失望,一片黑,真有如此多的贪官污吏,为所欲为的黑帮?片情的进展与结果,大多雷同,公式化。时间也限止于十时之内,不影响睡眠。可近些时竟被三部电视剧吸引着了,一反常规,不漏一集,高昂之情,使我亢奋难以,必发以言方快。先是天津台的《张伯苓》,继之中央台的《杨靖宇》。张氏献身于教育事业的经历颇与鲁迅先生相似。鲁离开水师学堂改行学医,再弃医从事文学,以笔作枪战斗终身,他那疾恶如仇不屈不挠的硬骨头精神,贯彻于人品、作品之中,永垂后世。张当过水兵,同样弃武修文转攻旧儒私学,终又创办新式学校为祖国培育新人才,先建南开中学,再创南开大学,淡泊名利,周游海外学习,借鉴并集资金,以培育人才为主旨。诸如周恩来、梅贻琦、吴国桢、陈省身、万家宝(曹禺)……均出其门下。全民抗战开始学校内迁,复与北大、清华合建西南联合大学于昆明。张的办学心胸宽大,能容百家言,不断探索追求,那种忘我无私的敬业精神,不就集蔡元培诸家的美德于一身?人师之表,堪为今之长校者辈学习的楷模。

杨靖宇本一代抗日名将,深受人民群众的爱戴。这位共产党员奉省委之命前来北满创建抗日联军,在强大的敌寇压力下,能本着马克思主义的真谛,鉴于面临的复杂形势,独立思考而不失原则地团结民间一切抗日力量,与敌人周旋,作殊死的斗争。为了保存后生力量,不惜暴露自身,引敌入彀,转战于深山老林之间,终以弹尽而献身革命。相比之下那个自认为念过两本马列书的教条主义者,唯我独尊,轻视战友同志,谋的是"权",求的是"利"。终于走向背叛祖国,背叛人民之途,竟堕落成为虎作伥的败类,令人不齿和痛心。这样的电视剧才是寓教于乐,合乎时代的社会主义好作品。

第三部正是眼下甚嚣尘上的"韩流"《大长今》。本是侄女借给我女儿看的碟片。每晚于电视新闻后播上几集,又让我卷进了漩涡,越看越有劲,超过了时限也不觉,连看多晚终于结束。也真把我这个望九老头儿累够了,却甚感兴奋。报刊为之纷纷评论。在下一普通观众,只能说点个人感受。前两片的主人公:一为大知识分子教育界名人,一乃爱国为民的抗日民族英雄、无产阶级革命家。《大长今》中的长今不过一普通弱女子,为了实现母亲遗愿入御膳房学习做膳,伺候皇家贵族的小宫女。她识字不多,不显才华,仅有一颗善良至诚爱心,坚忍执着之素志,喜好劳动闲不住,好探索,乐追求;即使身遭厄运,处于极度苦难中,也从没忘本性、丧志愿,逢到孤独无助极度悲伤之时,只不过埋头伏身嘤嘤啜泣;受到美词赞扬更不显丝毫骄矜之色,仅仅展现纯真诚挚的微笑而已。在韩尚宫的教诲下,用至诚爱心,做膳食,让吃膳之人满足口福、赏心悦目、大快朵颐。即使失去了味觉,仍然能凭心感意觉做出别具风味的佳肴。因怪医官郑云白的特意指教,孜孜不倦苦读书籍,学到不少前人留存的学识,更不惧后果,竟以身试验而救他人。再由于申医官的严格要求,医学本仁心仁术之理,以救人为主旨,绝不允存丝毫杂念私心,借药以害人。长今几经挣扎,终于去掉了复仇之念;更拒利诱超脱于宫廷斗争之外。决心钻研医术为病家服务。来自民间终于回归田野,为劳苦大众治病,安于清贫自乐的生活。于平凡细小的行事中展现出不平凡的诚挚爱心。美哉,斯人啊!

由此联想到前些日子某刊物上李美皆的《精神环保与绿色写作》中读到的话:"文学应该表现人物形象的复杂多面性,善恶对立统一是人性描写的必然,但如果片面强调恶的力量,过多地阐释卑鄙作为通行证的魔力……只有功利的较量,没有精神的较量,看不见善恶冲突,只是一味地恶下去,恶得荒诞,恶得莫名其妙,那就不正常了……如果只是单纯地传达恶,不以恶为恶,反而放纵恶、欣赏恶,那就很不正常了。"记得巴金在《随想录之八十》文末申述道:"凡是忠实地反映了当时的社会生活的作品,凡是鼓励人积极对待生活的或者给人以高尚情操的作品,或者使人感觉到自己和同胞间的密切联系的作品,凡是使人热爱祖国和人民、热爱真理和正义的作品都会长久存在下去。"

至于韩剧,看得不多,五六部罢了。内容多述中产阶级和普通人民的家庭故事,又系八九十集的长剧,颇嫌拖沓、冗长、重复。场景也比较简单,外景不多,人物接触总在那几处屋子内进行。既少富丽堂皇的场面,更无惊险奇幻的镜头,显得普通又平常。人物不论老少男女都是社会中易见的,细节极其真实,更富人情味,合乎常理。没有了不起的"高大全"式的英雄人物,也不见奇形怪状的妖艳美女或独具功能的怪士。好人并非十全十美,坏蛋也不是十恶不赦,各具个性、各有特征,表现男女之爱,多出自纯真自然,至诚之恋。不带一点肉欲兽性之情,更少见床上之戏。上述三剧,在下认为不愧是"精神环保"的"绿色作品",它们都是鼓励人们积极对待生活,展示人物的高尚品格以育观众的好剧。
理应再次为它们叫好。

2005 年 9 月 20 日

出书何必尽"豪华"

　　《文汇报》2005 年 4 月 15 日的《新版安徒生销售惨淡》文中指出其因主在"版本太多价格过高"，还说"童话越做越豪华"。读后颇有所感。其实这种现象并不仅在儿童读物方面，早已成为图书市场的普遍现象。不少书籍真是"越做越豪华"了。甚而有用贵重的黄金来打造。原本是读的书竟完全变成装饰品了。近月余来每天早晨总从电台收听到宣传用金子做的书的广告，定价在万元以上。我无法想象这样的书怎么翻阅？珠宝首饰还可以佩戴，这样贵重的书，看来只能放在什么显著的位置以表其贵了。广告中还一再郑重说明是送人的好礼品。当然，这样的"书"也仅是个别的，又是古典名著、伟人言论，不敢妄加议论。不免联想到现金贿赂之风盛行，它不也正是某些求权谋利之徒联络高官巨腕的最佳选择？妙哉！今之世真是无奇不有。好了，还是言归正传吧。

　　"版本过多"，好几年前有人就曾为文指责过：世界名著的一再重译，有的竟达十多种，往往后译者不但不优于前译本，模仿、抄袭的不说，甚至有乱译充数者，求其速也。原因多多，"急功近利"是其主因吧。再说有了市场经济，经商之人能不见机谋利？

也未可厚非。今世之儿童多是独生的,有哪个不是父母的掌上明珠、心上肉?不论有钱的或少钱的,谁不望子成龙?必然竭尽其力为之服务,用眼下的时尚语说,也算是一种智力投资。至于贫穷家庭是心有余而力不足罢了。在经商者眼里这些少年儿童正是选择的最佳消费对象。外表打扮得越好看,引诱力越强,价格高也才显出版物之贵,利在其中矣。有钱可赚,自然趋之若鹜了。跨进书店呈现眼帘前的:珍藏本、豪华本以及各样的画册、图本、图文并茂本……真是五光十色、琳琅满目,美不胜收。有的印数虽不多(更有不标明印数的,让你不明就里),价却至昂,利更大,盖物以"稀"为贵。对卖方说这是"名利两得"之产品,起"双效益"之用;买方能买到这样的华丽读物也会有自得感的,岂不又称之为"双赢"的好商品。

忆及上世纪三十年代鲁迅先生也曾编印过几本精美书册,不过先生不但不是为了"利",还自掏腰包拿出钱来先垫付印刷费用,委托书店经售,书卖完后,再收回垫付的成本费。先生之意全是为了介绍先进文化以扩大国人视域,培育人们的文化素质,进而灌输他们一些革命意识。要知道那时的旧上海,国民经济濒于崩溃,整个市场不景气,读书出版界几成文化沙漠,广大的贫困读者难得有好书可读。巴金在他主编的"文学丛刊"的发刊辞的末尾特别写道:"……我们不谈文化也不想赚钱。然而我们的'文学丛刊'却有四大特色:编选谨严,内容充实,印刷精良,定价低廉。"

俱往矣。时代在前进,应该说,改革开放后二十多年里我们的国民经济有了很大的变化,人民的生活水平大有提高,在中央的领导下,全民稳步地奔向小康社会。前途有望,大好事也。不过由于历史的种种因素,我国精神文明的建设还远远与物质文明的建设不相称。一般国民的文化素质还有待于大加提高。冰冻三尺,非一日之寒,人民文化素质的提高并不那么简单容易。能读书的人虽也不少,可认真读书且能买得起好书的人并不见多,他们的购买力并不强,就收入论,不少人还处于弱势群体中。今之书价:薄薄一本小书定价也在二十元左右,厚点的、装帧稍漂亮的,再加上几幅图片,价格至少也要四五十元,百元以上的已是比比皆是,千元者也不算罕见。至于多卷本的、成套的那更不用说,一般读者大都是财力不够难以问津的,只能望洋兴叹了。

书册也属商品,当服从市场规律。但它却又另具文化性,与一般商品不同。我们似应本着以人为本的精神,多为弱势群体着想才对,当用科学发展观来兴办文化事业,为构建和谐社会而努力。

上文末尾还说:"对于安徒生这样一个作家来说,他的童话影响了几代中国读者,他的小说和散文自然也早有译介的必要。"说来也巧,笔者手边恰有中国文联出版社也是为了庆祝安徒生二百年诞辰新近印的长篇小说《即兴诗人》和散文《诗人的市场》二书,正好填补了这个空缺。译者刘季星,曾译介过俄罗斯大作家托翁和陀思妥耶夫斯基、果戈理的散文的翻译家兼诗人。特此饶舌两句以终笔。

文本才是研究作家的沃土

"文章信口雌黄易,思想锥心坦白难。"这是一位文艺理论家引录已故名家聂绀弩赠给他作为座右铭的诗句,是我近读《生命的开花——巴金研究集刊卷一》一书中(文汇出版社新近印行)见到的。全书共分文选、论坛、史料、咨询四大栏目。论坛栏中不限一家言,相互切磋,大出新意。史料栏内刊出了新的发现,更为研究者提供了有力的信息,籍以对作家和作品作深层次的了解,真让人受益匪浅,大开思路。略述两点,以抒胸臆。

日本学者坂井洋史在《对今后巴金研究的期待》一文中更一开始就写道:"记得 1992 年深秋,钱理群教授应邀来日给一批日本的中国现代文学研究者介绍他刚刚参加过的中国现代文学会年会的一些情况。钱教授当时指出'现代文学'被夹在'前面'和'后面'的蓬勃发展形势,愈加显得某种'空洞化'倾向。我不知道如此认识是否正确,也不知道到底是否当时大陆学者的共识。但是我本人也觉察到九十年代中叶以后陆续问世的现代文学史著作和研究当中,五四新文学的奠基者及其作品似乎没有受到充分的重视,至少在这些文学史著作的编著者和研究者眼中,新文学似乎不再是具有当代意义的尖锐泉源。"作者在引述一些他人的论点和阐述自己的看法后，于末尾写道："首先把自己从语言看做人格之表象的观念和'人文性解读'的惰性阅读习惯中解放出来，在多样的解读并存的文本这个'场所'发掘出丰富多样的切入点，通过这种工作共同把巴金文本成为汲之不尽的解读源泉。一句话，巴金的文本靠我们不懈地开垦，才会成为肥沃的大地。"

作家是以作品而存在，因作品名于世，离开了作品何言作家。正所谓"皮之不存，毛将焉附。"难怪鲁迅先生告诫儿子不要当空头作家。有的作品不仅能名于当世，更能传之后世。我国是个有着几千年文明史的古国，流传至今尚能诵读的作品该有多少！自然，在这源远流长的巨河中随浪淘去就此湮没无闻的恐怕也不在少数吧。而能流传下来的大量文化积累，该是一笔多么宝贵的财富！我们岂能等闲视之。要知道，没有过去，又哪会有现在，更难以创写未来了。列宁不是也说：忘记过去就意味着背叛？

现代文学是随"五四"运动而生的新文学，是应时代的召唤，继往开来创出的一条崭新的文学之路，具有时代标志的里程碑，有着极为深远的意义。"五四"运动所倡导的"赛先生"和"德先生"，不也正是我们当前全民奔赴建立的和谐小康社会所力求进一步完善的重要目标？以鲁迅先生为代表的现代文学的奠基人，他们的作品不正是从当时各个阶层反映出那个变革时代广大人民的各样的呼声？巴金就自称是"五四的产儿"。我们研究那个时代的作家，怎能离开他们表现那个时代的作品。其中不少人更抛弃了旧社会、跟随人民进入了新中国。在这起着翻天覆地的大变革的大时代中，其经历更是不平凡，表现在他们新的作品中更印着深深的时代烙痕。桑农在《再谈吴宓的晚年》文末说："人是复杂的，尤其是在更为复杂的环境之中。说他应该是怎样的，显然不行。必须明确他到底是怎样说的、怎样做的，还要知道他为什么这样说、这样做，他的所说所做，是他内心的真实表达，还是因环境关系有所扭曲？诸如此类的问题，不弄清楚，就根本谈不上'同情的了解'。"（6月24日文汇读书周报）这话说得十分中肯。

由此让我记起《另一个巴金》（周立民著，2003年大象版）这本书，书中有"朝鲜的梦"一章专论巴金入朝的前前后后，并借《家书》中的巴金私函作了新的分析。今天作者又找到了新的有关史料，写下了《大历史中的小细节》（《集刊》第35页），进一步论述巴金入朝时期的主、客观因素，作者忍不住有感而发："由此看来丁玲的两封信，其对巴金思想研究乃至对于研究中国知识分子是如何进入新时代的价值是不言而喻的。"文章末尾作者进而说："历史如同巨浪裹着一切翻滚奔腾，置身其中的尘芥常常身不由己随波逐流，这也正是所谓'大势所趋'，但在大时代中有诸多小细节在提醒我们历史不是一个平面，在追寻历史的时候，看到大势也要注意到细部的复杂；同时，也正如巴金在谈到胡风事件所说的'往事不会消散，那些回忆聚在一起，将成为一口铜铸就的警钟，我们必须牢牢记住这个惨痛的教训。'记着教训的恐怕不止是这些当事者，还有我们这些后来人。而这不断发现的史料则是'往事不会消散'的证据。"

其实在三年多前周立民在《另一个巴金》的"后记"里就说过这样的话："在新世纪的第一天，与人们谈论巴金，真有隔世之感。其实从沈从文、曹禺、萧乾、冰心、柯灵、卞之琳……等巴金同时代人一个个远去，巴金这一辈人已经开始渐渐退出人们关注的视野。但这不等于他们可以退隐到历史的屏风之后，享受难得的平静时光了。恰恰相反，哪怕是躺在病床上，巴金的名字仍然频繁地出现在新闻稿中，出现在网上的论坛中……其实巴金的许多岁月是和我们一起走过的，在这岁月中我们做了些什么？我们是否挺身而出了？对此，巴金感到惭愧，我们就可以大言不惭？'看不见马耶可夫斯基道路上的雾,就忘记了什么是人,忘记了自己是什么。'(昆德拉《被背叛的遗嘱》)我们没有权利因为今天烟雾消散了就去嘲笑昨天在烟雾中跋涉的人们。评判一个历史人物要放在具体的历史情景中进行分析……我们不需要造神,但更不应该随便把我们精神和思想文化上的积累,一笔勾销。"说得好!

巴金在《再说现代文学馆》(《随想录》人文合订本438页)文中呼吁道:"给我们点燃心灵的火炬,鼓舞不少年轻人走上革命道路的,不就是我们现代文学作品吗? 抗日战争初期大批青年不怕艰难困苦,甘冒生命危险,带着献身精神、奔赴革命圣地,他们不是也受现代文学的影响吗? 在乌烟瘴气的旧社会里,年轻人只有从现代文学作品中呼吸新鲜空气,这些作品是他们的精神养料,安慰他们,鼓励他们,扩大了他们的视野,培养了他们斗争的勇气,启发他们、帮助他们树立为国为民的崇高理想,树立战斗旧势力的坚强信心。我们的现代文学好像是一所预备学校,把无数战士输送到革命战场。难道对新中国的诞生就没有丝毫的功劳?"而今天中国现代文学馆已巍然屹立在首都的东城,它集博物馆、图书馆、档案馆、资料研究以及交流中心的功能于一身。现代文学馆内所收藏的各式各样的东西,不也可以说是"永恒的丰碑"? 巴金在文末还说:"过去的事已经过去了。在摧残文化的十年梦魇中我们损失了多少有关现代文学的珍贵资料,那么把经历了浩劫后却给保留下来的东西收集起来保存下去,也该是一件好事。"

日本学者山口守于1992年夏天,为了考察巴金早期思想,曾远去欧洲的某些专事收集与安那其主义有关资料的私家图书馆,竟然发掘出不少巴金写给外国友人的英、法文信函原件,全是我国内未曾见到过的,大有助于考察巴金思想发展的进程,该是一批多么珍贵的资料。再与今天发现的有关资料联系起来,从各个侧面去考察巴金,不是会更显清晰一些,更较全面一些? 说不定今后还有新资料的发现哩！

巴金不单是一位作家，他还是位翻译家、编辑、出版家。他的倡议建立中国现代文学馆，是不是跟他的主持出版业务达二十年的经历有关？是不是觉察到在出版社主编的有关新文学的各种文学丛刊、丛书等等，个人的力量毕竟有限，特别是在十年浩劫之后，更深切地感到如不群策群力来做点亡羊补牢的工作，将来会悔之过晚，又将怎样去面对后代子孙呢？感触多多就此终笔，留待有机会再述了。

珍贵的异国友情

前些日子媒体曾报道过犹太人昔日在上海的生活情景，他们又是怎样受到中国人民的友好接待的。当是好几十年前的事了，我还没有来上海定居的时候。不过我还是知道迫害犹太人的罪魁祸首是法西斯恶魔希特勒。二战开始后欧洲国家的犹太人成千上万地相继惨死在纳粹集中营里。巴金 1950 年赴波兰华沙出席保卫世界和平大会期间，曾访问过纳粹设在波兰的奥斯威辛集中营，归国后曾为文记述亲眼所见种种，在他的《奥斯威辛集中营的故事》一文里就写道："一个纪念犹太人受难的房间里，在那朴素的纪念碑前面有人奉献了大束的鲜花，碑的上方用犹太文写着：'要牢牢记住'。纳粹的一个头目赫斯曾招认过：至少有 250 万从欧洲各国来的犹太人被毒死在奥斯威辛——布惹秦加。"（引自上海社科院版《巴金选编配文反法西斯画册四种》第 185 页）去年是世界反法西斯战争胜利六十周年暨中国人民抗日战争胜利 60 周年的纪念日，上海巴金文学研究会与上海社科院出版社为此编选出版了这绝版了半个多世纪的四种画册，并于"出版说明"的末尾说："重刊巴金先生当年选编的这四种画册，是为了让人们铭记那段艰苦的岁月，弘扬一种不屈的斗争精神，同时也展示了巴金等中国知识分子在世界反法西斯战斗中克服种种困难,坚守文化岗位所做出的不凡业绩。"出乎意料的是21世纪初的2003年11月20日,我在成都召开的第七届巴金国际学术研讨会上,不期而遇一位与会的犹太作家、以色列女诗人芭·谢娃·谢里夫夫妇,不但合了影,还蒙她签名相赠一本四川人民出版社印行,申再望翻译图文并茂的诗集《古老的人民》。女诗人还在分组会上朗诵了新作献给巴金的四首诗。我们虽属初会,却似老友般的握手言欢,幸遇啊幸遇。

两年过去了,我正因巴金病故而陷于无限的哀思中。恰又是11月里,小林突然转来一本女诗人的新诗集《雕鸮的荒野》(四川文艺版),同样是申先生译的图文并茂的漂亮新书,书中附有申先生写于11月3日致李小林的信:"巴老的逝世令人感到痛惜,现寄来我翻译的以色列女诗人芭·谢娃·谢里夫的诗集,其中有她献给巴金的四首诗,以表怀念……巴老去世后,我通过电话告诉她这消息,她当即给中国作协金炳华书记发了一封传真信表示悼念。今天她又打来电话,希望我把她的心情转告给巴金亲属,她还提到,在成都会议上,她曾见到巴金的弟弟李济生,不知老人身体怎样。"来自越洋的诗人的真挚关怀,深深地温抚了我这颗忧伤的心,感谢之情铭记在胸。这份国际友人的情谊不轻啊!不正也说明犹太人和中国人之间的情谊是有着历史渊源的。

再说早在新中国成立的前夕,巴金曾译介过一本德国作家鲁多夫·洛克尔的代表作《六人》。在他的"译者后记"中介绍作者说:"是一个德国革命家。希特勒执政后被放逐出国,一直没有回去过……他写过不少的书,都是用德文或犹太文写的(他虽然精通犹太文,却不是一个犹太人)。"几年前日本学者山口守走访欧洲的专题收藏的图书馆时,竟然发现不少巴金用法、英文字写给外国友人的佚信,内中就有1948—1950年期间写给鲁多夫·洛克尔的六封信。信中不仅提到他正译介作家的小说《六人》，还向作家索求《六人》的犹太文（Yiddish 语）的译本，和 Yiddish 语的文法书，更提到早在上世纪 20 年代后期他旅居巴黎时，曾同时居柏林的作家通过信。看来巴金那时还想学会犹太文，进而了解这个古老民族的文化呢。话题扯远，应立即打住，当借女诗人献给巴金的一首诗以终此篇。诗名《有时会发生》：

　　　　有时会发生／空气静止不动／不凌空飞起，亦不徐徐下落／在静止中／你依附着空气／那样沉静，却又难以平息／在静止的空气里
　　　　你为何如此孤寂／蜷缩着，依偎着／一根空气的廊柱／站立着／聆听那漂浮而过的赞美诗的天籁／当空气静止不动时／渴望的撞击声漂浮而过／

2006 年 2 月 7 日于萦思楼

藏 书 小 记

近读刊于《笔会》的陈子善"《猎人日记》的精装本"一文后，引起了我的兴趣。在下同样是这位俄罗斯大作家的忠实读者，他的作品手边就存有多种译本，陈文提到的《猎人日记》黄译和耿译的两种译本恰都在内，遂从书橱深处取出，旧藏重睹，摩挲难已，往事云烟，浮沉脑际，忍不住写上两句，借抒情怀，兼供同好参阅，也算是有关版本的一丁点儿掌故吧。

先说黄译本，藏有精、平装各一册。精装书衣为绣有图案花纹的五彩红色锦缎装帧，仅在书脊上用金色烫印书名，十分醒目，印纸用的是双面光的白色道林，全书极显华丽。前环衬页边上角为译者赐赠的签名。无定价，非卖品。应是出版社代译者装帧的少数本子，用作馈赠亲友的。平装本用纸为一般白色报纸，封面带有勒口，前封以白、灰两色为底色印上作家的大头像，在向下约三分之一处上、下横印大小个别的书名和作家名，全是红色书写体；白色书脊再印书名、作家与出版社名，同样用红色书写体，而译者名称则见于里封。二十五开大本，托出全书简洁、端重，为平明出版社的"新译文丛书"中的一种，1954 年 4 月初版的第一次印刷本。印数一万三千本，定价旧币一万九千元。陈君所藏精装本系1956年版,标有定价,显是卖品。本人未见过,估计应是出版社的最后一次印刷本。就在这年的下半年该出版社随同其他同业接受企业的社会主义改造 道并入当时的公私合营的上海文艺出版社了。这种精装本当然也不会多,应算另一种珍本了。当为陈君贺。陈文:"书名题签遒劲有力,疑出自大书法家沈尹墨手笔,'平明出版社'五个字则极有可能是集鲁迅先生的手迹。"不愧为行家里手。据在下所知,确是事实。

次讲耿译本,所藏为文化生活出版社1936年5月印行的初版本,也是精装本。书衣用的是巴茅色细纹布装订,仅在封面左上角处烫印上深褐色的作家签名的手写体,书名、作家、译者各仍用深褐色烫印于书脊上,全为铅字宋体。书名最大,极醒目。这样的精装本印数不多,乃出版社为译者和喜爱文艺作品的同好所备用的。先以鲁译《死魂灵》打头,《猎人日记》继后,且不限用于"译文丛书",首期推出的"文化生活丛刊"中的丽尼译《田园交响乐》、茅盾译《战争》都装有这样的精装本,只不过开本为32开罢了。

说起这种"大气的二十五开本",可以说创始于上世纪三十年代中叶,为文化生活出版社专用于"译文丛书"的一种开本,它略带方形,纯白色重磅道林带勒口的封面,上边上半部正中印有黑色的长方形书名,用的是黑底白色阴文略带扁形的宋体美术字,最初的几种还是出自钱君匋笔下;书脊上下两端,各用两道黑线套住横排的书名和出版社名,居中直排书名用的是二号宋体,作家名列上,译者名居于下,同为黑色。因之全书黑白分明,特显端庄、厚重、简洁夺目。另用本色油光纸作外封套之上,采用褐色印上大小有别的书名、丛书名、作家和出版社名,再留下空白处印上作家的图像。这样的装帧设计,给人以新鲜感,甚得当时出版、读书界人士的好评。平明出版社的"新译文丛刊"也沿用了这种大气的开本。

至于丰译《猎人日记》，仍系文化生活出版社版，为吴朗西主持出版社时期于1953年1月印行的新译本，仍纳入"译文丛书"中，改"日记"为"笔记"，乃有别于绝版已久的原本版耿译本旧译。

平明版黄译本两年内竟印行两万余册，陈文说："由此可见俄苏文学在解放初期受欢迎的程度。"其实早在上世纪三十年代中叶文化生活出版社创建时，即有意识的计划将世界文学名著较系统地陆续分别介绍给中国读者，十九世纪的俄罗斯文学名著成为其中的重点。首以鲁迅译的《死魂灵》带头作为"果戈理选集"之一，列入"译文丛书"中问世。继以耿译《猎人日记》打出"屠格涅夫选集"，算作"译文丛书"又一种，相继再推出"普式庚选集"、"冈察洛夫选集"、"托尔斯泰选集"……等等。单是屠格涅夫的各类作品分别列入"译文丛书"与"文化生活丛书"中就多达十三四种。以《罗亭》为首的屠氏六大长篇，更是出版的畅销书，可称名著名译，深受广大读者的欢迎，累累再版，解放前印数早过万册多多了。其中除《烟》外的五种解放后全经原译者再据原文校订修改后，由人民文学出版社出版，成为经典名译了。

陈君自称是黄译本的爱好者，在下亦然，并忝列好友，多有交往。黄译的《莫洛博士岛》是同李林合译的。曾蒙译者赐赠初版本一册，更用朱笔写下了：

此册系继先师李尧林先生遗译续成者出版已一年又半，林师墓有宿草每念当日伴坐笑谈之状不禁腹痛，会济生先生东来索此固检出呈致以为纪念。

1950年4月秒黄裳

去冬人民文学出版社印行的《李林译文集》（两册）也收入了

237

《莫洛博士岛》这个合译本。

    在下并非收藏家,只因工作关系,昔日曾在文化生活出版社供职过,后又与平明社有些儿瓜葛,结识了不少作家和译者,受益匪浅。正所谓的"近水楼台"之便也。余话多矣,他日有机再述。

2006 年清明前一日于萦思楼

文学翻译对新文学的影响
——读书偶拾

　　读完《三四十年代苏俄汉译文学论》（人民文学出版社　李今著）后，掩卷遐思，不免感慨多多。正由于自身素喜文学，曾从事新文学出版、编辑工作多年，又干过几天的业余翻译，恰恰跟苏俄文学打过一些交道。先是惊奇乞乞科夫到处奔走购买"死去的农奴"的异常举动，继而又陶醉于《葛莱齐拉》里"初悼"诗篇凄清的美声，后更为《罪与罚》主人公犯罪心理描述的晦涩译文而苦恼难读。这都是昔日青少年时代耽读世界文学名著汉译本的依稀经历。

　　话说本书共分上下卷，先评介苏联文学之盛行，后论述俄罗斯古典文学的影响。作者一开始在"概况"中就着重地指出："中国从二十世纪初，到三十年代，翻译文学都在推翻封建文化，建立现代文化的形式过程中扮演了重要的角色。三四十年代苏联文学翻译更继承五四新文化传统和建立革命文化传统的过程中起了举足轻重的作用。"根据 1911 至 1949 年翻译文学图书辑目统计，占译作 70％的是俄、苏、英、法、美主要文学类，单小说一项即占 73％，总计 2096 部小说，俄苏小说就以 743 部居首位，英、法、美等分别次之。还说以鲁迅为首倡，并约茅盾、黎烈文合作创办，鲁迅、黄源先后主编的《译文》，更是中国最早的全译文的文学翻译刊物。

书中不仅一一列举出鲁迅、瞿秋白、冯雪峰、夏衍等等数十位左翼作家翻译苏联文学的主力，同时还列举出在左翼文学运动影响下的一大批倾向革命的文艺家邹韬奋、曹靖华、孟十还、芳信、罗稷南等同路人从事苏联文学的译介，并较为详尽地介绍了自上世纪二三十年代之交出版界掀起一股红色出版潮始，各类苏联文学的译介。真是名作累累，品类纷繁。在提到法捷耶夫小说《毁灭》时，更分析了鲁迅翻译这书的动机："作为艺术形象，莱奋生在苏联文学史上占有重要的位置，人们普遍认为在他身上不仅体现出革命中党的因素，是一个把布尔什维克的组织性和目的性带进革命的人，也是苏联文学中最成功的布尔什维克形象之一，为无产阶级文学解决正面人物的塑造问题提供了经验。他特别指出《毁灭》'和现在世间通行的主角无不超绝、事业无不圆满的小说作比较，实在是一部令人扫兴的书。'莱奋生这一形象的成功就表现在他是'真实的英雄'，而不是'书本上的人物'。根据这样的经验，鲁迅批评了中国文学家和批评家，说他们'常在要求描写美满的革命，完全革命的人，意见固然是高超完善之极了，但他们也因此终于是乌托邦主义者'。"除《毁灭》外，鲁迅还译有当时的同路人的作品《竖琴》等短篇集，在鲁迅看来无产阶级文学和同路人文学具有同等的意义。鲁迅在译介无产阶级文学之后告诫读者，从中要看到"革命有血，有污秽，但有婴儿"。在介绍同路人作品之后，他又不忘强调，其中"虽然有血，有污秽，而也有革命。"

而在本书下卷论述"俄罗斯古典文学翻译"等，从它们为何受到中国文艺家和读者情有独钟的喜爱，也是有其因缘的。作者一开始就引用了革命先烈李大钊在《俄罗斯文学与革命》一文所说："俄国革命全为俄罗斯文学的反响。"又说："他认为俄罗斯文学的两个特质'社会色彩的浓厚'和'人道主义之发达?'是俄国革命'胚胎酝酿之主因'因而他热烈称颂俄罗斯文学之于俄国社会'为社会的沉夜黑暗中的一线光辉,为自由之警钟,为革命之先声'。"

"马克思、恩格斯、列宁对莎士比亚、巴尔扎克、托尔斯泰等古典作家的现实主义创作方法之肯定,进一步为中国创造新文学和普洛文学继续提供了'切实的指导'。俄罗斯文学在中国确如鲁迅所说'以它的内容和技术的杰出,而得到广大读者,并给读者许多有益的东西,成为我们的导师和朋友'(见《中俄文字之交》),因而三四十年代继承了五四时期的传统,着重翻译俄国文学中为'人生'的写实主义的文学大家。诸如:普希金、托尔斯泰、果戈理、冈察洛夫、屠格涅夫、陀思妥耶夫斯基等人的名著,通过这些作品中的奥涅金、华巧林、罗亭、巴扎罗夫、奥勃罗摩夫、安娜·卡列尼娜,一大批文学人物形象深深地印入中国读者脑子里,融入中国现代思想文化的建构之中。可以说,俄国文学对现代中国特别是现代文学所产生的深厚影响,是任何一个国家或语种,甚至苏联文学都无法相比的。"

继之作者在下卷的二、五、六、七章节中,列举瞿秋白、吕荧、戈宝权、余振、陆蠡、丽尼、巴金、耿济之等数十位名家的各类译作,更在第三节专论"鲁迅对果戈理《死魂灵》的翻译及其影响"中说:"由鲁迅翻译《死魂灵》所带动的果戈理热,在二十世纪三十年代中后期文坛产生了非常积极的影响……进而鲁迅认为果戈理写实本领的独特之处'尤其是在用平常事、平常话,深刻显出当时地主的这般无聊生活。'鲁迅深切地感到在平凡的现实生活中'人们灭亡于英雄的特别悲剧者少,消磨于极平常的,或者简直近于没有事情的悲剧者多。'""这些几乎无事的悲剧,鲁迅所以强调这一特征,为中国一批作家打开了一个丰厚的创作题材和主题源泉。他们生活着的时代的黑暗方面的真实的取材倾向和'含泪的笑的讽刺风格,经过鲁迅的创作实践,译文和倡导不仅为人们所熟悉,更鲜明地渗透到沙汀、张天翼、鲁彦,包括剧作家陈白尘等人的创作中,从而形成了中国讽刺艺术的一支传统,影响所及一直可以追溯至今。'""果戈理对于农村地主、官僚生活的邪恶、空虚、无聊和庸俗的揭露和讽刺艺术,不仅是一种启迪和示范,也使沙汀发现了一个本来就埋藏在自己生活中的素材的矿藏,是果戈理艺术照亮了这个矿藏的意义和价值。"

接下来第四节论及陆蠡、丽尼、巴金对屠格涅夫六大长篇的重译,更是由介绍"文学翻译"进入到"翻译文学"艺术的论述。"五四时期屠格涅夫是被评介的最多的一位作家,他的主要小说都有了汉译本。从他的成名作《猎人日记》到六部长篇,以及中短篇包括散文诗和戏剧,都被争相抢译过来。所以鲁迅批评当时中国译界把每一作家乱译之后,就完结了。"作者特别提到 1935 年吴朗西、丽尼、伍禅创建文化生活出版社,在巴金主持总编业务之下,不仅首先推出了以鲁迅译的《死魂灵》为代表的"果戈理选集",并极有计划和系统地相继出版"屠格涅夫选集"、"冈察洛夫选集"、"普式庚选集"、"托尔斯泰选集"等等。更以陆蠡译的《罗亭》、《烟》为例,与前译本两相比较,盛赞"陆蠡的译文是富丽而优美的,在这方面也许他可以和屠格涅夫的文字相匹配,因而远远超出了'达意'的翻译标准,也不是'雅'所能完全概括的。他借文字所传达的一种气势和美感能够焕发出一种震撼力。"再就丽尼翻译的《贵族之家》论及译者对原著小说风格的总体把握说:"他认为,屠格涅夫的文章承继着普式庚的诗和明洁,果戈理的讽刺和丰富,加上他自己的抒情和忧郁,他将两位伟大的创业者所遗留下来的文学语言变成更纯熟、更洗练,而且更'诗'的"且不说前译者高滔语言的笨拙和不讲究,读起来也佶屈聱牙。也许丽尼的演剧生涯所致,他通过朗诵酌字酌句的翻译方式,使译文流畅而富有韵律,这在不甚讲究汉化的二十世纪三十年代是很少有人能比肩的。更重要的是他能够体会出作者灌注于文字中的感情和诗情,能够把握着小说人物的个性,丰富而微妙的心理活动,把文字的深层含义翻译出来。进而还说:"陆蠡、丽尼和巴金对屠格涅夫六部长篇小说的具体翻译,的确如当时王西彦评价的那样,'实为中国翻译界的最佳收获。'他们在相当程度上处理的已不是应用语言的'信'与'达'的问题,而是文学翻译所要求的语言的诗意和优美,人物的性格和心理,情景的营造和渲染,以及叙述的语调和气势等等特殊问题,体现了文学翻译的特征和性质。他们所达到的'化'的境界,把汉译艺术推向新的高度,也为汉译艺术积累了宝贵的经验。"

说得真好。作者不愧为从事多年中国现代文学和翻译文学研究的专家。单从本书中列举上世纪二、三、四十年代与俄罗斯有关文学的译著涉及范围的广泛,引用资料的丰富,不仅旁征博引、更能道出自己的卓见,足以说明作者是下过一番苦功的。在本书"后记"中还说,"中国翻译文学从文言到白话的转变和发展,也确实始终与新文学的产生与发展紧密相连。如果我们关注的是译品,那么中国现代翻译文学本就应是中国现代文学的一个重要部分。"不禁又让我想起前些日子李景端替杨绛先生翻译的《堂·吉珂德》译品做过的一番辩护。杨先生的译品我从《小癞子》(平明版)就拜读过,甚感佩服。我看本书下卷对俄罗斯古典文学的汉译文的评述,对眼前翻译界的某些歪风邪气,实大有益,真不啻吹来一股启心、明目、益智的清风。季羡林先生也曾说过这样的话:"译者的任务是殚精竭虑,把原著的形与神尽可能真实地传达给使用另一种语言的民族和人民,使他们大体上能够领略到原著的真实面貌。"(见《罗摩衍那》的汉译问题)话已说得不少,就此打住。不揣浅陋,谨以向诸同好者推荐此书,一读便觉言之不虚也。

巴金译事的袅袅余音

刘麟在《"文生社"旧事》文中论及"译文丛书",往事点滴又浮我脑际。其实文化生活出版社最初问世的两本书:《第二次世界大战》和《田园交响乐》都是译介外国作品的。

前书为美国作家约翰·史蒂尔的政论,后者是法国现代名作家 A·纪德的小说。以巴金主编的"文化生活丛刊"冠名介绍说:"本丛刊为万人文库,以内容精选,售价低廉的第一义;无论著译编校,均极精密,所有各个学艺部门,如文学、艺术、科学、哲学、宗教、历史、政治……无不包罗。"不同的是"译文丛书"则为"一规模宏大的世界文学名著丛书,选取世界文学的精华,以忠实可靠的译笔,移植于吾国的译书界。选择既极精审,译笔尤其谨严。"可以说"文生社"是以译介和移植外国文学名著起家的。单是这两套丛书就共出版了百余种作品(详见《巴金与文化生活出版社》上海文艺版)。在上世纪三四十年代里一个小小私营出版社能如此有计划、有系统地介绍外国文学名著,为我国新文学和新出版事业作出了一定的贡献。部分译著犹传至今,成为经典名译,在读书界产生了不小的影响,尚有人为文深深怀念"巴金那派翻译家"们的一丝不苟的优良译风,确实值得注意。

早在1950年5月,该出版社创始人之一的名作家兼翻译家的丽尼(郭安仁,当时已参加革命工作,供职新中国中南区新华书店总店编辑部)写给该出版社　工作人员的信中就说:"'文生'走古典名著介绍的路,是应该的,主观上有这种能力,客观上也符合广大读者和政府方面的希望。但是要好好组织稿件,非老巴不可……以为拉几本译稿不成问题,那是大错。第一真正好的译稿必须老巴才可以拉来……有真正好的译稿,不十分好的也带着好了。'文生'的译稿并不本本都理想,但因好的较多,所以给读者的印象不同。别的书店何尝没有出古典名著? 只因多数平庸,所以不能建立信誉。'文生'如果当初也是随便拉译稿,决无今日的地位。第二除了老巴,谁能随便改动别人的稿子? 谁敢? 即使译错了也不敢随便改动,译者首先就不服。而译稿即属名家所译,也难保绝无缺点,要改动,必须是老巴,或用老巴的名义,用另外人的名义是不行的。"事实上有的即使由巴金出面,译者也不一定买账。就笔者所知,巴金在审校孟十还的一部译稿时,发现了不少误译之处,就商于孟,孟坚持自己是据俄原文译出的,不同意改动。可是,巴金不仅根据俄原文本审校,同时还参考了英、法、德文三种译本校阅,发现孟文有不少误译(理解不够)之处。孟先是坚持不改,巴为了对读者负责,更为了保证译文忠实于原作,一再阐述自己看法,并向孟提出不妨就其译文与俄文和英、法、德三种译文两相对照是否有错,求诸公证。孟自此服输,同意巴的校改文。有的译者交稿后就此信赖出版社了,而巴金碍于情面,深知译者底蕴,只好不辞劳苦,对照原文大动干戈了。如《大卫·高柏菲尔》的中、下两卷和《妖怪莫尔加那》等。再说做编辑的原本是为他人作嫁衣,职责所在,默默工作理所当然耳。主要是对读者负责,对事业负责。

　　前文提到的写"巴金那派翻译家"的作者叫赵武平。文章刊在上世纪 90 年代末期某日的中华读书报的"国际文化"专栏上。作者因翻译家董乐山病逝后有感而写此文的。文章一开始即说："一代翻译名家惠遗后世,恩泽的巨大,也让诗人邵燕祥先生联想到三四十年代以来,在文化艺术和人文思想诸方面,有功世人莫大但如今却并未广为人知的'巴金那派翻译家'。应该承认,以巴金为中心的那些作家兼翻译家……或许是时间久远的缘故,'巴金那派翻译家'究竟包括哪些前辈文人智者,一时间恐怕已是很难道清说明。由文化生活出版社到后来的平明出版社,巴金亲自动手并且组织出色的作家学者译印大批优秀的人类文化遗产……尽管对于丽尼、陆蠡和汝龙等人的名字,大家还算熟悉,可是他们谨严认真对待翻译,还有他们那时同钱钟书夫妇、杨绛胞妹杨必,以及傅雷诸位的交谊往还,却明显少人知晓。"作者竟引证傅雷致香港友人信中的话:"平明初办时,巴金约西禾合编一个丛书,叫做'文学译林',条件很严。至今只收了杨绛姊妹各一本,余下的是我的巴尔扎克与《克利斯朵夫》……杨必译的《剥削世家》初稿被钱钟书夫妇评为不忠实,太自由,故从头重译了一遍,又经他们夫妇校阅,最后我又把译文略为润色,现在成绩不下于《小癞子》……杨必译笔很活,但翻译究竟是另外一套功夫……普通总犯两个毛病:不是流利而失之于太自由(即不忠实),即是忠实而文章没有气。倘使上一句跟下一句气息不贯,则每节即无气息可言,通篇就变了一杯清水。译文本身既无风格,当然谈不到传达原作的风格。"(《傅雷文集》安徽文艺出版社 1953 年 2 月 7 日致宋琪信)

　　没想到几年后 2005 年 7 月 15 日的《文汇读书周报》竟又刊出林楚平的《开一代译事新风的巴金》一文,赞叹地说:"巴老说自己并不精通外语,这话如不是谦辞,那一定是把'精通'的标准定得太高了。他的译文是准确、优美、流畅而又富于韵味的,之所以能达到这个境界，单是精通外语是不够的，还必须具备一种精神，那就是追求真善美，挞伐假恶丑的精神。巴老正怀着这样的大愿来从事文学创作的，也是怀着这样的大愿来从事翻译工作。"

去年6月人民文学出版社印行的《三四十年代苏俄汉译文学论》(李今著)，从"翻译文学"论到"文学翻译"。作者在首篇概况里就着重指出："翻译在任何译入语的文化环境中，其'正常'的状态本来应居于次要位置。但中国从20世纪初，直至三四十年代，翻译文学都在推翻封建文化，建立现代文化的形成过程中扮演了重要的角色。三四十年代的文学翻译更在继续五四新文化传统和建立革命文化传统的进程中起到了举足轻重的作用……使'白话翻译'成为文学翻译的正宗……文学翻译不仅成为五四文学的一个重要组成部分，而且占据了一种'模范'的位置"。该书的下卷中作者更就文化生活出版社"译文丛书"中的"屠格涅夫选集"的六部小说，由介绍"文学翻译"进入到"翻译文学"的艺术论评。作者盛赞陆蠡和丽尼的译文说："陆蠡的译文是富丽而优美的，在这方面也许他可以和屠格涅夫的文字相匹配，因而，远远超出了'达意'的翻译标准，也不是'雅'所能完全概括的，他借文字所传达的一种气势和美感能够焕发出一种震撼力。"再就丽尼译的《贵族之家》对原著风格的总体把握说："他(指丽尼)认为，屠格涅夫的文章承继着普希金的诗和明洁，果戈理的讽刺和丰富，加上他自己的抒情主义和忧郁:他将两位伟大的创业者所遗留下来的文学语言变成更纯熟，更洗练，而且更'诗'的……俄罗斯的风景，荒废的地主的邸宅和庄园，沉静的湖水，平和的夏夜，温柔的私语和神奇的音乐，所有这些，只要和屠格涅夫的笔一经结合起来，就不知怎样产生出来了不可思议的魅力。"因之"使译文流畅而富有韵律，这在不甚讲究汉化的20世纪30年代是很少有人能够比肩的。更重要的是，他能够体会出作者灌注于文字中的情感和诗情，能够把握小说人物的个性,丰富而微妙的心理活动,把文字的深层含义翻译出来"。其实好的文学名著译文理应如此。

而今时代毕竟不同,外在条件已远胜于昔日了,特别是改革开放以后,国外交流日益增多。我们不仅还将继续吸取国外的种种先进事物为我所用,更应把自己祖先遗留下来的优秀文化传统发扬光大传播给世界人民。至于"巴金那派翻译家"们的译风仍存,仍有不少人忠于译事、甘于寂寞,执著、认真,埋头默默无闻地从事着自己的译事。

末了,借林文的期望语以终此篇:"巴老开创的对译事全神贯注、一丝不苟的认真负责的精神,应该成为翻译工作者的圭臬,它也是救治时下胡译、滥译、抢译而造成译文质量滑坡的对症良药。"再说出版社也应该加强校编力量,把守好译文质量这一关。

2007 年 3 月 19 日毕于萦思楼

话 剧 忆 旧

　　话剧百年了,说来也真快啊。要说我一家人(包括去世多年的老母)都曾是它的忠实观众。早年话剧这一新剧种,是被叫做文明戏的。它新,与旧戏完全不同,超前,演员不唱,只讲口水话。全由新式学堂的学生们在校内什么会上偶然演出。既不对外公开,也无法营业卖票的。巴金小说《家》描述学生们在公园内的某茶园演出,那是大胆的行为,也许这都限于内地吧。记得我九姐和表姐们念书的省立女子师范学校,曾因校庆而在教学楼上演出过文明戏,竟因观众过多,压塌了楼的部分,伤了人,酿成事故。

　　还是说我自己的小小经历吧。进入学校,接触新文学的过程中,知道有创始话剧的南国社,也知道欧阳予倩、田汉等作家,还拜读过他们的某些剧本。念高中一年级时的迎亲会上更与同学们演过田汉的《南归》,那时不作兴全背台词,台词也较简单,剧情可以自作主张随意改动。同学冯君善用女声唱歌,由他担任的女主角(那时无法男女同台)就硬要他在台上唱平时大受欢迎的那首歌,以迎合观众,皆大欢喜,达到宣扬学校和自己班级的目的。

　　抗战开始了。上海影人剧团到了重庆,又来了成都。正式演出于成都戏院,明星上台,盛况空前,好一点座位的戏票,还真难买到手。演出的剧目:《卢沟桥事变》《流亡三千万》《汉奸》……真实的题材,无耻的侵略,正义的抗声,血淋淋的惨祸,无辜的牺牲;以及丑恶卑劣的卖国行为,无不引起观众的痛恨,大人激扬了人民的爱国热忱。全由于贴近生活,这才教我真正认识到话剧艺术的感人力量。这样的演出让人大开眼界,有力地冲破了内地的保守闭塞的落后氛围。明星们走在街头,如被认出,必受人惊异而带笑的注目礼。那时内地尚无今日之追星族。总之给西陲川人莫大的影响,深刻的启迪。

剧团上演的剧目多多,令我至今难忘的是久演不衰的《雷雨》。饰周朴园的是徐莘园,赵慧深配繁漪,施造的周萍,路曦饰鲁妈,可惜演四凤的演员记不起来了……舞台上阴沉沉的,雷电交加,命运弄人,家庭变故,撼人心魄,是以往剧本没有过的东西。这个剧还被改编成川戏上演,更是惊动了那些喜看戏曲的太太、少奶、婆婆大娘,让她们趋之若鹜,公馆内外,街头巷尾议论纷纷。至于《日出》,徐某扮演潘四爷,白杨的陈白露,谢天的张乔治,吴茵的顾八奶奶,高步霄的福升,路曦的翠喜,严皇的小东西,包括李氏夫妇,那又是一番景象,让成都人睁开双眼大长见识,世界上商业大都市的高楼大厦内外竟然有这样的男男女女,穷人富户的离奇悲剧。让我进一步认识到文艺作品的深刻内涵。曹禺剧本台词独具特色,角色各有个性,体现出身份不同的人说的话也各有韵味。有的叫你忍俊不禁,有的引你心生同情,有的则让你厌恶不已。一句话:既暴露了旧社会的腐朽与没落,又透出了人民对光明的渴望:"太阳升起来了,黑暗留在后面,可是太阳不是我们的,我们要睡了。"陈白露临终前的一句,永留在观众的记忆里。这时远处还传出劳动人民的号子声。

杨翰笙的《天国春秋》则是另一场惊心动魄的历史剧。只记得耿震演的杨秀清,路曦饰的洪宣娇,包括韦昌辉、石达开……都

252

叫人默然无声紧盯着舞台上的一切,自己仿佛也置身于斗争的漩涡中了,艺术的真实其感染力颇大,导演和演员则是体现剧本的主力军。

三年后,应云卫率领的中华剧艺社又来成都上演话剧《家》。事前得巴金函嘱尽力从旁协助。我动员老母翻箱倒柜找出多套昔日她穿过的衣裙等物给剧团做舞台道具。戏正式上演初期,我的两个姐姐都前往后台帮助演员梳头化妆。导演贺孟斧本名家。我还去五世同堂街剧团驻地看过排练,李天济(后来我们成了朋友)担任场记。白杨饰瑞珏,耿震饰觉新,吕恩的五太太,刘郁民的冯乐山,魏鹤龄的高老太爷,吴茵的钱大姨妈……其他人记不起来了。彩排似在总府街的蜀一电影院。幕启时台上一片红光笼罩的洞房,远处不绝的鞭炮声配合着扬琴班演奏的笙箫鼓琴齐鸣的将军令,再夹杂着嘈杂的人声呼叫,整个剧场顿时呈现四川官宦人家兴办喜事的热闹情景。这样的洋洋热烈喜气立即把观众带入了戏,乐不可支。

过了一刻,噪音远去,更深夜静,洞房内寂静无声,真是万籁俱静。此际突然传来轻微叹息,悄声独语的自白,是新郎与新娘的内心吐露,充满诗的幽幽语白,感染着我难以自抑。耳边传来低语:"曹禺来了,正到处找你啊!"只好立即离场,匆匆返家,四处奔走,直到傍晚才在华兴正街他住的旅馆内相逢。自此我不仅跟应云卫结成忘年交,更与剧团不少人相结识。白杨曾送过我不少各色照片,不幸全在"文革"初期"破四旧"中被我爱妻悄悄地连同萧乾的盟军军装照等等全毁于炉火中,事后我才知道,已无法挽回。自然后来补看了全剧。不止此也,沈扬和路明合作的《牛郎织女》引人入胜,王萍等人的《原野》那阴沉沉的气氛,焦大妈与仇虎,针锋对麦芒的台词,妙绝!足见剧作家生活与艺术的功力。

就在这年的冬末我离开了蓉城,远走桂林,就此与张骏祥兄排练的《罗密欧与朱丽叶》失之交臂。说来在下戏运也真好,到了桂林没多久,恰逢西南戏剧大展,不仅看了剧宣四队的《家》剧,更大开眼界,初识粤、桂等各样剧种。戏票是周钢鸣同志送给巴金的长期专座,却全让我享受了,因他四月即赴贵阳结婚。可惜好景不长,六月日寇自湘犯桂,就此大乱,人心惶惶再罹困境。

逃难到重庆后,我这戏迷又得机看了不少话剧。正当它处于极盛时期,文化人都集中在这个战时陪都了。不管白色恐怖如何严峻,斗争愈显艰巨,可是文艺阵地仍在我们手中,反动统治力荐的《野玫瑰》何足道哉!沈浮导的《金玉满堂》《重庆二十四小时》,赵丹主演的茅盾的《清明时节》、白杨演的张骏祥的《万世师表》……都是场场满座的好戏。不知是在成都还是重庆还看过旅外剧团上演的《塞上风云》。川人韩涛乃我老友而周峰就此结识,想不到"文革"中期我们竟同赴东北农村跟先去那儿插队落户的上海知青同吃同住同劳动,接受三年多的再教育,真是有缘!

胜利后因工作留守山城,看过屈楚兄主持的剧团上演的《春》剧,先是孟超老兄来说,后即与屈相商,并代表剧作家林柯(陈西禾)兄将首演权相与之后,又经我手将全部剧照转交给剧作家;沙漠夫妇演出的健吾兄改变的《秋》,也看了都曾写过评介文刊于当时的商务日报副刊,全是夏忠禹督促下写成的。二十多年后方知聂绀弩和陈落二位都曾隐身于该报社,供职编辑部,而今三人都已作古,缅怀难已。

新中国成立后,戏剧复兴,大放异彩,让我这个小小观众得机欣赏不少好戏,真是大开眼界。而话剧演出似乎逐渐衰退,不及昔时成、渝两地的兴旺动人。不过北京人艺来沪演出的老舍《茶馆》,于是之诸名家的演艺却永留脑海。张瑞芳昔日在重庆与金山合作的《家》剧,我因家居成都难饱眼福,解放后她饰演的瑞珏,个人认为舞台上的她较胜于银幕;可谓声、貌并美,光彩夺人。几年前偶与她同席,曾当面直言相告。而今年过九十,不进戏院剧场久矣,改由荧屏代替。原因多多,时代变化也太大,落后了。抚今忆昔,处此百年纪念之际,当日盛况实在怀念难已,聊记二三以志。

2007 年 9 月 8 日于萦思楼

朋友,是一盏明灯

——读巴金《怀念振铎》文有感

"在朋友面前我只能感到惭愧。他们对我太好了,我简直无法报答他们……在短促的过去的回顾中却有一盏明灯,照彻了我的灵魂的黑暗,使我的生存有了一点光彩。这盏灯就是友情。我应该感谢它,因为靠了它我才能活到现在,而且把旧家庭给我留下的阴影扫除了的也是它……对于我,要是没有朋友,我现在会变成怎么样可怜的东西,我自己都不知道。以他们的友爱,他们的帮助,他们的鼓励几次把我从深渊的边沿救出来。他们对我表示无限的慷慨……这些不要报酬的慷慨的施舍,使我的生活里也有了温暖。有了幸福。"(《巴金全集》第 12 卷 159 页)

以上的话二十年前我在一篇短文《朋友、友情》(见拙著《记巴金及其他》)里曾引用过部分。今天读了巴金的《怀念振铎》一文后又不免勾起了对往事的一些回忆和几片断想。

1947 年夏,我因出版社事务来上海,住霞飞路霞飞坊巴金家。曾专程去四马路(今福州路)开明书店编译所看望叶圣老。1942 年巴金第二次返川,在成都建立了文化生活出版社成都办事处,我被聘任办事处经理。因而结识了叶圣老和开明书店诸前辈。

不几日开明书店赐饭于编译所。主人有范老(洗人)、章锡琛、锡珊昆仲、叶圣老、傅彬然、徐调孚诸位,客人仅三:郑振铎、巴金和在下。饭后书店用自备的小轿车送我们返家。郑坐车内前座,巴金和我位于后座。车行中郑回过头来对巴金说:"老巴,你要多劝劝老马(宗融)改改脾气啊!他肯听你的话。劝他不要任性了。这次去了台北台大,换了新环境,不比在复旦、在上海,更要注意,当心一些……"巴金边听边点头称是。当时马大哥任教复旦大学,因支持学生的进步活动,并对特务进入学校校舍乱抓走学生极表不满,还在学校的一次校务会议上质问当局,拍桌大骂。其实他的名字早被反动当局列入黑名单上了。就此被学校解聘。这是我第一次见到郑振铎。郑、巴之间在车上的谈话给我留下不可磨灭的印象。我也早知道他们间有过矛盾,读过巴对郑攻击的文章。此时却丝毫看不出他们之间曾存在过一些过节,有着一点芥蒂。正好说明他们间的友情非同一般,十分深厚,都那么热忱地关怀朋友。

　　说到郑与巴的误会、矛盾,巴对郑的攻击,有文为证,这也是事实。就在 1935 年 8 月,巴从日本回国主持文化生活出版社社务,替"文化生活丛刊"写的创刊词,不也同样含有火药味,文有所指吗?在下看来巴不过借郑作个代表人物罢了。巴金写于 1934 年的短篇小说《沉落》,"勿抗恶"不也是暗指的另一位名流教授?小说发表后也曾引起北方一些学人的不满。1936 年以这篇小说打头并命名的《沉落》短篇集子,更是收进郑主编的一套丛书内由商务出版发行的。小说影射的某名流教授,指的正是后来落水的周作人。可以说这都是文坛史实。话往回说,郑、巴之间虽有冲突,他们的友情却未曾中断。自然一方面正如陈思和的《读〈怀念振铎〉》一文所说"由于郑的心胸宏大、待人宽厚,素以长者身份而善视后辈青年,且有他自己为人的品格。"而另一面,则是巴金素来以诚挚对人,十分看重友情。1922 年间,巴在成都写的小诗与短文都首发在郑主编的《文学旬刊》上,那时巴才十八岁。前人教导:"施恩不望报,受施慎勿忘。"从巴金一贯为人看,他绝不会忘记郑的知遇之恩的,更不会因彼此对事物的看法有异,观点不同,遂而产生了争执,以影响到深厚的友情。巴金入主"文生社"主编的第一套大型现代文学丛书——"文学丛刊"第一集就收有郑的文论集子《短剑集》。事实上巴金早在北平时就编好好几本书交给了立达书局,并预收了稿费。由郑与靳以主编的《文学季刊》就是力达书局出版发行的。力达书局迟迟未予印出。巴金入主"文生社"首先想到了这套丛书,立即寄还稿酬,将全部稿子要回,再加以扩大,增强内容,又约请了鲁迅和他人稿件用"文学丛刊"冠名,以十六本为一辑,包括文学等各种形式出版。这不又说明郑、巴之间的友情仍然存在!

巴金与朋友之间因观点不同而发生争执,这是常事。文友间如与沈从文曾在信函中各执己见,发生过争论;对萧乾的爱情观也予以严厉指责,都未曾影响过他们之间的友情反而历久弥深。就是对昔日志同道合、信仰相共的同志如吴克刚、卫惠林往往各执己见,互有批评,道路不同,而友情却未曾相忘也。即在晚年疾病缠身的巴金仍还为文思念不已,有《再思录》为证。甚至对反过目、受过彼等对他进行人身攻击的毕修勺、吴朗西诸人,在经历十年浩劫之后也早已抛却了个人恩怨,不予计较。吴朗西夫妇先后去世时还嘱咐我代送花篮,我更亲往追悼会上吊唁。巴金在不断的反思中一心一意地思索的是如何去偿还自己的"欠债",如何才能做到自己的言行一致,怎样才能对得起读者、对得起人民、对得起祖国。

我也曾不止一次听巴金讲过要再写怀念郑振铎的文章,有次还向我提到唐弢。也可以说他早已把某些老友(特别是文艺界的)的情谊列入要偿还的各样"欠债"中了。其实他在"梳理自己与朋友间的各种是非纠纷"的同时,更看重的是友情,对朋友的尊重与怀念,特别是朋友对他的关爱。通过这些"文学史的细节的梳理"我们既可以看到文友间各自的思想、观点与为人等等,籍各样的"细节"不也反映出整个文坛(文艺界)因时代背景的影响,所引起的各种的变化吗? 早在1958年郑在苏联因飞机失事遇难后,巴金在《悼振铎》文中就说:"振铎是这样一个令人不能忘记的人。我认识他将近三十年,我们常常见面,我们中间有过争论,但是我一直敬爱他。在他身边我觉得非常安全,因为他关心朋友,也能毫无顾忌地批评朋友,而且更无保留地帮助朋友……三十年来不少人得到他的帮助,受过他的鼓舞,我也是其中之一。"令我吃惊与感动的是四十年后的今天,他仍难以忘怀这位老友,从1998年年底到1999年春节前夕,竟以口授方式完成了四千余字的长文。从当时他的病体状况看,正如陈文中说的"把自己生命能量全部投进的一篇文章。"这种执着、忘我的精神实在叫我敬服。他硬是"把它做我的遗嘱写!"(见《随想录》第44页人文版)特别在文章的末段还说:"今天我又想起了振铎,是在病房里,我已经住了四年多医院了。病上加病,对什么都毫无兴趣,只想闭上眼睛,进入长梦。到了这时才知道自己是个无能的弱者,几十年的光阴没能好好地利用,到了结账的时候,要撒手也办不到。悔恨就像一锅油在大火上煮沸,我的心又给放在油锅里煎熬。"更叫我想起十八年前编《巴金六十年文选》时,他在《代跋》中一开始曾这样写道:"你要我为《六十年文选》写几句话,我不知怎样才好。因为说心里话,我不愿意现在出版这样一本书,过去我说空话太多,后来又说了许多假话,要重印这些文章,就应该对读者说明那些话是真话,那些话是空话、假话,可是我没有精力做这种事。对我,最好的办法是沉默,让读者忘记,这是上策。然而你受了出版社的委托,编好文选,送了目录来,我不好意思当头泼一瓢冷水,我不能辜负你的好意,我便同意了。为了这个,我准备再到油锅里受一次煎熬,接受读者的批判。"直到今天他要想说的心里话,还远远没讲尽,"欠债"还未还清,"悔恨就像一锅油在大火上煮沸",他的"心就给放在锅里煎熬。"连这"最后的机会"他也因体力不支无法完成这篇十年前就开始动笔的怀念老友的文章,要说的话还远远未尽啊! 文章一开始就回忆到四十多年前在郑的追悼会上所见所听到的情景:"……找不到一个朋友,连曹禺也没有来。我非常寂寞。""……我拉着曹禺的手要奔往'共产主义',我不知道它在什么地方,失去的老友约我在那里相见。回旅馆我一夜没有闭眼睛,我发现平日讲惯了的豪言壮语全是空话。""我非常寂寞"说得多么的沉重! 这真诚的独白不也展露了他以后几十年的压积在心底里的隐痛? 陈思和的文章在讲到郑、巴之间的误会与巴写的攻击郑的几篇文章时有感而发说:"巴金在《怀念振铎》里说,他'为那几篇文章今天还感到遗憾。'但是撇开对振铎本人的误解不说,如果就事论事的话,我觉得,商人利益如何操纵文学,迫使严肃的文学如何以'读者不需要'的理由受到排斥,以致日益边缘化的严重性,在今天的状况恐怕比当年说出的这段话的时候要严重得多。巴金先生的这些偏激的话放在今天读来一点也不过时,只是我们不敢面对这现实而已。"作为曾经从事出版、编辑工作几十年的一员小兵的在下亦有同感焉。

巴金在《译文全集》第十卷《代跋》里曾写道:"道德不是一门学问,它是做人的道理,是整个社会的支柱……"巴金一生所追求的就是如何将自己的一切奉献给祖国、给人民。也就是他说的"有了道德,人的生命才会开花"。

2008 年 8 月 11 日重订于萦思楼

傅雷译事点滴

　　著名翻译家傅雷先生早在上世纪三十年代初即着手译介国外名家的传记多种,特别是法国当代作家罗曼·罗兰撰写的贝多芬、米开朗琪罗、托尔斯泰三大名家的传记,全是当时的商务印书馆出版的。笔者就曾见过它们那深蓝色的精装本。四十年代商务又推出傅译同一作者的《约翰·克利斯朵夫》第一、二册,当即引起读书界人士的瞩目。1944 年仲夏,笔者从桂林逃难到贵阳,稍作停当,再乘公路局的木炭汽车去重庆。巧在途中与同乘此车的洪兆钺兄相遇。洪原是桂林发行的《旅行杂志》的编辑,与巴金相识,因之见过。他竟要我转告巴金,如文化生活出版社有意出版《约翰·克利斯朵夫》全四卷的话,他可以介绍将傅译转入文生社。之后桂林大火,敌骑乘机侵桂更窜到了独山附近,形式极度紧张。文生社因之蒙受巨大的损失,遂而困守重庆一地了。次年八月日本投降,抗战胜利了,土纸书也就此没有销路。文生社复员上海,再一次面临白手起家,全靠原部分纸型和少数新书配合重振旧业。俟声誉再起时,又面临解放前夕,巴金也终于脱离文生社了。而此时傅译的《克利斯朵夫》已由骆驼书店印行,共四册。

新中国成立后的五十年代初,傅则以系列的译介巴尔扎克的"人间喜剧"小说多种而享名于世了。而这些新译名著全由新成立一年多的平明出版社铅印发行。平明的总编辑恰又是巴金义务兼任。傅译全收入该社巴金与陈西禾主编的"文学译林"丛书内。计有:《贝姨》(上、下)、《高老头》、《欧也妮·葛朗台》、《邦斯舅舅》、《夏倍上校》等等,更包括傅修订重译的《约翰·克利斯朵夫》,以及梅里美的《嘉尔曼与高龙巴》。傅本是陈西禾的老友。傅在致友人宋琪的信中就说:"平明初办时,巴金约西禾合编一套丛书,叫做'文学译林',条件很严,至今只收了杨绛姊妹各一本,余下是我的巴尔扎克与《约翰·克利斯朵夫》。"因之后来有人夸说"没有他(指傅),就没有巴尔扎克在中国"的话。其实傅译之前,早有著名语言学家、北大教授高名凯译介过巴尔扎克小说多种,好像都是贵阳文通书局出版的。另外复旦大学教授穆木天也曾译过两种。可惜他们都未能在读书界获得好评,引起注意。不过傅雷译书十分认真不说,还有自己的一套看法。在上述信中他就说:"杨必译笔很活,但翻译究竟是另外一套功夫……普通总犯两个毛病,不是流利而失之于太自由(即不忠实),即忠实而文章没有气。倘使上一句跟下一句气息不贯,则每节即无气可言,通篇就变成了一杯清水。译文本身既无风格,当然说不到传达原作的风格。"(信见《傅雷文集》安徽文艺版 1953 年 2 月 7 日致宋信)。

傅雷这人做事做人都极认真,要求极高。他在平明出版的书,除仔细校阅清样外,对书的装帧、设计、版式等等都十分关注。出版社为《约翰·克利斯朵夫》代装订的少数精装本那真漂亮极了。为爱好书的收藏人视为收藏珍品。

说到《约翰·克利斯朵夫》书出版后,影响至大,人人喜读,不愧是一部经典名著。忆及曾有一位青年因喜读该书,学习主人公的奋斗精神,以求上进。想不到后来的反右运动中,竟以"个人奋斗"之罪沦为"右派",可叹!

1956 年夏,平明出版社随私营企业的社会主义改造,并入公私合营的新文艺出版社。而傅译的书全经楼适夷之手转入人民文学出版社印行,更增加了新的译品。之后,傅也终被划为右派,未能逃出"法网"。"文化大革命"开始不久,傅竟偕夫人自缢,凸现了这位耿直的书生本色,正所谓:士可杀而不可辱。可惜!

值兹傅雷诞辰一百周年之际,作为从事出版编辑工作几十年的一名老兵,略述有关这位翻译名家的译事点滴,既表敬意并志不忘。

读 报 有 感

——关于茨威格

读 2007 年 8 月 10 日《文汇读书周报》刊载的张玉书《我译茨威格》一文后,倒钩起一点往事的回忆。说到茨威格,他的作品《马来亚的狂人》早在 1942 年就由桂林明日出版社出版过了。译者为前辈翻译家陈占元先生。那时我还是个二十多岁的小伙子,恰好在新成立不久的文化生活出版社成都办事处工作,出版社经售过明日社印行的几本书,都不厚,薄薄的近十万字的书。其中除茨威格的《马来亚的狂人》外,另一本莫洛亚的作品也引起了我阅读的兴趣,全由于它们的内容新颖,文笔别具。正所谓近水楼台得先睹之机。因之给我留下较深印象。陈先生在三十年代中叶就已经是鲁迅先生主编的《译文》杂志的常见的译者了。他所选择的作品大都是当代的世界文坛上的新秀佳著。可惜眼下手边缺少资料,未能举出更多的例证。上海沦陷后他去香港主办了明日社,后即转移到桂林,并另与友人合编刊物《明日文艺》。

一年多后我奉调桂林文化生活出版社工作,得与陈先生相识。不单由于同业关系,更因他是巴金的老友,遂而常有往来,还去他住处喝过消暑的冬瓜汤哩。那时的桂林有“文化城”之称。

集聚了因抗战而转移到后方的不少文化名人。再由于当地的纸张和印刷条件都远较内地重庆(当时的陪都)为好,各类期刊与书籍纷纷在此问世,大大小小的书局和出版社都在这里扎根造货。诗人方敬一边执教于中学,一边主办一个名叫工作社的出版机构,印行何其芳的作品。老作家艾芜家居东郊七星岩附近乡间,进城办事,往往路过福隆园文化生活出版社编辑部,必来小坐看望巴金。宇宙风社更与我社为邻。我到桂不久,更逢西南剧展开幕,这是当时戏剧界的一次盛举,各类剧种琳琅争艳,真是热闹极了。又让我天天饱了眼、耳之福。可惜好景不长,酷夏之时日寇由湘侵桂,战火逼临,桂林大乱,人们纷纷逃难,就此与陈先生一别,未得再见之机。1946年春初奉命返蓉结束成都办事处,准备出版社的复员,回返上海,竟与陈先生堂妹相遇,方知陈先生将去北方,受聘北京大学西语系任教。想不到的事,是多年后因公返川,得与艾芜兄聚说,他竟向我提及茨威格作品,大加赞扬。这实出我意外。可见好作品是不会被读者忘记的。张文中不也是提到作家刘白羽同样欣赏茨威格的著作? 而今茨氏的多种作品有了新的译本问世,应是读书界的好信息。作为作家的一个早年读者,按捺不住内心的喜悦,写此短文,略述往事,以吐情怀。

我的"知足斋"

　　所谓书房、书室、书斋等本同一称谓,应是指读书人(今日知识分子)专门用来读书、写作(特别是作家)的屋子。屋子自然有大有小,这要看主人的居住条件了。大的可以四壁皆书,布置华丽、雅致,讲究的大书桌上文房四宝、书册纷陈,更备有舒适的坐椅,可以休憩,可以迎客。眼下时尚人已多不用笔墨,改置电脑于桌上矣。至于有的人偏居一室,四处皆书,连卧床上、地下也堆放着书,几乎仅容自身的回转,可以说人全淹没在书丛中,那不能称作书房,因名曰:"书窠"了。不过这无碍,还是可以命之曰什么室、什么斋的美名,籍以自慰,外人又何知焉。

　　作家巴金最好藏书,"一·二八"战火日寇曾毁去他宝山路住处的藏书。就我所知,当时他就未曾有过自己专用的书房,一直过着的是不十分安定的生活。抗战开始更不用说,旅途奔波,或在客栈内的小桌前,或于茶馆中的茶桌边,取出随身带着的纸、墨、笔,借茶碟浇上点滴之水,磨几下墨,即可握笔蘸墨写作起来。后来他所主持的出版社在内地设置了办事处,办公桌就是他的用武之地,不过大多是为他人作嫁衣裳。抗战胜利复员上海,回归旧居霞飞路霞飞坊(今淮海中路淮海坊)五十九号三楼,那该是他

2007年7月26日，为庆贺本人九十大寿，友人及领导前来寓所看望。左起：陈燕、庄仲国、李济生、魏心宏、修晓林。

的"书窠"了，除了一张书桌一张卧床外，室内书橱林立，人只能侧身行走于其间。直到上世纪五十年代中叶迁居武康路才算在二楼有了一间较大的书房，称得上是一间像样的书房。可惜任务繁多全忙于种种社会活动，真能静坐在书房中的书桌前埋头写作的时间，却少得可怜。十年浩劫后，平反了。住房启封，书房恢复了，还是没能好好用上两年，又因年老体衰多病之躯行动困难，只好在楼下客厅之一角，放一张小条桌，在那桌前握笔工作，却也写下了《随想录》中的不少名篇。至于《再思录》更是在病房里完成的，有的篇章还是巴金口授他人记录下来的。

说到在下，幼时进入书房读书，那仅是私塾的教室，非个人的书房。后来念中学时，在家中倒也有过一间小小书室，两个小书架，一张书桌，书架上也放着不少书刊，其中就有三哥李林寄自天津的《文学季刊》和《水星》月刊的全部，以及《中学生》杂志的全套。惜乎拥有此室为时太短。家境日趋困难,几经迁徙,住处越来越小,终于仅得一床安身而已。解放后来上海定居,住的是集体宿舍,一家三口聚居一室,床前临窗处放一书桌,算是我晚间从事业余翻译的地方。自此开始又有几本书了。由于生性嗜书,干的又是编辑业务,慢慢的书也就多起来了。爱妻为我购得一较大的旧书橱,后再添置几个旧木箱,安放书籍。住屋由一小间扩大为一大间,但人口也随着增加,仍只能有一张书桌。"文革"后大女儿在她工作的单位托人定做了两个结实的较大书橱相赠,代替了几只受潮的破旧木箱,查阅书籍也方便多了。眼下虽从石库门老房迁进新建的高楼里,而居住面积并未增大,两间住房不过二十九个平方米,新旧书橱三个也只能分布两处,书桌仍放于临窗的床前,又不得不舍大桌而取小桌了。一个退休多年的耄耋老头子有此方寸之地足矣。何况年老力弱走街串巷逛书店是不大可能,限于经济,书也买得少了。所幸老友新朋不弃,时有馈赠,书仍不断地在增加,书橱内已塞得满满的,只得择其他空隙处安放。

书桌虽小,明窗净几,安谧少扰,倒颇逍遥自在,乃将此小块天地美其名曰:知足斋。或立橱前摩挲着旧藏,或坐于小桌前翻阅新品,乐在其中,唯叹时光之易逝,愧自己之无成。

2003 年 3 月 11 日午

笔 名 小 忆

　　记得抗战的第二年,上海影人剧团来成都上演了曹禺的《雷雨》,明星演名剧震动了四川的剧坛,文化氛围更加浓郁起来。之后,《雷雨》一剧竟又改编成川戏,上演于步后街一戏院,几位男女名优分别担任主角,时装新戏,让那些地方戏曲的忠实观众耳目一新 ,大饱眼福,争相称颂。一些婆婆大娘、太太小姐们更是着了迷。于是公馆内外,大街小巷,议论纷纭,津津乐道。连我母亲也被姨母、舅妈拉进戏院去看戏了。因而触发我思,忍不住写了一篇阐述原著真义的评介文章,约三千余字。投稿给进步大报《华西日报》。因系首次试笔,有些儿胆怯,怕露真馅,招来不必要的麻烦,就用了个化名。想不到,没多久居然全文刊在报纸的副刊上,让我兴奋不已。化名"文慧",取自巴金的另一笔名王文慧。1934 年刊于北平新创刊物《文学季刊》上的三篇小说(写法国大革命故事的)就是用此笔名的。稿费辗转寄到我家里时,我早已去外县工作了。一笔小小的意外财富,让老母分外高兴,用它买了一条小围巾。

　　再次提笔已在抗战胜利后了。我也改行供职一家私营出版社,并留守于重庆。斯时国事纷争,时局混乱,白色恐怖,不得不处处小心。友人夏宗禹任《商务日报》记者,常来出版社聊天,总替报纸副刊向我约稿。因此写过几篇评介上演的话剧(《春》、《秋》)和放映的新影片的短文。全用笔名,除文蕙外,余皆记不起了。

新中国成立后,结束了重庆业务,调沪社供职。由于工作清闲,乘机干上了业余翻译,先后在平明和新文艺出版社出版了几本译介俄苏的中长篇小说,诸如《两个骠骑兵》、《巴库油田》等等,除本名外,用了"海戈"化名。"海戈"乃"海哥"的谐音耳。出于小名"海龄",老家的堂兄弟全叫我海哥,至今如此。

十年大劫后,政策有变,胆子也大了一些,加以外出多多,见闻亦复不少。自1981年秋天始开笔,相继写下了若干短文,散见于各报刊。全系回忆、怀友、杂感,先后结集出版的有《思绪点滴》、《记巴金及其他》、《一个纯洁的灵魂》等等。全用纪申这一笔名,除个别篇章发表时偶用本名外。"纪申"既是本名"济生"的谐音,兼含纪念申城之意。如此而已。

本非作家,仅是一名文艺爱好者,从事过中外文学编辑多年,偶有所感,信笔抒怀,也无非是个人对事、对人、对书的井蛙之见,无多少大义存焉。而今已是望九老头儿,脑力大差,往事依稀,编者盛情,聊写一二应命。实话实说,就此终笔。

2006年4月9日于萦思楼

引人深思的私信

——读《写给巴金》

　　近得"大象人物书简丛书"中的新书《写给巴金》,先是略作翻阅,竟被其中多封信札吸引,致难释手。因之勾起往事浮沉,禁不住拾起陋笔以述。

　　书中写信的有 56 人,计二百余封;有多达 42 封,少的仅一二封。写信人大都是文坛上老、中、青中的名家。正如编者所言:"从相互的通讯中可以看出彼此真挚的友情,坦诚的交流,心怀天下的胸襟。""在这里我们可以理解作品写作的背景资料,作家思想变化的线索,文坛交游的信息……让许多枯燥的历史有了色彩,有了丰富生动的细节。"

　　最先引起我注意的是女作家凌叔华的信,她的代表作《花之寺》在中学念书时就拜读过了。信仅 4 封,最后一封还列上靳以之名。料想凌与巴金的相识当始于 1933 年末巴金在北平协助靳以编《文学季刊》之日,《季刊》第 1 卷第 2 期就刊有凌的小说《千代子》。四信全写在 1936 年 5—9 月间,显系编辑与作家因文成友,而至知交。信写得亲切动人,又颇随便。既谈写作,又叙身边琐事,活脱脱凸现出旧社会里一个女知识分子的苦处与地位。我不认识她，只知道后来随同丈夫陈西滢侨居英伦。读信后让我记起一段往事："文革"后的两年多吧，一天去巴金家探望，在书房内给我看过凌自英伦写给他的一封信。内容大意国外不少外籍作家联名向当年的诺贝尔文学奖推荐巴金，有人要她写专文介绍。她因多年在外，不了解大陆实情，专信求助。由此解释了久存心中的一个疑团：1976年的初春，"四人帮"正急于做垂死挣扎，他们的上海走狗徐老三（景贤），突然在宣传口作不指名的谴责说，近来国外有人大肆吹捧某某，要给他戴上什么文学桂冠，别妄想这就能拯救得了他，他原本就是个"反共老手"嘛。不过没多久就偃旗息鼓不再声张了。

也有何其芳的四封信，除第一信写在1938年外，余皆在解放后的1950年。何于上世纪三十年代中叶以《画梦录》一书而闻名文坛。书收入巴金主编的"文学丛刊"第一集中在文化生活出版社印行。1944年秋何自延安来重庆住新华社内，曾来出版社看望巴金，还带来陕北小米和大枣。也就在这个时候，他曾写专文从理论上批评胡风的文艺思想的主观战斗精神。新中国成立了，何其芳在1950年的信中两次提到要把新版《夜歌》送给胡风，可见他同志情谊依旧。那时何又哪会想到四年后胡的文艺思想与主张竟被认为是反党罪行，更定性为"胡风反革命集团"，牵连了多少人，或入狱，或发配边疆劳改。二十多年后始得平反，而胡本人却因之受严重的精神创伤被折磨成呆若木鸡的病人。"文革"后何决心重归本行，致力创作，惜志未成竟因病早逝。多可惜的两位文学界的人才。

楼适夷这位不谋权位又富人情味的左翼作家、共产党人，不仅从事过写作与翻译，解放后任人民文学出版社副社长时，把傅雷译作全部囊括由人民文学出版社出版，留给我极佳印象。他写给巴金的信，从1953年到1977年共11封。让我吃惊而又难以理解的是，"文革"结束后的第二年竟然质疑巴金说黎烈文并非"反动文人"。理由十分简单,又无实证,全凭个人臆测。信中说:"我在47年冬去过一次台湾,为了私事……去找过一次黎烈文……事前已听说在国民党一个什么政治学校当教官,这个学校是训练特务的,本来不想见他了,但因离苏北时黄源托我……所以还是硬着头皮找上门去。果然他态度很暧昧,见了我好像很吃惊……问我为什么来台,住在什么地方。我见神色不对,故作镇静说随便跑来玩玩,住在一个在警备司令部做事的朋友家里。他告诉我您到台湾去过,此外便很少共同语言……只好兴辞而别。照我看这情形,官气十分,已无过去印象,或者称作反动文人,也够资格了。"反之,像楼这样的左翼作家突然来台,又住在国民党警备司令部做事的朋友家里,能不让黎心生警惕? 彼此言不由衷,语多支吾,当然话不投机了。曾记得翻译《复活》的高植,1944年在重庆不也任教于国民党中央政治学校,解放后也未曾有人称高为"反动文人"。倒是国民党军统的高级特务头儿沈醉,不但没被砍头或定罪入狱,反被聘为全国政协委员,著书立说,大写军统内部种种,红极一时。而黎在三十年代主编《申报·自由谈》,不畏险境,发表不少左翼作家的作品,因之终被迫辞职。后主编《中流》月刊,更名噪一时,鲁迅晚年杂文《立此存照》多刊于该刊。且黎曾多方支持鲁迅主编的《译文》月刊,一直紧随鲁迅。他还与巴金共同起草执笔《中国文艺工作者宣言》一文,得鲁迅首肯并领衔签名。黎去台湾原应友人之邀主编一报纸。后报纸停办,黎失业不得不以教书谋生。台大毕业的白先勇曾有文盛赞先师黎烈文的人品,清贫而不屈于人。本书也收有黎的一封信。黎与巴交谊至深,知其为人。楼去台之前的夏天,巴曾应老友吴克刚之邀赴台,住吴家,还曾走访过黎,后黎来沪也曾到霞飞坊看望过巴。历史教训不能忘。人的思想也应与时俱进,不能老在原地踏步。今读楼信令人失望,亦复可笑。

书中收信最多的是沙汀,计42封。次为方令儒的35封。这位出自桐城名门的女共产党员,写作较早,任教大学,尚长巴金七岁,因之巴金夫妇均以长者视之,萧珊直呼九姑。老人本具女性的善良、温厚之素质,孀居多年,解放后大学"院系调整",教师队伍变动颇大。方后奉命主持浙江省文联工作,独居白乐桥,文友多散居他处,颇感寂寞。与巴金夫妇至为友好。信函往还,情深意切。至于沙汀本是巴金同乡老友又同庚,还是个爱讲话的人,私下交谈,总是敞开胸怀,畅言无忌。于信中即可见一斑。

巴金虽讷于言,却敏于行。朋友多多,全以真诚相对。甘为他人服务的精神,不少信中可证。本书所收该是极少的部分。不过我仍然要为之叫好,编得及时,是一本宣扬真诚和大爱的书。重要的是它不是公之于众的文艺作品,纯系私人通信,言出至诚的实话。且不少内含史料,正足以证斯时斯境的某些实情。非正史之论语,亦不同于野史、闲话中夹杂的臆测。这就是我要向同好们推荐之主旨。

书的版式装帧亦具特色。美中微显不足的是责编人喜在文句中加括号指误。其实汉字之妙,独具特色,字义多维(西语字亦复如此),绝不能统一简化。例如:63 页的一般(斑)、95 页(收)似应用"搜"为妥,99 页的"悠(优)哉游哉"、121 页的摩(檫)肩而过,这类成语全可通用,一查字典即明,不必改,非误也。私人通信,信笔而书,常有口语出现,不是写文章。例如"与同",这是口语,不必删去一字。其实这正是加重语气,川话中常见,有的且颇具幽默味。简化汉字是解放后公布使用的,便利一般群众。今也仅存最初公布的两批,后来的全废除了,因其混乱了字义和词语,以致别字不少,甚至杜撰乱用。眼下两岸相通,形势大好,繁体字势必有利于两岸的文化交流,值得注意。

2008 年 8 月 3 日毕于萦思楼

编 后 语
——代跋

幼年时总盼自己快点长大,老嫌时间过得太慢;到了老年晃眼又是一年,光阴流逝似乎走得快了一些。不,简直太快了! 巴(金)兄去世这不就三年了? 人生易老天难老。天因无情,而人情多多,能不老乎? 到了老年行动不便,友朋难聚,且日趋凋零,愈觉孤寂,几与世脱离,全赖书报遣怀,又能不老? 今也九十又二,算达高龄了。所幸尚无大病。惜记忆力衰退,凡事过眼即忘,虽一再强记,总难留脑际。倒是旧日往事却深印心内。

今枯坐窗前小桌编选积稿,往事浮沉,又不免感触累累。曾一再声明自己并非作家,只不过从事出版编辑工作几十年,搞过一阵子的业余翻译,出版过两三本小书。又因与巴金的关系,结识了不少文艺界的名人、大家,以致有的文坛佚事,不是身历其境,就是亲闻其事。那时正当壮年遂而存留脑际。有的触情而发,记下的也是斯时斯境的实事,讲的是老实话。曾在已出版的一本集子的《后记》里说:"在下是老实人,撒不来谎。俗话也说,编的筐筐总是圆不了的。"史事毕竟是当时发生的实事,脱离不了那时的情境与人和事。我们可以用今天的观点去回顾,去评说,却绝不能抛开当时的时代背景与人和事而言,更不能不顾一切臆说一通,甚至连自己写过的白纸黑字的文章也忘记得一干二净,前言不符后语的自相矛盾。本书内的"也来谈谈《雷雨》的发现"一文,就是有感而发,引用当时当事人的文字纪实以证佚事(史实),兼正视听。还史事的本来面目以免误导今世的青年读者。

巴金这人素重友情,你看他身处上世纪五十年代后期,竟不怕惹议,急忙忙赶去参加郑振铎的追悼会。会上连一个朋友也找不到,孤独一人,深感寂寞。到了晚年,卧病在床,反省既往,思友情深,要偿还"欠债"。他处处淡化自己,大有老汉不提当年勇的气概,也就难免不淡化或模糊了昔日的某些事迹。但史事毕竟是史实。彼一时也,此一时也,时代不同,情景自异。好在不单他自己,同时代的当事人也都有所记述与回顾,这就保留了史事的原貌。不会为凭今人的臆测而乱史实。

名家汪曾祺有文说过他自己是"悄悄地在写,读者悄悄地在看,就完了。"说得真好,谦虚又实在。个人管见难免有所局限,真话也并非即真理。假、大、空纯系自欺欺人之语。

汶川大地震和奥运会先后给我精神上极大的震撼与鼓舞,让我从中看到了中华民族的基本力量。正所谓"悲欣交集",进而对祖国的未来充满了信心及希望。记得 5 月 12 日那天午后三时始我就坐守在电视机前边看边流泪。家乡发生了前所未有的大地震,遭受到无比惨痛的重灾难,能不无动于衷? 感人的是在这危急关头,党中央一反既往发出了紧急号召,两小时后温总理即奔赴都江堰现场指挥救灾,展现了历史新篇章。再目睹灾区人民的互助自救行动,各地赶往灾区的志愿者们的无私支援……特别是救援大军,不顾艰险的人民子弟兵挺进各个灾区抢救生命,抢救伤员的惊人事迹,无不扣人心弦。连九岁小学生林浩自己受了伤还返回教室救出两个同学,事后他无只字半句的豪言壮语,仅说自己力气太小没能多救他人。这个经常背负五十多斤重的玉米棒子的山区小孩显得是多么的纯真、质朴而又善良。至于奥运会的一切,同样展示了有着五千多年优良传统的中华各族人民的爱好和平、处世和谐、交友天下的敦厚品质,已赢得参与盛会的世界朋友的实感和好评,用不着在此多赘。

巴金在《关于"还魂草"》文中说:"回忆1941年1月在成都躲警报的经验。失去了丈夫的方明是一个普通的女教师,一个坚强的女人,但她绝不是一个英雄或者模范。我认为正是这样的普通的人构成我们中华民族的基本力量。任何困难压不倒中华民族,任何灾难搞不垮中华民族,主要的力量在于我们人民。"(引自人文版《创作回忆录》第78页)汶川大地震中的一切和奥运会的种种,不正说明中华民族人民的基本力量! 胡锦涛同志说得好:"中华民族历来具有在艰难困苦面前不屈不挠、团结奋斗的光荣传统。只要全党全军、全国各族人民众志成城、顽强拼搏,我们就一定能克服种种困难,夺取这场抗震救灾斗争的全面胜利! 任何困难都难不倒英雄的中国人民!"(引自《中国汶川抗震救灾纪实》扉页)

我要高声为"改革开放"叫好! 要"改革"得好,就必须"开放"得好。"以人为本"就是一切都为了人民,绝非为了权和利。

最后还得说:上海作协能替我们这些过了时的老人的不甚合时俗的文稿谋出版,不啻为一义举。仅此表谢,方安于心。

2008年8月8日脱稿于萦思楼,9月28日修订毕

图书在版编目（CIP）数据

怀巴金及其他:亲情友情书报情/李济生著.
-上海，上海文艺出版社.2009.12
(上海老作家文丛)
ISBN 978-7-5321-3629-2

Ⅰ.①怀… Ⅱ.①李… Ⅲ.①巴金(1904∽2005)-生平事迹
Ⅳ.①K825.6

中国版本图书馆 CIP 数据核字（2009）第 228884 号

责任编辑：修晓林
特邀编辑：高彦杰
美术编辑：王志伟

怀巴金及其他
——亲情友情书报情
李济生 著
上海文艺出版社出版、发行
地址：上海绍兴路 74 号
电子信箱：cslcm@public1.sta.net.cn
网址：www.slcm.com
新华书店经销 华东师范大学印刷厂印刷
开本 850×1168 1/32 印张 9 插页 2 字数 241,000
2009 年 12 月第 1 版 2009 年 12 月第 1 次印刷
ISBN 978-7-5321-3629-2/I·2778 定价：39.00 元

告读者 如发现本书有质量问题请与印刷厂质量科联系
T: 021-62431136